河出文庫

白骨の処女

森下雨村

河出書房新社

白骨の処女

◉

目次

序曲　銀灰色の自動車　9

第一章　北龍荘事件　58

第四章　ホテルの惨劇　269

白骨の処女

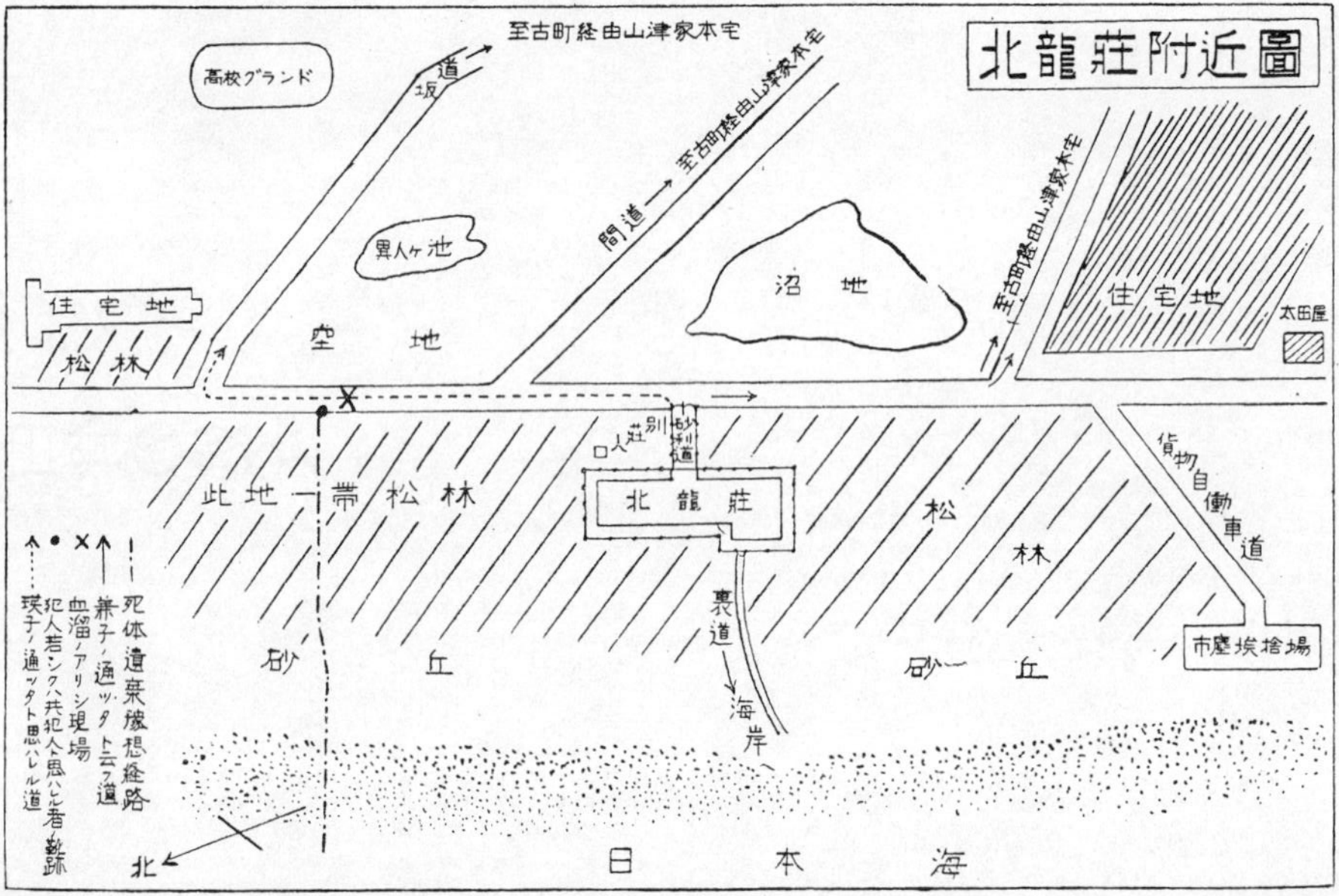
北龍荘附近圖
至古町経由山津家本宅
高校グランド
坂道
至古町経由山津家本宅
間道
異人ヶ池
住宅地
松林
空地
沼地
至古町経由山津家本宅
住宅地
太田屋
別荘入口
砂利道
北龍荘
此地一帯松林
松林
貨物自働車道
市塵埃捨場
裏道
海岸へ
砂丘
砂丘
死体遺棄臆想経路
兼子ノ通ツタト云フ道
血溜ノアリシ現場
犯人若シクハ共犯人ト思ハレル者ノ足跡
瑛子ノ通ツタト思ハレル道
北
日本海

序曲　銀灰色の自動車

一　奇怪な死体

東京毎朝《まいちょう》新聞の司法記者神尾龍太郎《かみおりゅうたろう》が、代々木に金谷《かなや》警部を訪問したのは五月中旬の火曜日の朝、まだ八時前後のことだった。

「やあ！」

「これはお早よう！」

表《おも》門を開けると、正面左寄りの内《ない》玄関で靴をはいていた警部と顔を見合せて、二人は同時に声をかけた。

「馬鹿に早いじゃないか？」

「これで寝込みを襲うつもりでやって来たんだが——貴方《あなた》こそ早いじゃないですか」

「大して早くもないがね。でも、まア上がりたまえ、少しはいいから」

「いや、出勤の邪魔をしてはいかん。歩き歩きでいいです」神尾は取出した両切りを拇《おや》指《ゆび》の爪でコツコツ叩きながら、そのまま表へ足を返した。警部の背後《うしろ》に制帽を手にして署長夫人が坐っているのにも気のつかないほど無頓着な彼であった。

一体、彼が金谷警部と知合いになったのは、ざっと十年も前、警部がまだ鑑識課の一員としてゴッゴッと指紋の研究に没頭していた頃のことである。それが捜査係長に抜擢され、栄転して四谷署長となった今日、二人の間はなお友人同様の親しい関係をつづけているのだった。普通警察官と新聞記者と云えば、とかく仲の悪いものと相場がきまっているようだが、この両者《ふたり》の交際《なか》だけはその例外におかれるべきものだった。と云うのは、神尾龍太郎のちょっと俗っ離《ぱな》れのした一種仙骨を帯びたとでも云いたいような性格と、これも亦書生気質《かたぎ》で生《き》一本の金谷警部の肌合いとは、当然しっくりと共鳴し合うべき運命の下《もと》にあったからである。事実、彼、神尾龍太郎には所謂記者らしい臭味《におい》は微塵もなかった。第一風采からして浅黒い面長の顔、蓬々《ぼうぼう》と耳までかむさった頭髪《かみのけ》、その下に柔和に光る細い眼光《まなざし》——その何処を抑えても、これが朝から晩まで輪転機の音を聞きながら鋭い神経の世界に生きている新聞人だとは思えなかった。まして、いざと云う場合には俊敏な猟犬のようにその感覚を働かして、刑事と競争し、時には捜査課長をすら出し抜くほどの敏腕家で彼があることは、警察当局や僚友の一部にしか知られてはいなかった。犯罪捜査に対する持って生れた趣味性、謂わばその趣味性の権化であるともいいたいくらいの彼であった。とうに内勤に廻って部長か少くとも次長級に納るべきほどの功績を積みながら、自ら希望して十年一日の如く、気随気儘に警視庁詰めの司法記者を専門につづけているのも、それがためで、金谷警部が自分の立場は立場として、普通の友人として以上に、敬愛の気持をもって彼と隔てない交際《つきあい》をつづけている理由《わけ》もそこにあった。

「やあ、失敬。君こそ朝っぱらから如何《どう》したんだね？　何か事件でもあったかい？」

肩を並べて歩き出すと、金谷警部が口を切った。

「それを聞きに来たんだが」神尾は両切りに火を点《つ》けながら、「昨日の会議は何でした？」

「ほう、もう感附いてるね。定例《じょうれい》会議だなんて云っても君は承知しまい。話してもいいが蓋ものだよ」

「どうせ差止めものでしょうね。だから聞きに来たんだ——」

「でも、地方の事件だよ。それも福島のね」

「それで大して騒《ざわ》つかなかったんだな。思想方面ですか？」

「いや、赤でも白でもないんだが、近頃ちょっと素人《しろうと》離れのした大物でね。被害総額十六万円という——」

「相当なものだな。銀行かな？」

「いや、行金拐帯《こうきんかいたい》なんかだと面白くないが、貴金属商の盗難事件で」金谷警部はそう云いかけて、ちょっと背後《うしろ》を気にしながら、「日本橋の浜幸《はまこう》時計店の店員だよ。地方廻り専門のね。その先生が時計や貴金属をトランクに一杯詰めて、東北から北海道を廻って福島までやって来たわけだ。それが一昨日の夕方なんだ。そして定宿《じょうやど》にしてる福島旅館というのへ宿《とま》りこんだそうだ。それが平常《いつも》のことだしそれに日暮れ方と来ていたもので、女中もまたずに案内知った一番奥の二階の部屋へ通って、トランクをそこへ置くと、そのまま便所へ行ったというのだ。ほんの一寸《ちょっと》の間《ま》だそうだがね。ところが用を足して部屋へ戻ってみると、トランクがないのだ。それでも、先生、何時《いつ》もの伝で女中がしまってくれたものと思っていると、間もなく上がって来た女中がトランクをお持ちしましょうというので、始めて盗まれたことに気がついたというわけだ。が、何しろ田舎の古い旅館《やどや》で、帳場からその部屋までは警視庁の廊下くらいも距離があるというんだから、外《そ》部《と》から入った盗賊《どろぼう》だとは考えられない。どうせ家内の者だろうというので、全市の警戒をする一方、その旅館を約三時間にもわたって調べたそうだが、騒ぎ立てただけで、何にも得るところは無かったらしい」

「無論、外部《そと》からでしょうね？」

「そうさ、無論。ところが、それだけでお終いならまだ宜《い》いんだが、夜の十時過ぎになって刑事連がへとへとになって引揚げて来ると、どうだい、君。刑事部屋と目と鼻の留《ぶ》置所《たばこ》の前に、問題のトランクがちゃあんと置いてあったというんだ」

「ほう、ちょっと面白いな！」

「面白いだろう。ところがサ、そのトランクを開《あ》けてみると、内部《なか》はきれいに掃除が出来て、残っているのは書類だけで、現金二万円と十四万円見当の貴金属は煙になっていたんだ」

「そりゃ無論そうだろう。それで何か目星が——」

「まだまだ、それどころじゃないんだ。馬鹿にされて癪にさわった刑事連が、今一度、飛び出して附近の捜査をやってみると、どうだい君、犯人は警察の横手の空地になった草原《くさつぱら》で、トランクを開けて始末をしたものらしく、手荷物になるようなものは、皆そこへ打棄《うつちや》ってあったというんだ」

「ほう、相当愉快な奴だなア。日本にもそんな垢《あく》のとれた先生がいるんですね」

「いるんだねえ、そこで如何《どう》だね君、潰《つぶ》さない中《うち》に捕《つかま》えたら一万円だが、一つ手をつけてみちゃ——」

「一万円は悪くないが、僕の畑じゃないから、まア高見の見物だ。しかし、そんな奴なら大概見当はついてるでしょう？」

「さア……どうせ、東京からずっと尾《つ》けていったものには違いないが……とに角、本庁の連中なんか眼の色を変えているよ」

「…………」

神尾は急に黙りこんで歩き出した。気乗りのしない時には、碌々返辞もしない彼の癖を知っている金谷警部も、敢えて新しい話題を見つけようともせず無言のまま歩いていたが、間もなく千駄ヶ谷駅の近くまで来ると、

「僕は署へ行くんだが、君は？」と訊いた。

「さア」神尾は腕の時計を見ながら、「僕は外苑でも散歩してゆこう。まだ八時半だか

ら」

「じゃ、失敬」

「いや、どうも――」

二人はガードの下で右と左に分れて、神尾は省線に沿うた散歩道をぶらぶらと競技場を右に見て、絵画館の方へ歩き出した。

水っぽいコバルトの空には、オパール色の浮雲がゆるやかに流れて、静寂な神宮外苑の芝生の上には、暖かい春の陽がさんさんと輝いていた。時々省線電車の響きが聞えてくるだけで、人通りも稀れな外苑の朝は麗かな陽射しをうけて、ひっそり微笑んでいるようだった。

「いい気持だなア！」

神尾は絵画館のドームから球場のスタンドを見廻しながら、思わずそう感嘆の声を揚げると、帽子をとって両手を左右に伸しながら思い切り大きな呼吸《いき》を吸いこんだ。

朝寝坊というほどではないが、職業柄で夜更しをすることが多いので、自然普通《ひとなみ》よりは朝寝もする彼である。特別な用事でもない限り、八時前に朝飯をすますというようなことは稀《めずら》しい方であった。で、すがすがしい神宮外苑の朝の空気を吸うなどということは、恐らく生れて始めてであったろう。何にも彼も忘れてしまって、深呼吸をしたのに不思議はなかった。

しかし、次ぎの瞬間、彼はもう金谷警部と別れた時のあの気持に復《かえ》っていた。それは空気のもれはじめた風船玉のような、すっかり弾力を失った呆気ない気持だった。

つまり期待が外《はず》れたのだ。何か目の覚めるような面白い事件にぶつかる期待が、物の見事に外れてしまった——彼は張合いがぬけて、実はぼんやりと手持無沙汰になってしまったのだ。

例《いつ》にない夕刻からの署長会議であった。それも前捜査係長の金谷警部を筆頭に、下谷《したや》、象潟《きさかた》、本所、新宿と何だか意味あり気な方面の署長ばかりを七八人も集めて、一時間余にわたる秘密会議である。長い間の彼の経験から、署長会議にしろ、庁内の会議にしろその内容がどんな程度の重大性であるかということは、大体その雰囲気で見当がつくのであった。集まって来る連中の歩調《あしどり》、会議室から出て来る時の彼等の眼色《めいろ》。時には、新聞記者団の裏を搔こうとする皮肉の作戦もあるにはあるが、警視庁の大玄関をくぐり、廊下を踏んだ年数だけでも大概の刑事よりは先輩である彼の眼には、庁内の空気は風よりも敏感に観てとることが出来るのだった。それだけに、間誤々々と刑事の後を追っかけるような乳臭い真似はもとより、捜査課長の発表なんどは、てんで問題にしない彼だった。刑事はむしろ彼の後を追っかけたし、捜査課長が犯人牽制のために出鱈目の発表をする時分には、大抵事件の真相を突き止めて、肚《はら》の中で笑っているほどの余裕があった。

その彼が昨夜《ゆうべ》の観測だけは、いささか見当が外れたのだ。いや、相当の重大事件と観てとった眼に間違いはなかったが、でも、それが地方の事件であり、殊《こと》に彼の性分にはぴったり来ない盗難事件だったとは、少からず意外であった。

金谷警部から事件の大要《たいよう》を聴きながら、彼の頭には大凡《おおよ》その判断はついてしまった。あの会議に緊張の色が見えたのは、被害の額が大きかったこと、そして犯人が東京にいるということ、それに一万円という近頃珍しい懸賞金がついているということ、ただそれだけであったのだ。呼ばれた署長の顔触れから犯人の潜伏区域も推定が出来ようというもの、金谷警部は前係長として、その意見を徴するためであったのだ。今頃は全市の署長に同文の通牒が廻って、何百という刑事連が一万円を目的《めあて》に、それこそ眼の色を変えていることであろう。

つまらない！ ただそれきりの事ではないか！ まして記事差止めにでもなるというなら、自分には何の関係もない事件なのだ！

何か面白い――それこそ一切を忘れて、夜の目も寝ずに働かしてくれるような大事件が起らないものか。捜査課の連中と競争して、深夜の道を箱根の山まで自動車を飛ばしたお吉殺し、二晩も三晩も徹夜して警戒をした上大崎の六人殺し――あんな目の覚めるような事件がもう降って湧いてもいい時分だのに……。

彼は夢から覚めたような気持で、手にした帽子を頭にのせ、ポケットの煙草を取り出して、端の方を叩きながら火を点けると、さて何方《どっち》へ行ったものかと考えた。

信濃町へ出て省線にしようか、それとも青山の方にしようか。時計を見ると、まだ九時前である。いくらか道は遠いけれど、ゆっくりと歩いて、乗換えのない青山の方へ出ようと、彼はまたぶらぶらと歩き出した。そしてアスファルトの上に、快よい靴の響きをさせながら、交番の前を左へ、青年会館の横手をグリルの前まで来た時だった。

彼はひょいと足を停《と》めて、二歩《あし》三歩《あし》引返した。そしてこれもまた彼の癖の一つであるその細い眼がパチパチと瞬《しばたた》いたと思うと、そこに横着けになった自動車の番号札《ナンバー・プレート》に吸いつけられたように凝視《みい》ったのだった。

番号は　8073.

「はてな?」

呟くも一緒、彼の瞳《め》がきらりと光った。

次ぎの瞬間、彼の身体《からだ》は、車体の前方に飛んで、そこにある番号札《ナンバー・プレート》を蹲《しゃが》みかかって睨んでいた。

それも同じく　8073.

頭を傾《かし》げながら、ゆっくりと身体を伸して突っ立った彼は、今度はじっと車体の観察にとりかかった。銀灰色に塗ったシボーレの三〇年型。大して古くもなってはいないが、取り立てて特徴のある車でもなく、そこらにざらに見かけられる円タクである。

両側と後部の窓は厚い茶色の遮光幕《ブラインド》が降り、運転台の片方のドアが少し開きかかったままで、運転手の姿は見えない。それに車体の位置から考えて、どうやら大急ぎで乗りすてたものらしく、鋪道に沿うて無雑作に停止している。

二三歩後退《あとずさ》った神尾は、車体の前後や位置に改めて注意深い視線をそそいでいたが、

「はて――？」

と再び呟いたと思うと、今一度車体後方の番号札《ナンバー・プレート》に近づいて、顔をくっつけるようにして札《プレート》の埃をはらい落しだした。が、それもほんの一寸《ちよつと》で止めると、今度は前方に廻って同様のことを繰返した。が、その奇怪な動作は両方で二分足らずで終った。

起ち上がった彼の顔は異常な緊張に輝いていた。そして身体《からだ》を前方に伸しながら、運転台越しに、薄暗い車内に向いて覗き込んだ。――と、暗かったのでつい気がつかなかったが、座席《シート》の片隅に誰か寝《ねむ》っているのが見えた。

「運転手かな？」

神尾は客席の扉《ドア》をそうと開いた。同時に香水の香《におい》がぷーんと鼻を打った。彼の眼は燃ゆるように輝いて、座席のクッションにもたれかかって眠っているらしい若い男の顔に注がれた。蒼白を通り越して蠟色に近いその顔に――。

二　スタートの一歩

座席《シート》の左隅に凭れかかって、ぐったりと眠っている男。それは両の眼を隠すほどに眉《ま》深《ぶか》に冠《かぶ》った帽子を見るまでもなく、一目でそれと知れる学生だった。

まだ二十四五歳位にしか見えない青年で、帝大の学生帽をかむり、鼠色のセルの重ねに、黒っぽい地味な色合の袴《はかま》をはいているが、右手をだらりと垂れ、左の手を不自然に袴の上に曲げているその姿態《ようす》が、どう見ても普通の姿勢《すがた》ではなかった。まして左口唇のあたりが、いくらかひきつったように喰いしばった白い歯並を見せて、閉った両眼にも心なしか苦悶の表情《いろ》が浮んでいるように思われた。

神尾はつと右手を伸すと、食指の尖端《さき》をその男の眼尻《まなじり》に触れた。が、眼瞼《まぶた》にも眉根にもいささかの反応もなかった。

彼は引きかけた手をまた伸して、そうと頭の帽子をとった。裏を返すと、内側に「帝大、英法3春木俊二」とあった。彼はそれを二度三度口の中で繰返して、帽子を旧《もと》に返すと、今一度車内に眼を配りながら、静かにドアを閉めきった。そしてポケットから取出した手帳《ノート》に、心覚えを書きつけると車体を離れて青年会館の正面にある霞ヶ丘町の巡査派出所へ飛び込んだ。

「何《な》んだね、一体？」

警官には不似合なほど肥満した正服が、詰問でもするように訊ねた。

「いや、一寸《ちょっと》外へ出て下さい」神尾は正服を外に引張るようにして指差した。「あすこに自動車の尻尾が見えるでしょう。あの車内《なか》に人が死んでるんですよ」

「死んでる、人が⁉」

警官は魂消たように叫ぶと、神尾を突き除《の》けるようにして、佩剣の把《つか》を握って駈け出した。

＊

――ああ、もしもし、『毎朝』の編輯？　僕、神尾だが誰かいる？　ああ山内《やまのうち》君か、お早う。済まないが、ちょっと市内の自動車番号簿を調べてくれたまえな。――いいかね、番号は18073だ。180だよ。後は73だ。ああ、ゆっくりで宜《い》い、間違いないところを見てくれたまえ。……………………ああ、判ったって？　何《な》に、芝区烏《からす》森《もり》二の八、じゃ新橋だね、うん、新橋ガラージか。よし、有難う。あ、それから一つ帝大の学生課へかけて、英法三年の春木俊二という学生の下宿を調べてくれたまえ。愚図々々云ったら主事の安藤氏を呼び出して僕の名を云えば大丈夫だ。……ああ、春木俊二だ。……都合でその下宿を訪問してもらうかもしれないが、今一度、僕の方から電話をする――僕？　外苑の青年会館事務所からだ……。

＊

――もしもし、あなたは烏森の新橋ガラージですか？　あ、そう……こちらは東京毎朝ですがね。18073というのは君の方の自動車《くるま》ですね。ほう、目附かったかって？　じゃ、もう盗まれたことに気がついてるんですね。何時《いつ》、盗まれたんです……ああ、僕、その自動車《くるま》の所在《ありか》を知ってるんだが、まあ、君の方から盗難の次第を話したまえ。銀灰色だね、そう三〇年型のシボーレだ、間違いない。何《な》に――運転手が酔っ払って……昨夜《ゆう》べ晩く……成程、それで今朝《けさ》になってのこのこ顔を出した――それは宜《い》いが、一体何処で盗まれたんだね？　何《な》に新宿裏？　ほう！　客に引張り込まれて飲んでる中《うち》に酔っぱらった……まア、文句はいいとして、それで、今盗難届を出すところ——そう、で、その運転手の名は？　宮森由太郎《みやもりよしたろう》、年齢は二十六歳——で、その一緒に飲んだ客というのは？　四十前後の紳士？　それ以上は判らない？……有難う、では此方《こちら》からも教えて上げよう、その自動車《くるま》は今神宮外苑の青年会館の裏手に乗りすててあるんだ。大急ぎで貰い下げに来たまえ！

＊

——山内君か？　判った？　本郷台町《ほんごうだいまち》の改善館……そうだね。僕ちょっと、ここから離れられないんだから、局長にそう云って君一と走り行ってくれたまえな。その春木俊二というのが、自動車の内部《なか》で死んでるんだよ。自殺か他殺か、まだ皆目判らないんだ、——で、何時《いつ》下宿を出たか、その時の様子、それから原籍や素行なんど、出来るだけ詳しく——ああ、死んでるなんて云わない方がいいね。自動車《くるま》は先刻《さっき》の 18073——シボーレの三〇年型で、色は銀灰色だが、こいつは下宿には関係ないだろう——ああ、それから下宿へ出入りする友人の名前もね——そうだ、今九時三十五分だから、一時間くらいで要領を得たらこっちへ廻ってくれたまえ。面白くなりそうだったら、一人じゃ手に負えないかもしれんでね——。

三　8073号を囲んで

神尾が青年会館の横手入口に再び姿を見せた時には、所轄青山署の係官が問題の自動車を取囲んで型通りの検視を終ったばかりのところだった。

「あッ！　この男ですよ。先刻《さつき》派出所へ駈け込んで、そのまま姿をくらましたのは――」

派出所の肥った正服が、神尾を見るなりいきり立って署長に告げた。署長は口髭を撫でながら、金縁眼鏡の奥で白い眼をギロッと動かして、怪訝そうな口調で云った。

「君かね、最初この自動車《くるま》を発見したというのは？」

「ああ、僕ですが――」

神尾はそう云って、軽い笑顔を見せながら、署長の顔を見返した。

「………」

何だか見憶えのある顔だと思ったらしい。神尾は無言のまま頭《くび》を傾《かし》げている署長の顔を見ると、馬鹿々々しさを堪えながら、黙って名刺を差出した。

「やア、『毎朝』の……君でしたか、アハハハハ……」

この署長一体何が可笑《おか》しかったのか、恐らく神尾の顔を見忘れていた照れ隠しであったろうが恐しく大きな声で爆笑した。それが神尾の心持をすっかり害《そこ》ねてしまった。彼は不機嫌な顔をして暫《しばら》くの間突立っていたが、それでも職業柄感情を抑《お》しつつんで静かに口を切った。

「検視はすっかり済みましたか？」

「済んだとも！　何《な》に——こりゃ君、普通《ただ》の頓死だよ」

「ははあ、頓死だったんですか？」

神尾はそう云って、半巾《ハンカチ》で手を拭いている中年の警察医をちらと見た。

「記事にもならんだろう。単なる心臓麻痺ではね」

「………」

無言のまま神尾は車体に近づくと、開け放った客席の扉《ドア》から上半身を乗り入れて無気味に硬直した死人の顔をじっと見た。その様子が誰の眼にも今初めて死体と向き合ったような熱心さであった。が、彼の敏感な鼻が微《かす》かながら今尚車内に漂うている得体の知れない香気を嗅ぎ、その右手が乗客専用の灰落しから紙巻の吸殻の一つを掴み、同時に自分が蹲《しゃが》みこんでいるドアの溝から小さな紙片を拾いとって、素早く胸のポケットへ入れたことは、恐らく誰も気がつかなかったに違いない。

「馬鹿に熱心ですな！」

その時、背後《うしろ》から聞き憶えのある声が呼びかけた。振り向くと、それは警視庁の捜査課きっての敏腕《うできき》家と云われている畑刑事だった。

「いや、これは——」

神尾は徐《しず》かに車体から離れて、一寸《ちょっと》帽子の廂《ひさし》に手を当てた。

「相変らず敏捷《すばしこ》いものだなあ。僕は今やって来たところだ」

「いや、偶然通りかかったんですよ。僕が発見者なんだから早いのは当然で――」

「ほう、君が目附けたのか――しかし、今話を聞くと普通の頓死だってじゃないか」

「そういう話ですがね」

「頓死じゃ仕方がないね。僕はまた場所が場所だし、自動車内の怪死体というものだから、大急ぎで飛んで来たんだが……とに角、一応見てみようかな」

畑刑事はそう云いながら車内に首を突っ込んで、死体から車内の様子を調べていたがやがて車を離れると、

「そうだね。この年齢《とし》で心臓麻痺もちょっと怪《おか》しいようだが、と云って外傷はないし、まア矢張り頓死かな」

「どうも左様《そう》としか思えませんが――」

署長の傍にいた警察医が一歩前に進み出て云った。

「君の診断《みたて》がそうなら、間違いはあるまい。しかし運転手はどうしたんだろう？　まさか医者を捜して歩いてるんじゃあるまいな？」

「そんなことはないでしょう、検査表もないんだから、驚いて逃げ出しただろうと思いますが」

これも署長の背後《うしろ》にいた青山署の司法主任らしい正服の警部補が云った。

「成程、検査表は見えないが……」畑刑事は考えながら、「でも怪しいね、乗客が頓死したからと云って、検査表をもって逃げ出しても始まらん話だが……これは、君、事に

よると掻泼《かつさら》い自動車じゃないかね?」

畑刑事の一言で、署長以下五六人の顔が、何かに刺されたように急に緊張《ひきしま》った。それは余りにも簡単な推理と判断であったが、車内の死体にばかり気を奪《と》られていた一同《みんな》には、そこまで心を配る余裕すらなかったらしい。

客を乗せてここまで来て——或いは疾走中——その乗客が頓死したことに気がついたとする。しかしそれで運転手が逃走する必要が何処にあるか、まして自分の姓名の入った検査表をもぎ取ったところで、調べさえすれば車体の持主なり、運転手なりは直《す》ぐにも判ることではないか。普通ならば、目と鼻の間にある派出所へ訴え出て、その指図を仰ぐか、それとも真直ぐに最寄りの病院へでもそのまま車を走らせるべきである。仮令《よし》、後難を恐れてと解釈しても、それは今も云うとおり何《いず》れは判ることなのだ。

神尾が派出所へ報告してから、もう一時間近く経っている。運転手が逃走したことは最早疑う余地はない。すれば——結局推理の糸は畑刑事の直感に落ちつく他はないわけだ。

「誰も持ってないだろうね、自動車名簿を?」署長が四辺《あたり》を見廻した。「村田君、君、署へ電話をかけて交通係に8073号の持主を調べさせたまえ、大急ぎで——」

声に応じて刑事の一人が派出所を差して駈け出した。

「掻泼《かつさら》いの自動車《くるま》だとすると、ちょっと問題だぞ」

畑刑事が呟くように云って死体の方を振返った。それは一同《みんな》の脳裡《あたま》を今往来しているたった一つの思考《かんがえ》を完全に代表した言葉だった。

搔《か》っ浚《さら》った自動車《くるま》、その中に遺棄された死体——それが頓死であれ、他殺であれ、必然的に思い浮べられる帰結は、計画的の犯罪だということである。他殺ではないかも知れない。しかし単なる心臓麻痺にしたところで、この自動車《くるま》の内《なか》で頓死したものではないかも知れぬ。いや、恐らく何処かで死体となったものを、そのままそこへ置くことの出来ない何かの理由から、この自動車《くるま》を搔《か》っ浚《さら》って、ここへ運び出して自動車《くるま》と一緒に棄ててしまったものに違いない。すれば死因は何であれ、死体遺棄罪としての立派な犯罪が成立する。

「身許《みもと》は判ってないですか?」

畑刑事が署長に向かって訊いた。

「判っているのです。帽子の裏に書いてあったので、今調べに行ってるんですが」

司法主任が代って答えた。

「帝大生らしいが——」

「ええ、帝大の英法三年、春木俊二というんです。もうそろそろ帰って来てもいい時分だが……」

司法主任がそう云って、絵画館の方へ目をやった時、派出所へ自動車番号を調べにいった私服が小走りに駈けて来て署長の耳に私語《ささや》いた。

「……何《な》に? 8073てのは井田政務次官の自家用自動車の番号だって?……フン、それで政務次官の自宅へもかけてみた。すると自動車《くるま》は自宅にある、盗まれたりなんどしないって……オイオイ、君、ぼんやりしちゃいかんよ。これが君、政務次官の乗る自動車《くるま》かね。番号を間違えたんだろう」

「私も可怪《おか》しいと思ったので、二度も訊き直したのでありますが……」

私服は気拙《きまず》げな顔をしながらむくんだ署長の顔と8073の番号札《ナンバー・プレート》を等分に見くらべた。

「いくら訊き返したって、君、同じ番号が二つもある筈がないじゃないか。一万八千とでも間違えたんだろう？」

「いや、確かに8073と先方《むこう》でも云うんです」

「だって、これは警視庁で下附《かふ》した真正真銘の番号札じゃないか。まさか同じ番号を二つも下附する筈はないよ」

「だから、合点《がてん》がいかんのです。本庁の交通課へ訊いてみましょうか？」

「そうだね。訊いてみたまえ、そんな馬鹿々々しいことがある筈がないよ！」

刑事が今一度派出所へ引返そうとした時だった。野次馬を警戒のために綱を引いた青年会館入口の遮断線へ二台の自動車《くるま》が相次いで停ったと思うと、前の一台から五十前後の和服姿の男が下り立って警戒の巡査にペコペコと低頭《おじぎ》をしだした。と、後の自動車《くるま》からは軽快な背広姿の青年《わかもの》が飛び下りて、ポケットから名刺を出しながら、群集を掻きわけて、これもまた警官の前へ近づいた。

神尾の眼が誰よりも早くその方へ向いた。と同時に、彼はつと右手を挙げて何か合図をしながら、今まで無言のまま突っ立っていた畑刑事の傍を離れて、すたすたと警戒線の方へ歩き出した。

もう、そこには何の用もないかのように──誰かに話しかける署長の声に振向きもせず──。

四　夕刊締切まで

「やア、御苦労様！　でも、馬鹿に早かったじゃないか」自動車《くるま》が動き出すと、神尾は思い出したように煙草に火を点けながら云った。「何か話があったかね、下宿の方？」

「ああ、大体話は聞いて来たんだが」山内《やまのうち》も煙草に火を点けて、「死因というようなところまでは判らないね。無論、こっちからは何にもそんな話はしなかったんだが」

「で、下宿を出たのは昨夜《ゆうべ》かね」

「いや、今朝なんだ。その辺は詳しく判っているんだがね。何でも、今朝の六時半頃に女の声で電話がかかって来て、大急ぎで飛び出していったんだそうだ」

「ほう、女の声で──それで行先きは云わなかったかしら？」

「出かけに玄関で女中が訊いたそうだ。すると上野だと云ったそうだが、それから先は判らないんだ。上野の何処だか……女将や女中に訊いてみたんだが、上野方面に特に親しい知合いがあるとも思われないと云うんでね」

「で、原籍や人物は？」

「原籍は新潟だそうだ。待ってくれたまえ、新潟の……」山内《やまのうち》はポケットから、手帳《ノート》を取出して、

「そうだ。新潟市白山前通一丁目、年齢《とし》は二十四歳だ。大体は真面目な方で、友人もいし、学校へもよく行くそうだが、女中の話では近頃カッフェへよく出かけるとか云ってたがね」

「カッフェってどの方面だろう？」

「築地のルナとか云ったようだ。それもその女中が先生の部屋でよくマッチを見かけるもので、大方そうだろうと云うんだがね。知ってるかね、君、ルナなんてカッフェを？」

「演舞場の附近にあったようだね」

「おやおや、これは恐れ入った。どうして隅へは置けないね」

「いや、何時《いつ》だったか演舞場の帰りに友達と入ったことがあるので憶えているんだ。多恵子とかいう女給がいたっけ」

「多恵子！　それだよ。下宿の女中が春木さんが時々酔っぱらって帰ってはその女の名を云うから、今朝の電話も大方その女《ひと》からだろうなんて冗談半分に云ってたぜ」

「そいつは一寸耳寄《ちょつと》りだね。じゃ――」神尾は時計を見ながら、「新橋ガラージへも一《ちよ》寸行《つと》ってみたいんだが、まだ間があるからカッフェ・ルナへ寄ってみようじゃないか。お茶でも喫《の》みがてら」

「でも、今頃出てるかしら？　まだ正午前《ひる》だよ」

「どうだかそいつは分らないが、とに角行ってみよう。大して廻りでもないから」

「よかろう。じゃ、君、演舞場の傍《そば》まで行ってくれたまえ」山内は運転手にそう命じてから、「ところで、その春木という大学生は他殺と決ったかね？」

「それが問題だがね。警察では心臓麻痺だという医師の診断をそのまま信用して、頓死ということにしてるらしいが、僕はどうもそいつが怪しいと思うんだ。何《な》んにしたって二十三四の血気盛りだもの、それに見たところ病気なんか有りそうもないんだ。それが下宿を出る時に何の異状もなかったとすると、二時間かそこらの間にぽかりと心臓麻痺でいっちまうなんて、ちょっと信じられんよ」

「外傷はないんだね」

「全然無いらしいんだ。だから一層可怪《おか》しいんだ」

「で、自動車の方はどうだった？」

「こいつが、また滑稽でね。新橋ガラージへ電話をかけると、運転手が昨夜《ゆうべ》新宿か何処かで、お客に一杯飲まされてる間に、掻浚《かっさら》われたというんだ。それも今朝になって運転手がのこのこやって来ての報告で、今盗難届を出すところだというので、自動車《くるま》の所在《ありか》を教えてやったよ。君と一緒にあすこへやって来た男があったね、あれが多分ガラージの親爺だろうと思うんだ」

「そうか、何だか馬鹿に恐縮してお辞儀をペコペコしてたと思った。ところで、自動車《くるま》を搔渫《かっさら》って死体を乗っけたとすると、こいつは少々念が入ってるね」

「そこが問題だがね。それに自動車《くるま》の番号札《ナンバー・プレート》が誤魔化してあるんだよ。18073の1をうまくペンキで消してあるんだ。警察の諸君はそれに気がつかないものだから、8073の番号を調べて商工省の井田政務次官邸を騒がしていたんだが、今頃大笑いしてるだろうよ。それはとに角、問題は計画的かどうかという点なんだが、自動車《くるま》が搔渫《かっさら》われたのは昨夜《ゆうべ》で、春木が電話で呼び出されたのは今朝だ、計画的犯罪だとすると、随分念が入ってるわけだが、今のところそれを肯定することも出来なければ、否定するだけの材料もないわけだ」

「で、君はどういう風に扱うつもりだね？」

「やはり疑問だね。しかし、僕は七分まで他殺と見ているんだ。少くとも自殺でない限りはだ――頓死というのは受取れんよ。おっと……もう来たね。そこのところを右だ。確か左側の地下室だったと思うが……」

　自動車《くるま》が貸事務所用の建物らしい洋館の前に停ると、神尾は入口にかかったネオン・サインの文字を確かめながら、階段を踏んで地下室へ降りていった。そして客もないがらんとしたテーブルに山内《やまのうち》と対《むか》い合って腰を下すと、早速紅茶を命じて、所在なげに傍へ近づく今一人の女給に話しかけた。

「多恵子さんは、夜の番かね？」

「多恵ちゃんですか？　今日は昼の順番《まわり》だけど、昨日からお休みですわ」

「昨日から？　病気かね？」

「さア——どうですか？　病気じゃないでしょう。きっと何処かへ遊びにでもいったんだわ。あの女よくぽいぽい出かけるんですから」

「そうかね。住居《うち》は何処だね？　上野の方じゃない？」

「よく知らないけど、あっちのようですわ、蘭子さん、あなた知らない、多恵ちゃんの家《うち》？」

紅茶をもって来た十七八の可愛い眼をした娘《こ》がきょとんとした顔をしながら、二人の方を見た。

「どうかして？　多恵子さん？」

「いいや、ただ聞いてみたのさ。何でもないんだけど」

「そう、わたしまた多恵子さんがどうかしたのかと思って——家は上野池《いけ》の端《はた》よ。叔父さんか何かの家に一緒でしょう」

「それから春木という大学生がよく来るだろう？　昨夜《ゆうべ》来なかった？」

「昨夜《ゆうべ》ですか——」

そう云いかけて、口ごもりながら女給が顔を見合した。

「春木君の方が大分熱心だって話じゃないか。今日も二人で何処かへ出かけてるんじゃないかな？」

「さア、どうですか——」

二人の質問に何か疑念をいだいたらしい、女給は意味あり気に、顔を見合すばかりで、言葉尻を濁しだした。ここで新聞記者だと名乗ってみても、相手は口を開くまい。事件の進展如何によっては、また出直して主人なり監督なりに訊ねてみるという法もある。二人は無駄な時間をつぶすよりもと、匆々《そうそう》に勘定をすまして、今度は新橋ガラージへと自動車《くるま》を飛ばした。

自動車《くるま》を受取りにいった主人は、無論まだ帰ってはいなかったが、今朝電話をかけた毎朝新聞のものだと云うと、女主人《おかみ》が出て来て繰返し繰返し礼を云って、こっちから訊きもしないのに運転手の昨夜の失態を叱言《こごと》交りに饒舌《しゃべ》りだした。

「ほんとに、まア何てぼんやりでしょうかね。いくら何《な》んだって仕事中に、お客様と一緒に酒を飲むなんて――それがお得意のお客様ならとも角、何処の誰だか分らないふりのお客に誘われて、自動車を打棄《うっちゃ》っといて一時間もその上も、ぐでんぐでんになるまで飲んでるなんて馬鹿にも程があるじゃありませんか。まア、お蔭様で自動車《くるま》が目附かったからいいようなものの、これが地方へでも持って行かれて売り飛ばされた日には、何処をどう捜していいか判りっこありませんからね。ほんとうにお蔭様でございましたよ。それに面目ないのでよう帰って来なかったと申しますけど、今朝の九時過ぎになって、のこのこ店へ出て来て自動車《くるま》を盗まれたなんて云うもので、皆で呆れ返ってしまって文句も出なかったんでございますよ。そこへ貴方の方からのお電話だったもので、ほんとうに有難うございました。運転手も随分使ってみたんですが、あんなぼんやりは初めてで、あれでよく免状がとれたものだと思いますよ――」

「で、宮森とか云いましたね。その運転手は今いませんか？」

饒舌《しゃべ》らしておけば、何時《いつ》までも果しがなさそうなので、その辺で神尾が口を挿んだ。

「居ますですよ、そこに――」

女主人《おかみ》は表で揮発油《あぶら》ににじんだ菜葉服《なっぱふく》を着て、車体の掃除をしている男の方を指した。

「あの先生ですか。一寸《ちょっと》、僕話を聞きたいことがあるんで――いや、あすこへ行きましょう」

女主人《おかみ》がこっちへ呼ぼうとするのを、神尾は押し止めて、山内と二人でその男の方へ歩いていった。

「君、大分油を絞られたらしいね？」

人の好さそうな運転手は、神尾の言葉に面《おもて》もよう上げずに俯向いた。

「まア、いいや、出来たことは仕方がないとして、君と一緒に酒を飲んだという男だが、君その男の名を聞かなかったかね？」

「……つい、その……」

「聞かなかったのも無理はないが、一体何処から乗っけたんだね？」

「数寄屋橋からでした。十二時半頃だったでしょうか、新宿まで五十銭の約束で乗せましたんで……」

「それで、新宿へ着くとどうした？」

「それが乗っけた時に、もう宜《い》い加減酔っていたようで、駅前まで行くと裏通りへ入れと云うので、裏通りは自動車が入らないからと申しますと、武蔵野館のところなら入ると云って諾《き》かないので、とうとうそこまで乗り込みますと、今度は俺について来い、ついて来なければ勘定も払わんと云うもので、酔ってはいるし、随《つ》いてゆくと、何とかいう酒場《バー》へ入ってまア一杯飲《や》れといって諾《き》かないんです。私は自動車《くるま》を置いているので酒なんど飲む気にはなれなかったんですが、何としても諾《き》かないものですから、つい差出された洋杯《コップ》でぐいぐいと飲《や》ったんです」

「腹は空《す》いてたし、忽《たちま》ち好《い》い気持になったって訳だね」

「まア……そうなんです。すると後から後からと女給が注《つ》ぐもので、それをまたお客の方では面白がって見ているというような訳で、後はどうなったか何《な》にが何だか分らないことになってしまって、女給に起されて外へ出てみるとお客も自動車《くるま》も見えないんです。酒場《バー》へ引返して訊いてみたんですが、初めてのお客だというし、私は困ってしまって……」

「警察へどうして届けなかったんだ？」

「それが、その……後から考えると、そうすれば宜《よ》かったんですが、あの時は頭がきり痛んで、何にも考えが出なかったんです」

人の好さそうな運転手は、大方二人を警察の者とでも思い込んでいるらしく、そう云ったきり頭を抱えて俯向き込んでしまった。

「それもいい。ところで、そのお客というのは、どんな風の男だったね？」

「四十位の勤め人風の紳士でしたが……」

「何か特徴はなかったかね？」

「さア――円顔《まるがお》で眼鏡をかけていたことは憶えていますが他にはこれと云って――」

「言葉に訛《なまり》なんかなかったかい？」

「何しろこっちも酔ってたので、よく分りませんが北国《ほっこく》の人のような言葉つきだったように思いますが……」

「北国と云っても広いが、新潟方面か、それとも秋田、青森方面か多少の見当でもつかないかね？」

「さア、それは――」

「で、煙草は喫ってたかね？　自動車《くるま》の内部《なか》で？」

「喫わなかったように思います。新宿へ行くまではずっと眠《ね》ていたようですから――」

「今一つ訊きたいが、自動車《くるま》のガソリンはどうだったね？」

「朝入れたきりですから、もう大分無くなっていたと思います。昨日《きのう》はざっと二百哩《マイル》は走りましたから」

「いや、有難う」

一向に取とめもない質問と応答ではあったが、この上いくら訊いてみても、大して要領を得られそうにもなかったし、それにそろそろ夕刊の〆切時間も迫って来たので、神尾は山内を促して編輯へ取って返すと、急いで四五枚の原稿を書いて、何時《いつ》にない空腹を満すべく社内の食堂へ駈け込んだ。

五　古新聞の断片

簡単なランチをすますと、神尾は珈琲をすすりながら手帳《ノート》を出してペンを動かし始めた。

一見粗放なように見えて、彼には中々細心なところがあった。過去十幾年の司法記者生活中、自分が遭遇した少しでも興味ある事件は、その時々メモにして書きとめ整理しておくことにしていた。彼は今それを殆《ほとん》ど無意識の中に始めたのであった。

五月十三日（火）　快晴。

1、神宮外苑、青年会館グリル横手。

2、銀灰色の円タク。シボーレ三〇年型。番号8073――実は18073号。検視の際に於ける当局の断定は心臓麻痺による頓死。

3、氏名、帝大法三、春木俊二。二十四歳。

4、春木の下宿先、本郷台町改善館の談によれば、今朝《こんちょう》六時三十分、女よりの呼出し電話にて急ぎ外出。行先は上野とのこと。

5、築地カッフェ・ルナの女給多恵子のこと。但し同人は昨日来欠勤。

6、死体その他について——。外傷なく相当硬直の傾向。車内に香水ヘリオトロープの匂《におい》いあり。

同様の香は車体のドアの溝より拾いし紙片——、

彼はそこまで書いて来て、思い出したようにチョッキの衣嚢《かくし》から、自動車《くるま》の内《なか》で拾って来た小さい紙片《かみきれ》を取り出した。それは一見して誰の目にも、それと知れる新聞紙の断片《きれっぱし》で、殊《こと》にその道の者にはその紙質から、インキや活字から、それが地方新聞の断片《きれっぱし》であることは一目で判った。神尾は皺を伸ばしながらその両面に眼をやった。一方は相場欄らしく細かい数字で一ぱいであるが、一方は社会面と見えて、三角形に破れた断片《きれっぱし》の上には頭は見えないが旧式の三号活字で「……座前の傷害事件」とあって、本文の中には「——十九日午後十時」次ぎの行には「木二郎外三」、更に次ぎの行に、「今日中に」という風に要点を掴めない活字が並んでいた。

神尾は暫《しばら》くその面と睨めっくらをしていたが、やがてそれを衣嚢《かくし》にしまうと、またペンを執って書きつづけた。

——新聞紙の片《きれ》、「□□座前の傷害事件、加害者は目下厳探□、昨夜十一時頃（欠）木二郎他三（欠）口論となり（以下欠）の文字あり。」——にも沁み込んでいた。

他にスリー・カッスルの吸殻。

7、自動車は新橋ガラージの所有。運転手宮森由太郎（二六）。前夜新宿にて乗客の馳走になり泥酔その間に盗難にかかりしこと判明。同人に疑うべき点なし。

８、登場人物――電話の女。女給多恵子。自動車の乗客。
９、遺された問題――自動車掻浚《かつさら》い犯人の行方。今暁までの自動車の置場。
神尾がそこまで書いて、手帳《ノート》をポケットに蔵い込もうとしていると、見上げるような大きな図体をした男が入って来て、目の前の椅子へゆったりと腰を下した。

「やあ！　神尾さんでしたか。何か面白いことはありませんか！」

身体《からだ》に似つかわしい錆のある大きな声で、その男が話しかけた。社へは用事の時しか顔を見せず、従って内勤の連中の名前なんか殆ど知らない神尾であったが、その男だけは図体が大きいので、「用心棒」というニックネームで通っている、副島という地方版係りであることを知っていた。

「君は――」神尾は相手の顔を見ると、ふと例の古新聞の断片《きれつぱし》を思い出して、「係りは地方版でしたね？　どの方面です？」と訊いてみた。

「房総版ですよ。もう三年もやるんで、彼方《あちら》の方のことは詳しくなりましたよ。でも、十年一日の如しで、地方版はつまりませんね」

「そうですかね」神尾は気のない返辞をしながら、チョッキの衣嚢《かくし》をさぐっていたと思うと、いきなり、「これですがね」と相手の前へ新聞の断片《きれつぱし》を突きつけて、「何処の何新聞だか調べてくれませんか」

「へえ！」地方版係りの「用心棒」先生は、余りに唐突《だしぬけ》な神尾の出方に明らかに面喰ったらしかった。突きつけられるままに、手には取ったものの、一寸四方にも足りぬ新聞

の断片《きれつぱし》をまじまじと凝視《みつ》めていたが、

「神尾さん、これは何《な》んです？」と訝しそうにやっと口を開いた。

「地方新聞の断片《きれつぱし》でしょう。それが或る犯罪に関係がありはしないかと僕は睨んでいるんだ。調べてくれませんか、何月何日の何処の何新聞だか――。裏は相場欄らしいから夕刊ってことは判っていますがね」

「ああ、そうですか」やっと用件が飲みこめた副島君は、改めて新聞の断片《きれつぱし》に目をやりながら、「じゃ調べてみましょう。でも、地方新聞が全部《みんな》来てるわけではないから、お請合は出来ませんよ」

六　茶色の眼鏡の男

神尾は食堂を出ると、やっと手の空いた編輯の幹部と打合せをすまして、もう夕刊を刷りはじめた輪転機の音を後に、警視庁をさして歩いていった。

ぶらぶらと散歩でもするような歩調《あしどり》ではあったが、彼の頭には先刻《さつき》メモの最後へ書きとめた二つの問題がしつこくこびりついていた。それは直ちに事件を解決する鍵にはならないまでも、事の真相に触れ得る何等かの手懸りを提供してくれるだけの十分な重要性をもっている。

自動車《くるま》を掻浚《かつさら》った犯人は――仮令《たとえ》それが単なる自動車泥棒にせよ、今晩までの幾時間を、どうあの車を処置したか。掻浚《かつさら》った時間は恐らく午前一時前後であろう、それから払暁までの四五時間を、東京の街中をぐるぐると運転しつづけていたとは考えられない。恐らく何処かのガラージへ一時預けておいたものと考えられる。

それと今一つはガソリンである。運転手の説明によればガソリンは殆ど欠乏していたという。それが神尾の発見した時には、ガソリン・メーターの針は1/2を指していた。すると前夜か今暁、――それも恐らく春木を乗せる前に、何処かで補給したのに違いない。そこまで考えてくれば、自然そこに一つの捜査方針が立ってくる。即ち新宿から本郷へかけてのガソリン販売所とガラージを調べればいいわけだ。が、それはかなり広範囲に亘る調査であるから警察の活躍にまたなければ到底一日や二日で出来得ることではない。

警察ではその取調べをやっているだろうか？　自分と同様の見解に立つならば、当然そうした捜査方針に出て、自動車泥棒の逮捕に全力を挙げなければならない筈だ。いや、死因は頓死と見ても、自動車の主人《おやじ》が飛び出していって、搔浚《かっさら》いにあった顚末を申し立てれば、そこに新しい疑惑を起して、きっと何かの手配をしているだろう――。

神尾は眼の前に厳然と聳えている警視庁の茶褐色の建物を見上げながら、自分の推理をまとめにかかった。

気になるのは春木が云ったという「上野」である。多恵子からの呼出しだったとすれば……その瞬間《とき》、ふと彼の脳裡に閃いたのは春木の郷里であった。

「そうだ！　新潟だったのだ！」

学生にとっては六時半と云えば、相当早い時間である。それを電話一つで「上野へ」と云ってそそくさと飛び出したと云うことは、或いは郷里から誰か上京したので「上野駅」へ出迎えに行ったのではあるまいか？　こいつは一応取調べてみなくて……は。

新しい暗示《ヒント》を得た嬉しさに、元気よく正面玄関から庁内に足を踏み入れた彼は、向って左への長い廊下を昇降機室《エレベーター・ルーム》の広間まで来た時、ばったり畑刑事に出会《でっくわ》した。

「神尾君！　今朝はひどいことをしたなア！　知ってたなら番号位教えてくれても宜《よ》さそうなもんじゃないか！」

「あまり差出がましいことも悪いと思ったものでね」

神尾はニコニコ笑いながら答えた。

「頓死だったのでいいものの、あれが殺人事件ででもあって見たまえ。えらい目に遭うところだったぞ」

畑刑事は恨みがましい棄台辞《すてぜりふ》をのこして、そのまま行き過ぎようとしたので、神尾はおっかむせるように、

「運転手はどうしたんです？」と訊いてみた。

「運転手って？　ありゃ君、貰い下げて帰っていっただけのことさ」

「いや、盗んだ方のですよ？」

「盗んだ方？」畑刑事は向き直って、「頓死体があったからって、盗まれた自動車は戻ったし、この忙しいのにそんなこそ泥に一々構っていた日には際限がないじゃないか！」

不機嫌な口調で、そう云いすてるとさっさと向うへ行ってしまった。それだけ聞くと神尾はくるりと踵《くびす》を返して、横手の玄関から外へ、通りかかった円タクを呼び止めた。

上野駅までは二十分もかからなかった。駅前に円タクを乗りすてた彼は、早速赤帽溜《あかぼう》りへ飛び込むと、そこにいた四十前後の赤帽を捉えて物馴れた態度で話しかけた。

「やあ、今日は！　毎朝新聞の者ですが、一寸《ちょつと》お訊ねします。今朝六時半から七時頃の間に、銀灰色のシボーレを見かけませんでしたか。番号は8073ですが？」

相手は怪訝そうな顔付きで、神尾の顔を見詰めていたが、

「今朝の六時半から七時頃ですか？　さあ、儂《あつし》は居ませんでしたが、あ、そうそう、五番と十二番に訊いて見なさい。先生達は朝番でしたから」

何か理由《わけ》がある、と考えたのだろう。彼は自分で五番と十二番を捜し出して呉れたので、神尾は二人に向って同様の質問を試みた。

「銀灰色のシボーレ三〇年型ですって？　その頃は居りましたんですがね、はて、8073――と」

二人は瞬間記憶の糸を辿っていたが、十二番の方が口を挿んだ。

「円タクでしょうね？」

「そうなんだ。とに角普通の流しと思っていいのだが、確かに六時半過ぎに人を迎えに来たか、送って来たか、……和服を着た大学生が乗っていた筈だが……」

それを聴いて居た二人の赤帽は互に眼と眼を意味あり気に交し乍《なが》ら、低声《こごえ》で囁いた。

「じゃ、あの自動車《くるま》のこっちゃねえのかな?」

「いやきっとそうだよ」と云って、五番の赤帽が鋭い神尾の視線を避けるように横を向き乍《なが》ら、「それなら知ってますよ。ただシボーレの三〇年型と云ったところで、それこそふんだんにあるんですからね。なあんだ、あの自動車《くるま》のことか」

「ほほう、何《ど》うしてそんなにはっきり知ってるのですかね?」

神尾は細い眼を瞬《また》きながら訊ねた。

「なあに、車夫の連中と立ち廻りをやったんでさあ」

「立ち廻り?」

「そうです。毎日のこってすよ、駅《ここ》じゃ。縄張りを荒されるもんで、構内タクシーや車夫連中は、流しときたら親の仇見たいに憎んでいるんですからね」

「ありゃあ丁度上越線の六時五十分着がホームに入るって間際でしてね」と、今度は十二番が横合から饒舌《しゃべ》り出した。

「ほら、直ぐそこの駐車場の所で車夫が大声を出して、がなり立てていたもんで……」

「その車夫ってのは?」神尾は彼等の饒舌を遮切って訊いた。

「あそこにいますよ。あのずんぐりした、酒源という……」

その話声を聴き附けたらしく、赧《あか》ら顔のもう宜《い》い年をした車夫が腕を組みながら怖ろしい眼付をして近寄って来た。

「なんでえ! 今朝のあのあばた顔《づら》の間抜野郎が何《ど》うかしたってえかえ」

神尾は笑い乍《なが》ら理由を話して、細かくその時の模様を訊いた。

「なんだ、お前さん新聞記者か？　列車がホームに入るってどたばた騒ぎの最中によ、その野郎の自動車が俺達の駐車場《なわばり》にのこのこやって来て停っていやがるんだ。良く見りゃあ、あばた顔の抜作《ぬけさく》じゃねえか、ぼやぼやしやがるねえッてんで呶鳴《どな》ると、車から降りて改札口の方に行きやがる大学生を指し乍ら、俺はあの客を待ってんだ、ときたもんだ。その馬の骨がよ」酒源は脣を舐めずり乍ら、「こちとらあ、そんな術《て》にゃ乗らねえや。そこで立廻りになって、仲間《みんな》で突き飛ばすと、柵にけつまずきゃあがって右手の拇《おや》指《ゆび》の生爪をはがしてよ、泣き言を並べながら道路《した》に行って待ってやがった、指から血を流してさ……」

「それから、学生は何《ど》うしたか覚えてないかね？」

「あ、紳士見たいな野郎と一緒にその車にのったんだがね」

「紳士？」神尾はキラと眼を光らして、「何《ど》んな人相をしていたか知ってないかね？」

「人相迄一々憶えてるかい！　中背の三十五六の……円い顔《つら》をして……茶色の眼鏡をかけてたような気がするがね……」

「やア、有難う！」

神尾は節くれだった車夫の右手をぎゅッと握りしめると、さっさと電車通に姿を消した。

＊

本郷三丁目で電車を降りた神尾は裏通に女子美術の前を通って台町の改善館へ行ってみた。午前中に山内が訪ねていたので、「毎朝」と聞くと、快よく春木の部屋へ通してくれた。

検視の際、死因を疑う何ものもなかったので、春木の死体は彼が生前に使用していた二階の一室に安置されていた。当局としては、強制解剖に附するだけの理由を認めなかったわけだろう。

それも自動車を掻浚《かっさら》った運転手のことはとも角、死体に怪しい箇所でもあると云うなら別として、故郷《くに》から死体受取人も来ないのに、軽々しく解剖室に運んで了《しま》うのは何《ど》うか。――恐らくそんな風に考えての事だろう。神尾はそうした事を想像しながら寂しい寝棺《ねかん》に焼香をした。シクラメンの素焼の鉢が一つ、気力なくしおれていた。

春木の学友らしい制服を着た青年が、強い近眼鏡の奥で黒い眼をしょぼしょぼさせ乍《なが》ら、黯然《あんぜん》と膝頭を抱いて壁に凭《もた》れかかっている。神尾はチラと彼の方を見て話しかけた。

「飛んだ事になりましたね」

「え、春木にしちゃ呆気ない人生でしたよ」彼は汚れた半巾《ハンカチ》で小鼻を拭き乍ら、感傷的な声で答えた。

「心臓でも弱かったですか？」

「いや、弱いことは弱かったですが、まあこんなに呆気なく参るってのは、運命でしょうね。あと一年足らずで卒業と云う間際迄漕ぎつけて、ポカンと逝って了《しま》うなんて……」

「本当に」神尾は煙草の煙をふうっと吐いて、「分らないものですね。併し、心臓麻痺って奴は、全く手の附けられないもんですからな……」

「一昨夜、詰り死んだ日の前夜ですが、春木は何か煩悶があったと見えて、僕と今一人の友人を連れ出して、銀座のエレファントでめちゃ飲みをやったのですよ。……アブサンで来い、ジンで来い、ウイスキイで来いって云う始末でしてね。まあ今から考えると、僕達が殺したようなもんですよ」

重苦しい雨空を窓越しに見上げて、彼はそう云って俯向いた。

暫くの間、二人の間には沈黙が続いた。神尾は何気ない風を装って腰を上げ乍ら、

「青年会館なんか、又何の用事で行ったんでしょうかね？」

「春木は変人でしたから」と云って彼は近眼鏡の位置を直して、「何んか用事があって外出した儘、散歩にでも行ったんじゃないですか。何《ど》うにもそれ以外には考えられんです。尤《もっと》も出るときには、上野へ行くとだけしか云わなかったそうですがね」

「…………」

神尾は畳の上に視線を投げていたが、「警察では何か訊ねていませんでしたか？」

「さあ、別にこれと云って、……ああ、そう云えば、女給からの手紙を持って行きましたよ」

「女給って、ルナの多恵子とかいう女ですか？」

「そうです。彼女《やつ》はすっかり春木に参っていたようですから――尤《もつと》も春木は金離れがいいので、ちやほやしてたかもしれないんですが、まア春木が死んだと聞いたら泪くらい流してくれるでしょう」

「一体春木君の郷里は、新潟の――」

「新潟市だそうです。詳しいことは知らんですが、両親《おや》も兄弟もない一人者だそうで、何とか云ったたっけ――そうそう山津とかいう大金持がありますね。新潟の石油王です。そこのお嬢さんと許婚《いいなずけ》になって、その家《うち》から学資を出してもらってたようです。とに角可哀想な男でしたよ」

「すると、その山津家から誰方《どなた》かが引取りに来るわけでしょうね？」

「まア、そうでしょう、取敢ず電報だけは打っときましたが」

神尾はそれから二言三言話をして、煙草の喫差《すいさ》しを火鉢の中に突込みながら、腰を上げようとしていると、トントンと梯子段を駈け上がって来た女中が、不安相な眼色《めいろ》で一通の電報をその学生に渡した。

アスアサユク「カイボウノヒツヨウアレバテハイタノム」ヤマヅ

七　山津瑛子

神尾と山内《やまのうち》が再びカッフェ・ルナの扉《ドア》を排したのは、その夜の八時頃だった。

「あら昼間の方ね？」

「毎度お邪魔様で」山内《やまのうち》は奥まったボックスに神尾と対《むか》い合ってビールを命じながら店内を見廻した。六分くらいの客足で見知った顔もいないらしい。

春木のところから多恵子の手紙を持っていったというからには、警察でも一応多恵子を取調べるに相違ない。で、もし多恵子の行方が分ればよし、でなければ「女からの電話」に力点を置いて、池の端とかの彼女の叔父の家を捜し出さねばならない。そう思って彼は山内《やまのうち》の慰労を兼ねてやって来たのだった。

「そりゃあそうと今の話のつづきだが、上野で春木と一緒に自動車《くるま》に乗ったという男は誰だろうね？」

「それが分れば殆ど問題は解決だが――」神尾は両切の端をコツコツ叩きながら、「上野駅着六時五十分という汽車があるんだがね」

「上越線でね？」

「そうだ。春木が下宿を出たのは六時半というから、その汽車と連絡がつくにはつくが、六時五十分に汽車を降りる男が、二十分も前に電話をかけられる筈はないし、それに第一女の声じゃ辻褄が合わんのだよ」

「それも左様《そう》だね、しかし――」と山内が云いかけた時、女給が摘《つま》みとジョッキを持って来たので、二人の話はそれなり中断されて了《しま》った。

「ね、君」山内は神尾の眼色を覗い乍ら、女給に訊ねた。「やっぱり多恵ちゃんって女は休んでるのかい？」

「あらまあ、御執心ねえ――。じゃ呼んであげるわ」彼女はそう云ってカウンターの方を眼で探るようにしていたが、「多恵ちゃん！　御卓子《おテーブル》よ！」と叫んだ。

神尾も山内《やまのうち》も驚いて顔を上げた。と、化粧室の幕の蔭から、切れ目の長い涼しい眼をした、未だ素人臭い美しい女が心持ち蒼褪めた顔に微笑を湛えて、静かに歩み寄って来た。

「君が、多恵子さんかい？」

神尾も驚きを隠して物静かな口調で訊ね乍《なが》ら、「毎朝」の者であることを附け足した。それを良い機会《いしお》に、今迄山内の側に坐っていた女給が席を外したので、多恵子はそこに腰を下すと深い嘆息《ためいき》をして俯向いた。

「やっぱり、……では、あの事でいらっしゃいましたのね」

「…………」神尾は細い眼を瞬《まばた》き乍らじっと多恵子の顔を見詰めた。

「夕方、警察の方が見えられて、色々訊ねられましたの……春木さんが死んだなんて、……まるで夢のようですわ……」

彼女はやっとそれだけ云ったものの、暫くの間は悲しみに堪える為、何事も云い得ない者のようだった。

「警察が？」神尾はわざと意外相な声で反問した。

「ええ。刑事さんが二人も見えましたのよ……でもあたしは何も存じませんもの、あの方達は、あたくしが先達て春木さんに出した手紙を見て来たとか云ってましたけれど、あたくし、……ただ、何《な》んでもない手紙でございましたもの、……でも疑いが晴れてようございましたわ」

多恵子はそっと目頭を半巾《ハンカチ》で拭き乍ら、それでも割にはきはきと警察に語ったと同様のことを筋道立てて語った。

——昨日の午後は公休日だったので。彼女はかねて手紙で打合せてあったとおり、春木を東京駅の一二等待合室で待っていた。が、春木は三十分以上も遅れて来た上、用事が出来たからと云って、小田原までの一泊旅行を拒んだ。折角、思い立って出て来た彼女は半ば面当てと自棄《やけ》気味になって一人で小田原まで行って、昨夜《ゆうべ》は御幸《みゆき》ヶ浜の海風亭に泊ったのだった。そして今朝起き出ると一人旅の所在なさに海岸など散歩して午後一時頃に東京に帰ったものの、直ぐにはお店に出て働く気にもなれなかったので、遅番で下宿に転がっている朋輩の文子の所へ行って夕方迄遊んだ。そして文子が色々と慰めて呉れるので、漸々《ようよう》気を取り直して夕方お店に出ると間もなく、夕刊で春木が頓死した事を知った。

だから今日の午後東京へ帰ってからのことは朋輩の文子に訊けば分るし、又小田原の方のことはこれを見て下さいと云って、わざわざ海風亭の宿料受取迄取り出して見せた。

＊

翌日の夜——。

神尾龍太郎は、帝国ホテルの華麗な一室で、春木俊二と婚約の間柄であると云う山津瑛子に会っていた。

仄《ほの》白い、落着いた照明の中で、彼は瑛子を冷い視線で観察した。蒼白い透き通るような風貌《かおだち》は、一点非の打ちどころもない美しさである。何よりも、深い沼のように澄んだ理智的な彼女の瞳が、一層美しさをひきたてて、白い手や頸《うなじ》は地味な色彩の衣服と対照して、花石膏《アラバスター》のように艶々《つやつや》と光っていた。左手の薬指には青玉《サファイア》を鏤《ちりば》めた金指輪が、キラキラ輝いて白魚のような五指を、清らかな寂しさから救っていた。

「わざわざお出でを願って、真実《ほんとう》に痛み入りました」彼女はそう云って、神尾に傍《かたわら》の肘かけ椅子を薦めた。

「何《ど》う云う御用件でしょうか？」

神尾はじいっと瑛子の顔を見詰めて訊ねた。

「実は、今朝警察の方が見えられまして、貴方様のお噂がありましたものでございますから、……それで——」と云った時、ボーイが茶菓の用意を整えて、茶卓子《テーブル》ごと運んで来た。

「詰り、僕が何かを嗅ぎ出して、新聞に書き立てるかも知れない、と云う意味ですか？」

率直な彼の言葉を瑛子は黙って微笑みながら聴いていたが、

「そうでございますの、御承知の事とは思いますが、帝大での今日の解剖の結果は心臓麻痺でございました。それに父が病気なものでございますから、若《も》し今日の事が色々新聞紙上で取り沙汰されるようになりますと……」

「左様、御家名にも関わると云う結果にもなりますからね。しかし、僕の新聞は別に記事の捏造はいたしませんし、個人や家庭の秘密にまで触れるようなことは致さない方針ですから――」

「いいえ、決してそう云う意味で申し上げましたのではございません。あたくし、……貴方様と警察との間に御意見の相違があるように承わりましたものですから、若《も》し出来ましたらその点をお伺い出来ないものか知ら、と存じまして……」

彼女は云いかけて、神尾に卓子《テーブル》の煙草盆から煙草《シガー》を取って薦めた。

「さあ、それは困りましたね。とに角、解剖の結果が心臓麻痺なんですから、例え僕が何か意見を持っていた所で、無意味《ナンセンス》でしょうね。まだ一二腑に落ちない点もあるにはありますが、詰らん事ですし、それに今確定出来もしない事は、大体話して見ても仕様のないことじゃないですか？」

無表情な神尾の顔を見ながら、瑛子は言葉に詰ったらしく俯向いた。

「御用件はそれだけですか、では失敬します」

そう云って神尾は鋭い一瞥を彼女に与えると、軽く頭を下げて、さっさと出て行って了《しま》った。

呆気にとられた瑛子は、彼の去って行った扉《ドア》の方に視線を送りながら、暫くじっとしていたが、深い嘆息《ためいき》と共に呟《つぶや》いた。

「まだ、お話がございましたのに……」

円《つぶ》らな瞳に、ふいと愁《うれい》の影が射して、彼女は何故かその美しい眉根を寄せ乍《なが》ら項垂《うなだ》れた。

と、突然しっとりとした部屋の静けさを破って、卓上電話の電鈴《ベル》がジリリリリと鳴り響いた。

それは警視庁の捜査課からの電話で、毎朝の記者神尾によって捉えられた18073号を盗んだ倉田虎三と云う運転手を取調中であるから、或いは万が一春木の遺骸を再解剖に附さなければならない様になるかも知れない。——万々そんな事はなかろうが、その時の為に、死体は当分帝大の法医学部の方で保存するようにしたいから承知されたい、と云う事だった。

「……何卒宜《どうぞよろ》しく——」

そう云って受話機を離した瑛子の顔は蠟色に蒼褪めて見えた。

＊

翌日は朝から明るい天気で、気持良く晴れた蒼空が眩しく輝いていた。

昼過ぎのことである。珍らしく上機嫌な神尾と、之《これ》も何かの用務関係で本庁に来た、ひどく元気な金谷警部とが、桜田門から日比谷公園の方へ歩き乍ら話していた。

「如何《いかが》です、例の一万円の方は？」

「容疑者は一二人挙がったが、まだ却々《なかなか》だね。まあ大体の目鼻もついたようだが。……それはそうと、一昨日《おととい》外苑で妙な頓死があったそうじゃないか、管轄が違うので余り詳しくも訊いてないが、君が一役買って出て運転手を逮捕したとなると、少し色目で見たくなるね、ハハハハハハハ」

「いや、あれは偶然ですよ。あばた顔《づら》の拇指《おやゆび》を傷《いた》めた男などという決定的な手懸りがあったもんで、大分早かった訳ですよ。昨日の朝、早くから神田の職業紹介所に張っていたところが、運転手の口を捜す人相の悪い奴が一人いたので、此奴《こいつ》臭いと思って、バットを呉れた時に注意して見ると拇指の爪のところが充血していたというわけで――それだけの事ですよ――」

「いやに用心するね。其奴《そいつ》は別に臭くはないのかね？」

「さあ、段々取調べれば何《ど》うですか、僕の見たところでは単に自動車《くるま》を盗んだ、としか思われないですな」

「かかり合いになるのが怖くて逃げたか？　フンありそうな事だな」と云って金谷警部は腕時計を覗き乍ら、「……解剖の結果は心臓麻痺だそうだね――」

「科学は怖ろしいもんですよ」神尾は冷やかに笑って、「これじゃ睨むも睨まないもないですからね」

「さあ、君の事だから何《ど》うだかね」

「まあ、今少し経ったら或いは面白くなるかも知れないがね、今のところ、僕の方としちゃ蓋物《ふたもの》ですから――」

「蓋物か――。ウハハハハハハハハ」

「ハハハハハハハ」

＊

それからかっきり二時間後に、神尾龍太郎の機敏な姿は、帝大の法医学部教室の小使室に現われていた。

向き合って低声《こごえ》で話し合っているのは、既《も》う二十年もの長い間、ここに勤めて何百何千の解剖死体を取扱っているという変った白髪頭の老小使だった。

神尾は瞬《まばた》き一つしないで、ボツリボツリと語る老小使の言葉に耳を傾けていたが、軈《やが》て大きく首肯《うなず》くと礼を云って静かに踵《きびす》を返した。

区役所の傍《そば》を電車通りへ、陽光が一杯に広がっている道路を、彼は大股に歩きながらポケットの煙草を取り出して、火を点けると、呼びかける円タクに飛び乗って新聞社へ急がした。そして編輯室へ入ると、いきなり書棚から興信録を取り出して厚い頁《ページ》を繰っていった。やがて彼の眼がとまったところには、

山津常太

新潟県多額納税者、帝国石油株式会社大株主、石油県聯販売所（株）常務取締役、越佐商会、大川殖産興業北越鉱業社、新潟運輸各（株）取締役、石油商、新潟県在籍。

女　瑛子　明治四一、三生

君は新潟県人山津治助の二男にして明治元年を以って生れ幼少より勤勉にいそしみ青年期に至り一念発し佐渡金山にて労役に従い後石油発掘事業に専心し今日の成功をかち得たる立志伝中の人なり石油商を営み傍ら石油県聯販売所常務取締役の外前記各会社の重役にして県下の多額納税者に列し直接国税七千九百六円を納む家族は長女瑛子のみにて分家その他姻族なし。

（新潟、白山前、一　電話四〇四）

――序曲終り――

第一章　北龍荘事件

一　北龍荘の人々

うらぶれた北国《ほっこく》の港町――。

街に色様々なチューリップの花が氾濫した。洋々と流れる信濃川に幾度か銀の雨が降り注いで、柳の街を春はゆくりなく暮れていった。

灰色の空、灰色の海、荒れ狂う日本海の怒濤は何処へ行ったのだろう。蒼紺のおおどかな海は明るいコバルトの大空の下で、単調なうねりの響きを繰返しているのみだ。果しない水平線の彼方に夢の如く佐渡ヶ島が浮いている。

所々《ところどころ》緑の芝生に覆われた砂丘がうねうねと起伏して、ただまどらかな風景である――。

北龍荘は、その砂丘のうちでも特に眺望の良い所に、がっしりと聳えている赤煉瓦の、近代ルネッサンス風の洋館で、巨富を有する山津家の別荘だった。

瑛子は限りなくこの建物を愛した。彼女は春木俊二との愛の巣をこの北龍荘に選ぶ積りだった。だが、予測し得ない運命の魔手は、惨酷にも彼女から愛する春木を奪ってしまった。

東京から帰った瑛子は、本宅に病臥している父常太《つねた》に会って、大体の話を済ますと、食事も摂らずに北龍荘に来た。

一見寂し過ぎるこの別荘を、何故彼女はかくも好むようになったか？　これには二つの理由があったのだ。

その一つは、本宅には父常太の愛妾が、殆んど本妻同様に入り浸っている為だった。瑛子には、妾の兼子が醸し出す不愉快な本宅の空気には堪えられなかった。性格的に相反していると云うばかりでなく、教養の深い彼女には無学に近い妾《めかけ》兼子の、傲慢な立ち振舞いの一切が目に余るものだった。

老父常太はこの兼子を、内妻と何等変りない程に愛していた。しかし彼女は常太の愛よりも巨万の富が附目《つけめ》だった。「金になるから」愛する風を見せて居たのだ。しかも業成り、名遂げたこの一老人の愛に不満を感じた彼女は、秘《ひそ》かに他の男と情交を重ねているという噂もあった。

そうした忌わしい世間の風聞を耳にする度毎、瑛子の心は兼子に対する憎悪と侮蔑に燃えさかっていった。そして亡き母の霊を守る為にも、自分が汚れた本宅の空気に染まない為にも、彼女は北龍荘を愛したのだった。

他の理由とは？　瑛子は孤独を好んだ。美貌なるが故に醜い異性の心に触《ふ》れ過ぎたのみか、富める者の醜悪と悲哀をも知り過ぎたのだった。そして優しき胸の奥深く、愛する春木の面影を秘めて、ひたすらに英文学の研究にいそしんでいるのだった。

彼女は理性の勝った女だった。孤独が彼女に不思議な美を増させた。

或る時は咽《むせ》び泣くように、或る時は物静かなワルツの諧調にも似て、そして又或る時には豪壮な交響楽の音律のように、無限の変化に富む波の音を友として、家庭的に恵まれない彼女の青春の日は明け暮れてゆくのだった。

忠実な別荘番の老夫婦に迎えられた瑛子は、簡単な昼食と、風呂の準備を命じて、庭園に面した書斎に入った。

「ハロー！」

主人の帰宅を喜ぶように、朗かに呼ぶ九官鳥の声も、何故か彼女の涙を誘った。旅装を改めるとサン・ルームの籐椅子に腰を下して、暫くの間疲れを癒した。

そよそよと吹いてくる海風の中に、新鮮な磯の香りが混って、本宅で受けた不愉快な気持を彼女は忘れることが出来た。何よりも彼女を喜ばせたものは、明るい海岸一帯の眺めだった。

風呂が済むと、中食をしたためて、紅茶を啜《すす》り乍ら応接間でレコードに親しんだ。だが、春木の死は、何を聴いても彼女の心を晴々とはさせて呉れなかった。

再び書斎に引き返した瑛子は、使い馴れた紫檀《したん》の机に向ってペンを取りあげた。目の前に拡げられた純白の便箋《レターペーパー》を凝視《みつ》め乍ら、何事かじっと考え込んでいるらしかったが、意を決した風ですらすらとペンを走らせ始めた。

神尾龍太郎様

上京の節は、御多忙中色々有難うございました。大変失礼な御願いを申し上げ、さぞ御立腹のことと拝察致します。

貴方様には、あの翌日帰港するよう申し上げましたけれど、何かと用事も出来本日漸く帰宅致しました。春木のことは不幸な運命と諦めて居ります。

若《も》し許されることでございましたら、あの節、猶いろいろ事情を申し上げ、御力を拝借致し度《た》いと存じました。余り無躾なような気持が致しましたものですから、心ならずもあの儘で御別れ致しました次第でございます。それは、申し上げる迄もなく、春木の死に多少関聯した事でございます。でも、この事は結局私一人の胸に秘めて置かねばならないことかとも存じます。

こんな事を申し上げると、ただ冷笑を買うことになるかも知れませんが、何かしら私達一家、特に私に対して恐ろしい者が迫っているような気がしてなりません。或いは一種の強迫観念からの妄想かとも存じますけれど――。とに角、思い切って申し上げれば、と今では却《かえ》って後悔している始末でございます。手前勝手なことばかり認《したた》めまして恐れ入ります。何卒《なにとぞ》重ねての非礼を悪しからず御許し下さいませ。

失礼ながら一寸《ちょっと》御挨拶のみ申上げおきます。

山津瑛子拝

書き終えると、彼女はその手紙を水色の封筒に入れ、机上にあった原書の中に挟み込んだ。そして直ぐ投函しようか、しまいかと考え込んでいる風だったが、間もなく老婢《ばあや》を呼んで投函するように命じた。老婢《ばあや》が出て行ってやや経ってから、本宅から電話が掛って、秘書の高根が帰って来たことを知らせてきた。その電話をきいているうちに、瑛子の顔は不愉快相に曇っていった。

コツコツ。扉《ドア》を叩《ノック》する音がして、老僕《じいや》の柔和な顔が現われた。

「お嬢様、お客様でございます」

「どなた？」いぶかし気に訊ねた。

「浜田の奥様でございますよ。御悔みに上がったとかで……」

「まあ！　そう、お通し申して、ね」

この一月程から、静養と称して、この北龍荘近くの太田旅館に止宿している浜田夫人――。年輩《としごろ》は四十前後なのだろうか、化粧《つくり》のために三十四五にも見える程のモダン・マダムだった。会話の中に、特に新しがりを云ってみたり、ともすると不正確な英語を用いたりする、誠に不思議な女《ひと》であった。海岸の散歩で顔を合せたりしているうちに、何時《いつ》の間にかお茶を共にする位の間柄となってしまったものの、瑛子は、どういうものか心から親しめなかった。時折、思い出したように訪ねてくる彼女を、瑛子とて無碍《むげ》に断りかねた。

「新聞ででも見たのかしら……」

瑛子は自分の帰ったことを浜田夫人がどうして知っただろう、と不審に思いながら応接間に現われた。

「飛んだ事になりましたのねえ」

夫人は淑《しと》やかな物腰で、悲しみに溢れる口調で鄭重に悔みを述べた。そして、

「私、ほんとうに寂しかったものですから、貴女《あなた》の御帰りを待ちあぐんで居りましたの」と、如何にも嬉しそうな風をみせた。

併し、瑛子には、夫人のそうした態度が却って空々しく思われてならなかった。時に気味悪い程鋭く光る夫人の眼は、何《ど》う考えても彼女には理解出来ないものだった。素性も分らない、品性も適確に呑み込めない女と交際を始めたことを後悔するには、少し遅過ぎた。

打ち沈んだ暗い瑛子の顔をチラと横目で見た夫人が、吸いかけていたゲルベ・ゾルテの灰を落しながら云った。

「お諦めなさるのが大切ですわ、何もかも運命ですから……」

「諦めて居りますわ」瑛子は強く答えた。その時、再び老僕《じいや》が書斎の入口に現われて、秘書の高根が来たことを知らせた。

「私、御暇《いとま》致しましょうかしら」と、夫人が云った。

「まあ宜《よろ》しいではございませんか、別にとり立てて、用事もないのですから」瑛子が、夫人を止めていると如何にも旅疲れをしたと云った様子で秘書の高根が入って来た。

「お嬢さん！　お察し致します」

立ったままで頸を項垂《うなだ》れて、高根は云った。

「…………」瑛子は無言で彼の言葉を聴いていた。

「高根さん、またお邪魔に上がって居りますの、貴方《あなた》も御旅行だったそうですねえ」

「や、これは浜田夫人でしたか。東京のああした騒ぎも知らずに、大阪で仕事に追われて居りましたよ」

高根は夫人と並んで腰を下した。そして、それとなく瑛子の打ち解けない様子に目を配った。

「でも、又皆さんがお揃いになりましたのねえ」

ともすれば、気拙《きまず》い沈黙が続こうとする部屋の空気を取り做《な》そうとして、夫人が言葉を挟んだ。

「皆で、お嬢さんを慰めて上げねばなりませんね」高根はそう云って葉巻《シガー》の口を切った。

「…………大阪の方の御仕事、うまくゆきまして？」夫人が云った。

「ええ。まあ大抵ね」

「父は、日石の方について何か云わなかった？」

瑛子がやっと話しかけたので、夫人も高根もホッとしたような面持《おももち》になった。

「申されませんでした。帝国石油は、財界の不況で揺ぐような会社ではありませんよ、お嬢さん！」

　高根は得意気に昂然と答えた。

「貴方が居るからと仰有《おっしゃ》るのでしょう」

「いやあ、ハハハ……」白々しい笑い声を揚げて、高根は頭を掻いた。

「それはそうと、春木さんの葬式の日取ですが……」

「貴方《あなた》と父でいい様に決めて下さい。細っかいことは事務員もいるんだし、私は私で……」と云って、瑛子は急に口を噤《つぐ》んで、夫人に話しかけた。

「御免なさいね、お客様を前にして高根がこんな事を云い出すものですから……」

　応接間で、そうしたチグハグな会話が交されていた時、北龍荘に更に一人の訪問客があった。

　それは、永田敬二というこの港街のN新聞社の客員で、頓死した春木俊二とは高等学校時代からの友人であった。彼は、高等学校を卒業する年、急に学校が嫌になった、と云い出して如何に両親が口を酸っぱくして説いても、頑として自ら退学して了《しま》った変り者で、N新聞に時々得体の知れない短篇を発表したり、日がな一日研究室と称する自宅の倉庫に閉じ籠ってフラスコとアルコール・ランプをいじくったりしている青年だった。

　瑛子を取り巻いている異性の中で、彼女が快く交際出来るのは、春木とこの永田だけだった。

「老僕《じいや》さん、もう帰られたんだろう？」

「ああお嬢さんで、今朝お帰りになりましたですが、……今生憎お客様で……」

「そうか。どうせ構わないお客だろう」

北龍荘も、瑛子の部屋も、彼にとっては我家の延長にすぎなかった。老僕《じいや》も、永田の実直な気持を十分知っているので、一見粗暴に思われる彼の行動に対しても一向気にかけなかった。

永田は、応接間にツカツカとやって来ると、叩《ノック》もせずに扉《ドア》を開いて中に這入った。

「瑛子さん！　暫く」

「あら、永田さん、随分暫くお顔を見せなかったのね」

瑛子は活々《いきいき》とした声で云った。夫人と高根は、この無作法な闖入者に不愉快を感じたらしく、互いに視線を合せながら横を向いて了った。

「貴女の顔を見たい時か、でなかったらでですな、貴女の蔵書《ライブラリー》を利用したい時かでなければ、北龍荘なんて所には用がありませんからね」

「今日は、そのどっちですの？」

「今日ですか？　今日はその両方ですよ」瑛子は笑い乍ら訊ねた。

永田は切れ目の長い、特徴のある眼でチラと高根の顔色を覗ってそう云うと、バサバサした頭髪を指でかき上げた。

「永田君、暫くですね」

「やあ」無愛想に高根に答えて、今度は浜田夫人の煙草匣《シガレット・ケース》からゲルベ・ゾルテを摘《つま》みながら云った。

「頂きます」

「どうぞ。おや、何時《いつ》ぞや海岸でお会いしたことのある……」

「西洋乞食《ベガー》ですか？」と、永田は夫人の厭味のあるアクセントを真似て笑いながら云った。それに釣り込まれて、皆は思わず声を立てて笑ってしまった。

「実力のある無名作家だそうですよ」

高根が見当違いな紹介をすると、瑛子と永田は顔を見合せて苦笑した。

「時に、何か飲まして下さい、瑛子さん」

「紅茶で如何？」

「リプトンでしょう。ありゃ、もう飽き飽きしているんです。コーヒーがいいなあ。モッカを頼みますよ」

瑛子は呼鈴《ベル》を押して、永田の註文を老婢《ばあや》に告げた。

窓越しに空を仰ぐと、もう太陽が傾いて水気を含んだ浮雲が、ゆるやかに流れて見えた。

少しばかりの間四人の間には雑談が続いた。やがて、香り高いコーヒーが運ばれると、夫人と高根はそれを機会《しお》に立ち上がった。

「ずーっと本宅の事務室に居りますから、御用の時はお電話を願います」

高根は瑛子に挨拶して、浜田夫人と共に応接間を後にした。

二人の後をじいっと見送っている永田に向って、瑛子が硬ばったアルトで云った。

「お話があるの……」

「その積りで来たのです」彼女の美しい瞳をじっと覗きながら彼は吐き出すように云った。「あれは一体なんと云う階級です、え？」

憎悪に充ちた声で、永田はそう云いながら、表の方を窓越しに指差した。

丁度郊外の鋪道に通ずる北龍荘前の砂利道を、高根と浜田夫人が肩を並べて歩いて行くのが見えた。

「………」

黙っている瑛子の顔を見詰めて、永田は云った。

「僕にとって、あの二人は、心理学的にも科学的にも、一寸《ちよつと》した興味の対象ですよ」

瑛子は眼瞼《まぶた》を閉じてその話をきいていたが、

「書斎に行きません？」と云って、永田を促して室外に出た。彼は何事か深く考えてるらしく、その言葉にも耳を藉《か》さず二人の吸い残していった灰皿の煙草を見つめていた。

永田が書斎に這入ってくると、瑛子は壁際の煖炉《マントル・ピース》の側《そば》にある安楽椅子《ソファー》に招じて、何から話し出そうかと考えた。

「とに角、東京での話を一通り話して下さい」

そこで、彼女は、当局や下宿からの電報に接すると同時に返電を打ち、直ぐ上京したことから春木の変死に関する一切の事を順序立てて話した。やたらに煙草を吸いながら瑛子の話に耳を傾けていた永田は、すっかり彼女の言葉が終るのを待って云った。

「お金を百円ばかり下さい」

「どうなさるの？」

「上京するのです。その神尾とかという人に会って来ます。それから、春木君の遺骸は高根でなく僕に始末させて下さい。一言御断りして置きますが、僕を絶対に信頼して頂き度《た》いのです」

「今更そんなことを仰有《おつしや》らなくたって……」

「有難う」永田はそう答えて、再び深い考えに沈んだ。

瑛子は、だが、聊《いささ》か不安な気がしないでもなかった。折角、おさまった問題を、ひょっとしたら又明るみに持ち出されるのではないかしら。でも、私の苦しい立場も知っているのだから、彼としても十分考えて行動してくれるには違いないが――。彼女がそんな事を考えていると、永田が突然云った。

「この事は、高根にも浜田夫人にも秘密ですよ」

「でも、全然《まるきり》内緒って――」

「そうだな。まア遺骸を迎えに行った位のことは関《かま》わないでしょう」

「でも、何時《いつ》立つの？」

「今晩の汽車にします」

「今晩？」

「早い方がいいです」

「そう。じゃそれまでここに居らっしゃいません？」

「晩飯を喰わして下さるならね」

「御馳走しますわ」微笑しながら、瑛子はふいと瞳《め》を外《そ》らした。

暮れ染めた紫暗の空が、仄明るい黄昏の光りに溶け合って、北国の夕暮れは物寂しい感傷的な風景だ。

「瑛子さん、御飯迄海岸へ行って見ませんか？　そうだ、春木もこんな黄昏《たそがれ》が好きだったな——」

亡き友を憶う永田の双眼には、熱いものが浸んでいた。瑛子は強《し》いてそれを見まいとした。

裏門から浜辺に通ずる、曲りくねった細い道を、永田は全身に薔薇色の光線を浴びて、のそりのそり歩いて行った。

遠い突堤の彼方に灯台の灯がチラリチラリ点って、それが淡く輝いて望まれた。瑛子の胸中には、云い知れぬ寂寥の影がひたひたと忍び寄って来るのだった。

二　瑛子の日記

——これはあとになって発見された瑛子の日記で、事件に関係ありそうな個所のみ

を録したのである。（作者記）──

五月十九日　曇り

永田さん東京へ出発。

波の音が強い。書斎で十二時迄読書。

空虚。恐ろしい虚無の影が瞳《ひとみ》を掩《おお》う。

……………………（中略）

五月二十三日　雨

永田さん東京より帰る。遺骸を運んで来て下さる。埋葬の準備。本宅には相談しないで宗現寺迄永田さんに行って貰う。

夜、東京での話を聞く。神尾氏は不可解な人だ。永田さんには好意を示したという。細い、鋭い眼が思い出される（後略）

五月二十四日　雨

宗現寺で仮埋葬をする。寝棺に落ちる砂利の音が胸に沁みた。

永田さん、クロポトキンのロシヤ文学史を持って帰って行った。

空虚、怖ろしい虚無。読書をする。

五月二十六日　晴

海が沼のように静まっている。

読書も出来ない。旅に出たい。

永田さん今日も見えない。浜田夫人が来た。

五月二十九日　晴後曇り

高根、浜田夫人来訪。永田さんは何《ど》うしたんだろう。

海岸を歩いてから、街に出る。買物少々、銀行に立寄ってお金を出す。

旅に出たい、何もかも忘れて、このまま誰にも知られない山の中の温泉場でも暮したい。

夕方レコードを聴く。明晩皆を呼んでお茶の会を開くよう老婢《ばあや》に云った。

夜――。あの人の面影が益々強く胸をつく。悲しみは新たに、今は亡き人の在りし日を憶う。

読書も出来ない。暗い暗い気持に堪えられない。明日にでも旅に出ようかしら。

この儘誰にも知られないで、この悲しみ、この憂鬱から逃れるために山の中へでも入りたい。旅！　旅に出たい――。

三　血染の指

拝命して間もない井村刑事は、他の同僚に較べてひどく物事に熱心だった。けれども、腕利揃いの新潟署の刑事達に伍して、一人前の働きをするには、まだまだ遠いことだと考えていた。

探偵科学に関するいろいろな文献を漁れば漁る程、自ら進んで選んだ「探偵」なる職業が、如何に至難なものであるかということをはっきり知るだけに過ぎない様な気がした。

暇を盗んでは貪《むさぼ》るように図書館に通った。ところが、自分が読みたいと思って、先輩から訊いてくる本が、大概の場合何者かによって借り出されているということが、ひどく彼の競争意識をあおるのだった。

——誰が一体自分と同じ書籍を、何のために読むのだろう……。

こうした事を考えるのは、彼にとって興味のない事ではなかった。

簡単に云えば、そんな事から井村刑事は永田敬二というインテリ・ルンペンを知ったのだった。

最初のうち、井村刑事は永田を大概なところで見絞《みくび》っていた。が、だんだんと交友が重なるにつれて、少くとも「理論的」には、彼の頭が自分より数等進歩している事に気附き始めた。或る日の事、ぶらり、彼の自宅を訪問して、様々な話の末、導かれるままに、永田の研究室と称する倉庫の一部に入った。

そこで井村刑事は県の鑑識課の実験室の縮図然とした装置を見てすっかり敬服してしまったのだった。それ以来井村刑事と永田は益々親密な交際を続けるようになったのだ。今夜も、今夜とて、図書館で読書に疲れた頭を生温い夜更の風に吹かせながら、しーんとして物寂しい郊外の海岸通りを歩いていたが、それは云うまでもなく、北龍荘から十四五町ばかり下手の住宅附近にある、永田の家を訪れるためだった。十二時になろうが一時になろうが、何か好い話題さえ有れば、何時迄も話し続ける彼等だった。だから、今夜のような夜更に訪問することも、決して珍らしいことではないのだ。

曇った星一つ見えない真暗な夜空――。ひそひそと呟くような波の音。海は黒々と大きな沼の如く不気味に沈まり返っているらしい。

この辺りは、最近出来た新道で、街に出るには平坦な上に、他の道を通るよりも可成り近いので、昼中は夏分でなくとも相当の人通りがあるのだが、一度夜の帳《とばり》が降りてしまおうものなら、午後八時前迄はいざ知らず、九時近くになったら、恰《まる》で墓場のような静寂《しずけ》さに変ってしまうのだった。

剛胆《ふとつぱら》な井村刑事も、こんな夜更にこの道を選んだ事を後悔する程、四辺《あたり》がひっそりした凄惨な不気味さが闇の中に漂うていた。勢い彼の神経は鋭く研ぎ澄まされて、鋭利な刃物の如く冴えていった。

ものの五町と歩かないうちに、彼は何かに躓いてギョッとして立ち止った。石礫《いしころ》とは違う。何か軽い変な感じのするものだった。それでも普通の人ならそのまま行き過ぎてしまうところであったが、遉《さすが》に彼は折良く持合せていた小型の懐中電灯を取り出した。サッと、蒼白い電灯《あかり》に照し出された路上の光景！　夜目にもそれとうなずける生々しい血溜りの中に、相当立派な女の草履《ソフト》が血だらけになって転がっている！　井村の躓いたのはその草履《ソフト》だった。

「アッ！」と叫んで退いたものの、直ぐその後から彼の職業意識は熾烈に燃え出した。注意深く電灯の光りで見ると、草履《ソフト》は片方だけで、右足のか左足のか直ちに判断出来ないが、生々しい血潮にまみれている。

更に前方を見ると、血溜りから少し離れた所に、何か白いものが二つばかり転がっていた。顔を近づけて見ると、女の指らしい小指と薬指だ！

冷たい戦慄がすーっと井村刑事の脊筋を走った。

「落着け！　落着くんだ！」

井村は自分を自分で叱り附けながら、なおも注意深く地上を調べた。女持ちの楊枝入らしいものがその近くに落ちていた。足跡はと眼を瞠《みは》って捜してみたが、その辺は地面が比較的堅い所なので判然《はっきり》とはしなかった。

今一度振返って血溜りを見ると、一尺四方ばかりの地面に、すっかり吸い込まれて不気味に赤黒く光り乍《なが》ら、ここで演ぜられたであろう無気味な犯行を無言のうちに物語っている。

それだけ見てしまうと、井村刑事は新潟署に報告せねばならないことに気附いた。交番までは二十町以上も走らねばならない。

電話だ！　電話と云ったところで、七八町引返した所にある北龍荘にある位で、この近くには、電話の有りそうな家など一軒もなかった。一番近いところで、と考えた時——。

「そうだッ！　永田君の隣家に電話があった！」と叫ぶと脱兎の如く闇の中を駈け出した。

呆気にとられている永田を、引っぱり出して、現場《げんじょう》に戻ってくるまで、十分とはかからなかったがそれでも井村はもどかしくってならなかった。

「なあんだい！　まるで気違い沙汰じゃないか、一体どうしたと云うんだ？」

永田は、ホームズ張りに咬《くわ》えていたマドロスパイプを右手にして、闇の中で訊ねた。その言葉が終るか終らないかに、彼は井村が差出した懐中電灯の光線《ひかり》で眼前三歩の地面を見た。

「おッ！」永田は呻くような声を出して、キッと身構えた。

「いいか、見張りが出来たから本署へ電話をしてくるから、ここにいてくれ！　頼んだゾ！」

井村刑事はそういうも一緒、懐中電灯を永田の手に渡して、物凄い速力《スピード》で再び先っきの道を引き返していった。

永田は、井村以上に緊張して、この無気味と云おうか、凄惨と云おうか、怖ろしい現《げん》場《じょう》を守ることになった。こうした血腥《ちなまぐさ》い現場に馴れていない彼は、たまらない恐怖に襲われた。

併し、永田の気持は次第に落着き、切れ目の長い澄んだ目が鋭く輝き始めた。求めずして与えられた絶好の機会《チャンス》ではないか？　何気なく腕の夜光時計を見ると、十二時十五分前だ。すると、井村刑事が発見したのはほぼ十一時三十分頃だな。よしッ！　と呟くと、彼は渡された懐中電灯の光りで、入念に現場を調べ始めた。調べると云ったところで、現場に落ちている物には何一つ手を触れる訳には行かない。上半身を殆んど地面に附けるようにして覗き廻るだけだ。

時々うなずいたり、小声で何事かを呟いたり、そうかと思うと、深い溜息を漏らしたりして、丁度野良犬が食物をあさると云った恰好で調べていたが、永田の視線は或る一点に釘付けにされてしまった。

鋭い彼の視線の対象となったものは何か？　それは、先程井村刑事に依って発見された血染の指だった。蒼白い懐中電灯に照し出された不気味なその指！

永田の視線はその二本のうちの薬指らしい一本に嵌っている青玉《サファイア》入りの金指輪に注がれたのだ。

幾度見直しても、その指輪には見覚えがある。

――そんな馬鹿気た事が……いや、だがこの事実は？　なんと云う事だ、これは！　到底信じられないと云ったような表情をして、永田はじいっと闇の中を見つめて、深い溜息をした。血潮に染まったその指輪には、確かに見覚えがある！　永田は、この目の前の状況からして、或る怖ろしい出来事を今はハッキリ想像する事が出来た。混乱した感情が彼の脳裡で白蛇のようにのたうち廻った。が、永田は少しずつ自分の分散した感情を整理し始めた。

ぐるぐるその指の周囲を廻りながら、彼は更に注意深く血腥い現場を調べた。見覚えのある青玉《サファイア》の指輪！　若《も》し、そうだとすれば……、いや待て、待て、未だ何事も分っていないのだ。と、砂利道を駈けてくる人の気配。ぎょッとして永田は目を上げた。

「おうい！　何処に居るんだッ！　電灯《あかり》を点けろ、僕だ、井村だ！」

「此処だ。電話をかけたか？」

「君ンとこの隣りでかけたよ」

「そうか」ほっとして永田は云った。

「おい永田君、これは容易ならん事件だぞ！」井村刑事の声は永田の耳元ではずんだ。

「僕もそう思う……。なんという惨酷な犯行だろう」

暗夜の静寂《しじま》の中で、二人の会話は続いた。そして、彼等を包んでいる鬼気は刻一刻と物凄くなっていった。

「もう一度調べて見ようか？」

暫くして井村刑事が云った。

「……僕は大体見たんだが、手にとって調べる訳に行かんし」

「それもそうだが、僕は余り急いでいた為に見落していたものも出るかも知れないと思うんだ」

「併し、それはどうせもう少し経ったら、本格的に調査しなければならないんだから」

「それもそうだなあ」

と云いながらも、井村刑事は永田の手から懐中電灯を取って、現場の周囲を照し始めた。熱心に何か手懸りを捜し廻っている彼の様子を、永田は黙々と見守っていた。時々生暖かい、むーんとした風が音もなく揺ぐ――。

「おい！　永田君、足元を注意してこちらへ来たまえ」と、井村が叫んだ。

血溜りから一二間離れた、少し道路の柔らかになっている所に、くっきりと残っている靴跡！

「これだ。よく見給え、これは相当な手懸りだと思うね、僕は」

永田は井村刑事に云われるままに覗いて居たが、ややあって答えた。

「重いものを持った人間の足跡だね。その証拠に……」その言葉を途中でさえぎって、井村刑事が口を入れた。

「僕も、そう考えたんだ。しかも、良く見ると、ホラ微《かす》かだが血痕が浸みているだろう。そっちの血溜りから、点々として続いている足跡なんだ。……被害者は、多分此の靴跡の主によって何処かに運び去られたに違い無い」

「死体のないと云う事実からそう考えるのは少々冒険だね。第一、死体と云うことから吟味してかかる必要があるじゃないか？」

「……と云うと？」

「この血溜りから推して、被害者が絶命したとするのは、僕に云わしめれば早計だと思うね。被害者は自分で何処かへ逃げたのかも知れない、とも一応は考えられるではないか？　が、見た処《ところ》被害者はこの近くには居ない、又、血液の量から考えても、そう遠く迄動けるような軽傷でない事も分る。……少くとも致命傷を、この場所で負うたのだろう。故に……」

「下手な推理の練習なんか止せよ。おい永田君、君と違って僕は刑事だ、そんなまだるっこい事なんか、この場合考えて居られるものか！」

そう云った時、彼方の闇から機関《エンジン》の音が近づいて、眩しい光線《ライト》が、さあっと幅広く流れて来た。

「あ、本署から来たぞ！」井村刑事はそう云って、手にした電灯で信号した。

二人の立って居る現場から五六間手前で、ピタリと一行の自動車が停止すると、緊張した赤間捜査課長を先頭に数人の刑事達が素早く飛び降りた。

僅かの差で、県警察部の鑑識課からも警察医その他三四名の係官が駈けつけて来た。

しかし、それで係官が全部揃った訳ではなかった。司法係と、地方裁判所の一行が見えないので、事件を重大視した捜査課長は、一行の到着するのを待って、現場検証を行う事に決めた。

で、その間に、彼は井村刑事から詳細な話を聴取した。一応、話を聴いてしまうと、彼の頭には大体事件の略筋が浮んだと見えて、煙草匣《シガレット・ケース》から敷島を一本抜いて、ゆっくり吸い始めた。そうして居る内に、裁判所、司法係の一行も見えたので、赤間捜査課長と、司法主任の指揮に従って、刑事達は敏捷に動き出した。

ひっそりと静まり返っている闇の中で、先ず最初にマグネシュームの蒼白い焔が幾度もバッ、バッ！と燃え上がった。鑑識課の係官が現場の写真を撮り始めたのだ。

捜査課長は、如何にも物馴れた沈着な態度で時折井村刑事を呼び寄せて聴き訊しながら、あれやこれやと順々に調査を進めていった。

そして、井村刑事が発見した靴跡の側に近づくと、彼は暫くの間深い考えに沈んでいたが、軈《やが》て強烈な電灯の光りでそこら辺一帯を照して、恰《あたか》も猟犬のように方々を探し廻った。再び、その靴跡を覗き込んでから、係の名を呼んで写真に撮らせ、刑事に命じてその形を見取図にした上、方向や寸法を精密に写させた。

「靴跡の方向が問題ですね」と、チョビ髭の司法主任が捜査課長に囁いた。

だが、未だその方向に就いて明確な見透しがつかないのだろう。彼は司法主任の鉤鼻を見詰めただけで、何《な》にも答えようとはしなかった。

此処で倒れた被害者を、犯人は何処かに持ち運んで行ったに相違ない。捜査課長はそう考えて犯人の足跡を求めているのだ。現場から十米《メートル》ばかり離れた道端の芝生に電灯を差し向けると、彼の眼は急に輝いて来た。彼は芝生から鬱蒼たる松林の方向に視線を送って、冷たい瞳を光らした。そうして側にいる中年の刑事に何事か命令した。その刑事は他の一人の同僚を伴って、松林の中を這い廻るようにして浜手《はまて》の砂丘の方向に歩いて行った。

黙々と俯向きながら、赤間捜査課長は今一度現場の状況を正確に見て行った。

一尺四方位の面積を持つ、生々しい血溜り――どす黒く、鈍い反射光線を放って、しっとりと土に浸み込んでいる血潮――。

その中に転がっている血に汚れたフェルトの草履――緑色の表に立派な刺繍のある女物で、表の窪みから見てどうやら右足の物らしく思われる。それと前後して、少しばかり血溜りから外れた処に、錦紗の布《きれ》で作ったひどく華美《はで》な毒々しい色彩に飾られた女持ちの楊枝入が一個――。

そして、血溜りから前方一米《メートル》半ばかりの処には、不気味な二本の指――女の薬指と小指で、鋭利な刃物にふれて、それぞれ第二関節の辺りから切断されたものらしい――。それにその血染の薬指には、相当高価らしい青玉《サファイア》を鏤《ちりば》めた上品な型の金指輪が嵌っている――。

それから、靴跡、芝生……、松林……砂丘、浜辺……海――。

「よーしと」

捜査課長は検事の顔を仰ぎながら、始めてゆったり笑った。現場の見取図も出来たし、松林の中に這入って行った刑事達も帰って来た。手持無沙汰になった警察医が、大きな欠伸《あくび》をして一行の側《そば》から離れると、井村刑事は近づいて行って訊ねた。

「これ位の出血では、絶命と見て差支ないでしょうね？」

「即死の意味ですか、仰有《おっしゃ》る事は？」

返辞の代りに井村刑事は首を縦に振った。

「左様、まあそう見ても宜《よろ》しいでしょう」

綿密な現場検証が終りを告げる頃には、仄々《ほのぼの》と東の空が明るくなって、怖ろしい惨劇の夜は次第に明け始めた。

永田は、右に廻ったり、左に彳《たたず》んだりして、検証の有様を熱心に見守り続けたので、すっかり調査が終ると、さすがに一睡もしなかった疲労が全身に漲《みなぎ》って来るのを覚えた。

――見憶えのあるあの指輪！

それが、ピンと彼の神経を引き締めるのだった。限りない不安と果しない想像――。とり止めもなく彼の想像力は活動しているのだ。

若《も》し、自分の胸中に秘められて有るその指輪の主の名を云ったら、係官の一行の活動は如何なる変化を見るであろうか？　が、万一にも自分の記憶が違って居たとしたら……。

――云うべきか、どうか？

永田は判断に迷った。若《も》しも軽卒に口を滑らしたとしたらどうなる。それも、金輪際間違い無しというだけの自信を持って、その指輪の主は誰々であると明言出来るならば、又問題は別だ。だが、此の場合、それは出来ない。

その上、彼は、仮りに其の指輪が自分の想像している持主の物だとした処で、単に指輪に見憶えがあるとか、乃至《ないし》は見憶えのある指輪に似ていると云うだけで、明白に推定出来る指輪の持主の、この恐怖すべき運命を現実の出来事として考え度《た》くはなかった。何故ならば、それは余りに惨虐な、そして到底想像もし得ない事だったから――。

三台の自動車に分乗した一行の者達と、一先ず署に引き上げようとした赤間捜査課長は、ふと、井村刑事の側に寄り添うて立って居る永田の姿を見出して、不審相に訊ねた。

「君は?……そう云えば、ずっと前から我々と一緒に居たようでしたね?」

「N新聞の永田です……」

と答えると、井村刑事は急いで簡単に永田を捜査課長に紹介して、特に今夜は、自分が電話を掛ける間、この現場に見張って居て呉れた事、そして素人探偵である事も附け足した。

「いやあ、N新聞の永田君でしたか、お名前は承わって居りました。失礼……」

鋭い眼をした、不愛想な青年が何者であるかが分ったと見えて、彼は其の儘車上の人となって、後に残る事となった現場張り込みの二名の刑事達の挙手の礼を承けて引揚げて行こうとした。と、永田が小走りに彼に近づいて行って、何事かを耳打ちした。

「何に？　指輪について？」

「そうです。単に御参考迄にですが？」

「ふーむ、で――？」

「あれは、確かに青玉《サファイア》を鏤めた、十八金の金指輪ですね？」

「見憶えがあると云うのか？」

　捜査課長の言葉は訊問調に変った。

「それがです、確証がないのでここで言明する事は出来ませんが、どうも……」

「……」無言で、捜査課長は永田の言葉を促した。

「見間違いではないような気がします。僕の友人の……いや、僕の或る友人が、僕と一緒に金華堂で買って、或る女に贈った品……です。どうも、それとそっくりなのです」

「有難う。参考に承わって置いて、いずれ正式の鑑定を要する時立ち会って頂きましょう」

　そう云って、彼は一行と共に引揚げて行った。――明らかに、永田は揶揄されたような気持になった。

　勿論、井村刑事も帰ってしまったので、一人になった彼は、次第に明け放たれてゆく爽かな暁《あかつき》の中で、長い悪夢から目覚めた人間のように、しばし呆然と立ちすくんでいたが、すたすた引き返して、一旦自宅に帰った。

　心配そうに彼を迎えてくれた母親に、夜来の事情を物語り、朝飯を済ますと、熱い紅茶を啜《すす》って、「出社する」と云って外に出た。だが、彼の足はN新聞社の方向とは違って、再度、昨夜の現場に向いていった。

彼は、現場に辿りつくと先ず血溜りと大小幾つかの血痕を正確に写生して、被害者の動いた方向を考えた。それが大体終ると、今度は井村刑事の発見した靴跡に、ポケットから取り出したセメントの粉末を注意深く撒布して、水加減をしながら凝固するのを待った。その間、彼は尚も目を皿の如くして手懸りの発見に努力した。血溜りのある現場から少し離れた道端の芝生が、かなり踏みにじられた形跡があって、それが浜手に当る松林にまで続いているように思われたので、あの時の捜査課長の行動も了解出来た。だが、そこで彼の推理はハタと行き詰ったらしく、しきりに考え込みながらその辺《あた》りを歩き廻っていたが、松林の中から浮かない顔で又現場に引返して来た。

小指と薬指は大体第二関節の辺から、鋭利な刃物で斜めに切断されたものらしかった。だが、あの血溜りはそのために出来たとしては少し大袈裟過ぎる。被害者が抵抗した際に、あの指は切られたのだろう。そして血溜りは、恐らく被害者の致命的な他の創傷《そうしょう》から滴り落ちた血液の為であろう。この事は、井村刑事が警察医に訊ねた言葉に徴して見ても頷ける——。そうした傷害を受けた被害者——致命傷——即死——死体……。その死体がない。

考える迄もなく、死体は加害者によって何処かに運搬された上、遺棄されたか、隠匿されたに違いない。

——そう推定して松林を歩いて見たのだが、一向に手懸りはないのである。昨夜、二人の刑事がやはり松林の辺一帯を探し廻った事も思い合された。血潮の滴《したた》る被害者を、犯人は如何なる方法で、血痕の跡を一滴も残さず松林の中に運んだのだろう。

——寓意的な犯罪では決してない。死体遺棄、乃至《ないし》は隠匿の手際から見て、明確にこれは計画的な犯罪だ……。では、何が故に、この現場に見られる如き不手際な犯行を成したであろう。

第一、第二、と永田は推理の過程に大きな矛盾と、不合理を見出しては迷った。

——……青玉《サファイア》の鏤められた指輪！　彼は又しても、指輪について不可解な聯想を強いられたのだった。大急ぎで、携えて来た手帳《ノート》に、精密な現場附近一円の見取図をとると間もなく、凝固した靴型を大切に持ち運んで自分の家へ帰った。そして、見取図を机上に拡げて暫くの間考えに耽っていたが、やおら立ち上がって今度は現場を素通りして、見張りの刑事に挨拶しながら一直線に北龍荘へ急いだ。

四　失踪か？　死か？

玄関に通ずる砂利道を一気に飛んで、永田はもどかしそうに古風な扉《ドア》を排して中に這入った。

「老僕《じいや》さん！」

永田が叫ぶと、声に応じて老僕《じいや》が出て来た。

「瑛子さんは？」

「ああお嬢様は昨夜《ゆうべ》から本宅に行って居りますだ」

「本宅？」

「高根さんから、先刻《さっき》も電話があったそうだが、昨夜《ゆうべ》本宅に行きなさると云ってお出掛になったままだで、本宅《むこう》にいられる筈でごぜえますよ……」

「変だぞ！　それは？」

「何んでごぜえますだ」

老僕《じいや》は、永田の物々しい様子を訝しそうな眼付で見ていたが、笑いながらそう云った。

永田の眼には、あの血まみれの小指と薬指がチラチラ映った。そして、あの青玉《サファイア》の鏤められてあった金指輪が――。だが、彼は、この善良な老爺《おやじ》を驚かしてはいけない、と思ったので、その結果は十分解ってはいたのだが、一応、本宅に電話を掛けて在否を確かめて見た。

「……いいえ。お嬢様は昨夜《ゆうべ》御見えにはなりませんでした」女中のお清の返事はこっちの予期した通りだった。

「老僕《じいや》さん、本宅にも居ないそうだぜ」

「じゃ、……御散歩かな。そうそう、浜田の奥様の宿《うち》へでも行って居なさるかも知れませんな」

「そうかも知れないいね」

永田は、更に浜田夫人の止宿して居る太田屋旅館に電話をかけたが、こちらへは見えてないという番頭の返事だった。

「老僕《じいや》さん、他に心当りがないかね？」

「さあ、……それでも、お嬢様が消えた訳でもございませんでしょうから、直きお帰りになりますよ」

老僕《じいや》は何も知らないのだ。安心し切って、優しい女主人の帰りに何等の疑義をも持っていない。その善良な態度に、永田は不覚な涙を誘われた。自分の口から、しかも未だ確証も挙がっていないのに、瑛子の惨死に就いて話し出すことは勿論出来ない。思案に余った永田は、老僕《じいや》を勝手元に帰して、一人で書斎に行って見た。

少くとも、彼の記憶にある範囲では、そこは平常《ふだん》と少しも変ったところがなかった。更に応接間に行って見たが、そこもきちんと掃除されたあとで、何等の異常も認められなかった。気掛りなのは、瑛子の寝室だけだ。しかし、いくら彼でも主人の許可なしに女の寝室に這入り込む訳には行かないので、再び、書斎に引き返してから、平常《ふだん》は余り使用されない応接間に続く客間へ入って見た。其処にも何の異常も認められなかった。

永田は明らかに狼狽し出した。昨夜《ゆうべ》の出来事を直ちに、あの血塗れの指輪だけで、瑛子の悲惨な運命と結び付けたのは余りにも自分の早合点ではなかっただろうか――。

玄関に人声がする。永田は安楽椅子《ソファー》から立ち上がった。

「ハロー！」と書斎の九官鳥が呼びかけた。

だが、現われたのは、沈痛な面持をした秘書の高根だった。

「高根さん、瑛子さんが見えないって、一体どうしたのですか？」

「それです。今日は御主人も気分が良いとかで、お嬢さんに会い度《た》いと云って、朝早くから捜しているのですが……」

「老僕《じいや》は本宅に行っていると云ってますがね」

「それがどうも妙なのです。とに角、昨夜《ゆうべ》は沢山お客があって、その人達と一緒に本宅に行くと云って出掛けたのは、僕も知っているのですが……」

「では、昨夜《ゆうべ》は貴方も別荘に居合せたのですね」

「そうですよ。久し振りで皆さんを集めてお茶の会を開いたのです。レコードでも聴こうと云うお嬢さんのお言葉だったもんですからね」と、高根が常に似ず永田に好意を示しているのは、余程周章《あわ》てた為であろう。

「……そうかなア。老僕《じいや》は、一寸《ちょつと》そこら辺を散歩してるような口調で事もなげに云ってますが、少し考え方が暢気過ぎますね」

永田がそう云ったとき、書斎の入口に井村刑事の姿が現われた。

「やあ、どうして此処《ここ》へ？」

永田は鋭い眼を向けて井村刑事に訊ねた。

「君に会いたいと思ったんでね。……それに金華堂に立ち寄って、例の指輪の一件を調べて来たんだ……」

「で、どうだった？」チラと、永田は高根の方に目配せして声を呑んだ。

「……君の云った通りさ。実物を持って行って、照会して見たのだ」

「そうか……」

永田の語尾は力無く消えた。何の為に井村刑事が北龍荘にやって来たのか、その理由《わけ》もすっかり了解出来た。漠然とした自分の予感がやっぱり的中したのだ！

そうした二人の有様を、高根は鋭い眼で探っていたが、低い声で永田に呼びかけられた。

「高根さん」永田は鋭い眼眸《まなざし》で二人の顔を見くらべている高根に呼びかけた。「丁度警察の方が見えられたのですから、……瑛子さんの事を一応此の方の耳に入れて置いた方が良くはないでしょうか、……心配ですからね」

「そうですね……」考え深そうに、高根は重々しく答えて、井村刑事の顔を覗った。井村刑事はその様子を見て取ったらしく、一葉の名刺を取り出して、軽く頭を下げた。

「……実は、こちらのお嬢さんが、昨夜《ゆうべ》から行方が分らないのです。で折良く来合せた永田君と今もその事を話し合っていたのですが……」と高根はその名刺を見詰めて云った。

「お嬢さんが、行方不明？」

井村刑事は、さも吃驚《びっくり》したと云う風で、高根の眼を覗いた。

「…………」無言で高根は頷いた。

「本宅の方にでも行ってるのでは有りませんか？」

「本宅には、昨夜《ゆうべ》から全然姿を見せないと云う事なんだ」永田が煙草を咬えてマッチを探りながら云った。

「……旅行に出たのでは、……とも一応は考えましたが、それにしても、お一人で急に夜半《よなか》に無断で出られる訳は有りませんし、それに昨夜《ゆうべ》の九時頃迄は皆さんと一緒に居られたのですからね……」

「では、昨夜《ゆうべ》北龍荘に居合せた人達に全部聞き合せて見たらいいではありませんか？」

井村刑事が云うと、永田が、

「そりゃあ、高根さんとしても十分聞き合せた事でしょう」と云って、書斎の中をぐるぐる歩き出した。

「無論、全部問い合せて見たのです」

「なる程――。そうすると、これは問題ですね。とに角署の方に届出をせねばなりません」

井村の言葉を聞くと、高根はさも困惑したと云う表情で永田の顔を見た。

「井村君、なるべく内密に願いたいもんだね。山津家としても家名に関わるようなことが、つい先達てあった際だし、……どうも弱ったね」

「永田君、そりゃあ大丈夫だ。唯、僕は職責上一応の届出をしなければならないと云うだけの事だから……」

「未だ確かな事は分って居ないのですから、失踪という事は新聞社の方に絶対に秘密にして頂きたいと思いますが……」高根は蒼褪めた顔で気力なく云った。

「いや、署の方から公表するなんて事は絶対にないでしょう。では――」と答えて、井村刑事は緊張した面持で去って行った。

心配相に刑事を見送った高根は、怒りとも悲しみとも付かない表情で、書斎の中をぐるぐる歩き廻っている永田の横顔を見詰めた。

机上のカレンダーが五月三十日と、昨日の日附を無心に物語って居る――。永田の心は乱れた。高根に昨夜来の事を話すべきか、それとも、……。とに角、あの指輪が井村刑事の云ったように、瑛子のものだとしたら、……井村がわざわざ嘘を云う為に訪ねて来る理由はない。

瑛子の指輪、瑛子の指！　血溜り……。

「高根さん……」永田は、ややあって悲痛な声で山津家の秘書に話しかけた。

「腰をかけませんか、一寸《ちょっと》お話があるのです……」

怪訝な顔をして、高根が並んで安楽椅子《ソファー》に腰を下すと、永田は物静かな口調で昨夜来の出来事を語って、こう附け加えた。

「で、その指輪は、さっきの刑事がもう金華堂に行って調べた結果、瑛子さんの物である事が判明したそうです」

「そんな、……そんな事が君、信じられるものか！　第一そんな事のあり得べき理由がないのだ！」

高根は呻くように叫んで、額の冷汗を拭き拭き空虚な瞳を動かした。永田は、じっとトルコ模様の絨毯に眼を注ぎながら、事実の要所を納得のゆくよう繰り返して述べた。

「しかし、無論死体が発見されない以上、必ずしもその被害者が瑛子さんだとは断言出来ない訳ですが……」

激しい衝撃《ショック》を受けたらしい高根の気の毒な様子を見兼ねて、永田はそう云った。だが、それは何の役にも立たなかった。高根の今朝早くからの漠然とした不安は、永田の言葉に依ってハッキリと彩られたのだった。

「……お嬢様が、瑛子さんが……殺された⁉」

血走った眼で、高根はあらぬ方を眺めて呟いた。きっと噛み締めた唇が紫色に歪んだ——。

瑛子の身の上に起ったであろう怖ろしい変化は、何故こうも高根に絶望と驚愕を強いるのだろうか？　永田には解けない謎だった。

「吃驚《びっくり》なさるのも無理は有りません。しかし、高根さん、事実は常に冷酷ですよ。どうか冷静に処理される様希望します」

「……分りました。だが、なんという ひどい事だ、これは？……畜生！　きっと、復讐してやるぞ！」

眼に見えぬ敵に向って挑戦するかのように、高根は物凄い形相で呻いた。

「復讐？」その言葉をきき咎めて、永田は高根の顔を見直した。

「……いや、……そうですよ。そうです！　君は左様《そう》思わないのか、あんな美しい、優しい女を殺した奴に、復讐したいとは思わないのか！」

咬み付くように鋭い高根の言葉――。永田は気がどうかしたのではないかと思ったほどだった。でもそれも一理ある言い分ではないか？　高根のその言葉は、又彼自身の胸中に萌《きざ》している決意の一部でもあったのだ。

老婢《ばあや》の運んで来たお茶を啜《すす》ると、高根もいくらか落着いたと見えて、銀の煙草匣《シガレット・ケース》から吸いつけの外国煙草を摘《つま》み出して点火器《ライター》の火を移した。

「永田君、お願いがあるのですが？」

「僕に？」永田は高根の真剣な顔色を読んだ。

「そうです。この事件の解決迄、是非君に手伝って頂きたいのです」

「……お役に立ちますか、何《ど》うか」

「いいや、どうか頼みます。当局にだけ委《まか》し切りと云う訳には行かないでしょう。なんだか、混み入った裏面の事情があるようです。……単にこれは予感だけですが……。それで、僕は、これから昨夜《ゆうべ》集まった人達に今一応電話で照会して見ますから、君はあの井村とか云いましたね、さっきの刑事。あの人と会って相談して下さい」

高根がそう云ってる所へ、おどおどした顔付の老僕《じいや》が現われて、今鑑識課に出頭を命ぜられたから迎いに来た刑事と一緒に行ってくる旨を言い残して出て行った。

「フェルト草履の鑑定でしょう」

永田はその後を見送りながら呟くように云った。

五　消ゆる人影

その日の午後三時過ぎ――。
北龍荘は、傾きかかった夕陽を浴びて、黒ずんだ砂丘の上にくっきりと赤褐色に浮び上がっていた。
深い悲しみに包まれたその別荘の中に集まった人々の胸中は、突如として起った令嬢瑛子の失踪事件で一杯になって居た。警察では厳秘にしていても、松林の中の恐ろしい惨劇の噂は、もう誰云うともなく皆の耳に伝わっていたのだった。
当局の要求によって、そこへ集まったのは昨夜《ゆうべ》――瑛子失踪の当夜――お茶の会に参会した六人の人達であった。
高根純一――山津家の秘書（三十二歳）
浜田幾子――経歴不詳の保養客で瑛子の知己（四十歳前後）
粕谷貞助《ていすけ》――金屋という屋号の蓄音器店店主で、瑛子のレコードの蒐集は主として彼の店でなされていた。（四十一二三歳）
長谷川友治《ともじ》――高根純一の知人で開業して半歳ばかししかならない資産家の青年弁護士（二十九歳）

坂上信太郎――山津家の遠い親戚に当る食料品店の若主人（二十七歳）

坂上春代――信太郎の妹で瑛子の友人（十八歳）

池田兼子――山津常太の愛妾、元芸妓。落籍《ひか》されて山津家の本宅に内妻同様に起居する身となった女（二十四歳）。一見二十七八歳に見える勝気な女。

それらの人々は、捜査課の刑事の指図に従って、昨夕《ゆうべ》と同じ位置にそれぞれ席をとった。当の瑛子の坐って居た椅子には便宜上永田が自ら進んで腰を下すことになった。

そして、謂わば一座の人達が皆顔を揃えると、裁判所と署からの係官の到着を待って、直ちに仮予審が開かれた――。

「皆、御揃いですか？」

赤間捜査課長が真先に口を開いた。

「全部です」と高根が答えた。

それから、順々に一座の人々の氏名、年齢、身分、職業等が、型通り検事によって訊問され、書記は一々それを記録して行った。

高根の答えを要約すれば次のようなものだった。

お茶の会は、瑛子の申し出で、今迄も月例的に開かれて居たものだった。五月三十日即ち昨夜《ゆうべ》の会も大体それと同様のもので、招かれた人達は五時半頃に食堂で夕食を済ましてから、この応接間のこの位置に席を取って、お茶を飲みながらレコードの新譜を試聴した。

午後八時半近くから、集まった人達はポツポツ帰り出したが、最初に席を外したのは浜田夫人だったと記憶して居る。それから坂上さんとお妹さんの春代さん。私と弁護士の長谷川君とは正九時頃に帰りました。その時は、金屋さんと瑛子さんと、お兼さんの三人が残って居られた筈です――。

金屋蓄音器店主の陳述――。

お嬢さんはそれから、レコードを三枚買って下すったので、それを置いて私は九時二十分頃帰りました。

兼子の陳述――。

瑛子さんは、お父様に話があるとのことで本宅に行くと云って居りましたが、私は玄関先まで一緒に出まして、……それからすぐ荘《うち》の前で別れたのです。

私は、夜道を一人で自動車も呼ばないで行くのは、何《な》んだか危険だとは思いましたが、瑛子さんは、私と道連になるのを余り望まれない様子でしたので、私は別荘の前から右手の広い道を歩いてその儘家へ帰りました。瑛子さんは、私とは反対に左に折れて浜手の新道の方に向って歩いて行ったようでした。

集まって居た総ての人達の注意は、このお兼の陳述に向けられた。約一時間くらいで取調べが済むと、高根と兼子を残した一同の者は、ホッとして帰路についた。

勿論、高根は山津家の秘書として残ったので、取調べに関係があったのではない。係官の疑惑はどうしても兼子に向けられざるを得なかった。

「その外《ほか》、何か申し述べる事はないか？」

じっと兼子の顔を凝視《みつ》めて居た検事が訊ねた。妖艶な彼女の顔は段々蒼ざめていった。

「……ございます。実は、別荘の表門を出て私と瑛子さんが別れる時、物蔭に見憶えのある女《ひと》の姿を見ました。……」

「それは誰か？」

「その方の名前は一寸《ちよつと》申し上げられません、それに薄暗い所でしたから……」

「何故隠し立てをするか？　有りのまま申し述べなければいけない」

係官一同は、一斉に兼子の口元に視線を注いだ。

「……、私が申し上げたと云うことを内密にして置いて下さるなら……」

「宜《よろ》しい」

「それは、先に帰った浜田さんでした、顔は良く見えませんでしたけれど、髪の恰好や背の高さ、それに背丈も似て居りました……」

「フム。はっきりと、そう断言出来るか？」

「さあ……、それは……でも私にはそう思われましたの」

「……。その外には別に無いか？」

「何もございません」

兼子はそう答えて目を伏せると、赤間捜査課長が、強い声で追っかけるように訊ねた。

「お前が別荘を出たのは何時頃だったか？」

「金屋さんが帰って間もなくでしたから、九時三十分か四十分頃だったと思います」

「九時四十分としても宜《よろ》しい。では訊ねるが、この別荘から本宅まで歩いてどの位かかるか？」

「……歩いて四十分もあれば、……十分でございます」

「それはどちらを歩いての事か？」

「……私の歩いた道です。新道を浜手伝いに迂回《まわ》ればもっとかかると思います」

「お前の帰ったのは、昨夜《ゆうべ》の十二時近くだった、と云うが、それ迄何をしていたのだ。幾らゆっくり歩いても十時二十分迄には帰られる訳ではないか？」

「それは、古街《ふるまち》を廻ってビルディングで買い物をしたり、喫茶店で御茶を飲んだりして帰ったからです……」

「古街ビルで、どんな買物をしたか？」

「香水と白粉《おしろい》を買いました……」

「お茶は何処で飲んだか？」

「古街五番町の明治製菓の階上で飲みました」

「それに相違ないか？」

「……相違ございません」

帰っても宜《よろ》しい、と云う検事の声をきくや、兼子は大急ぎで去って行った。

「高根さん、別荘番の夫妻を呼んで呉れ給え」

赤間捜査課長は、高根に呼ばれておどおどしながら這入って来た老僕夫妻に向って二三の質問を試みた。

「お前達は、瑛子が兼子と一緒に出掛けたのを知っているか？」

「知って居りますとも。本宅に行かれるなどと云う事は珍らしい事ですので、私《わし》ぁ婆と一緒に玄関先まで見送りましただ。……今思いますと、あれがお嬢さんとの御別れだった。なあ老婢《ばあや》……。こんな事は、ハア云ってええ事か知りませんだが、実を申しますと旦那様……」と、老僕《じいや》は口を閉じて思案深気《ぶかげ》に老婢《ばあや》の赤く腫れ上がったショボショボした眼を見て、係官達の顔を見廻した。

「爺や、何事も隠し立てなどしてはいけないよ。一生懸命でこうして瑛子さんの行方を探して下すって居なさるのだから」

それ迄黙然と腕をこまぬいて居た永田が、腰掛けた儘で老僕《じいや》を促した。

「私《わし》ぁ、決して隠さねえだよ、永田さん。でもなあ、そんなことが、人様に迷惑をかける事になるかと思って、……婆とも相談したんだが……。旦那様、実のことを申し上げると、表門のところで、兼子さんとお嬢様が何か云い争って居なすった。困った事だと思って居やしたが、間も無く言争《いさかい》の声が止《や》みましたで、ホッとしたような訳でごぜえますだ……。それから、暫く経って、若《も》しやお嬢様がお一人で浜道の方でも歩いて行ったのではねえかと思いましたで、気が気でなかったもんでハア、私ぁ直ぐ追いかけましただ。表門の前で爪立《つまだ》ちして見ますと、お兼さんとお嬢さんが肩を並べて歩いて行きなさるのが見えましたで、安心して引返したのでごぜえますだ」

「それは何方《どっち》の道だったかね？」

「どっちの道って、旦那様、そりゃあ浜道でしたよ、ええ、あの新道の方でしたよ」

「どうして、お前はその淋しい浜道を歩いてゆくお嬢さんを見過したかね？」

「お兼さんと一緒だし、それにあの新道は朝でも昼でも大抵お嬢さんの通る道で、よく新道は良いって云ってましただから……」

そこで、検事は書記に何事かを耳打ちして筆記の筆を止めさせた。

「赤間さん、老僕《じいや》は引き取ってもいいでしょう」と、永田が声をかけた。

「ああ、宜《よろ》しい」

その言葉に応じて、老僕夫妻が涙を拭きながら応接間を出て行くと、係官の一同は書記の机を中心に捜査方針の打ち合せを始めた。

最初に検事が口を開いた。

「どうもあの兼子の行動が解せないね」

「十分疑える。併し、何の為の兇行だか。且《か》つあの女を犯人と仮定したところで、被害者の死体をどう処理したかが疑問となるでは有りませんかなあ」と赤間捜査課長が云った。

「共犯者が有るとすれば、其点は問題でありませんね」と、今度は若い判事が口を入れた。

「そうです。勿論死体のない処を見れば、少くとも兼子が犯人であると云う仮定が成立するためには、共犯者を必要としますね」

「その事に就いては、思い当る事があります」

井村刑事が赤間捜査課長に云った。

「ほほう。どんな事かね」

「兼子には情夫がいます。一人はこの北龍荘から坂道を降った所にいる男ですが……」

「氏名は分っているかね？」

「分って居ります。一度暴行傷害罪でひっかかっている若い男です」

書記は別紙にその旨を認《したた》めた。そして、係官一同は根本的な問題の再協議に移って行った。

既に、行方不明とか、単なる失踪などと云う漠然とした見解は論議の外《ほか》となった。無論自殺説などは根柢から覆えされ、明白に瑛子は何者かによって殺害《せつがい》され、而《しか》も死体は隠匿されたものか、乃至《ないし》は遺棄されたものである、という事に一同の意見は一致した。

では、その犯罪の動機は？

物盗りではない。怨恨でもない。少くとも、見た所では痴情関係でもなさそうである。

「併し、平常《ふだん》のいいさつから云って、兼子は瑛子に怨恨《うらみ》を持って居たのではないか？」

「左様《そう》ですね。そう云われますと、そうとも考えられます。兼子さんにとっては、瑛子さんさえいなかったら、御主人の方はどうにでもなりましょうし、……現在でも事実上御主人の妻ですからね」

高根は、妙に刺々しい言葉で、チラチラ永田の方を気兼しながら捜査課長に答えた。

「とに角、一人娘の瑛子の死は、当然莫大な山津家の財産相続人の問題に関聯してくる訳だ。どうです。瑛子の死に依って財産を継ぐ人は？」

検事の、その言葉は一同の注意を惹くに十分だった。

「法律的に相続出来る人が居るかね？」

赤間捜査課長が、高根の顔を横合から覗いて訊ねた。

「私も、最初からその事を考えて居たのですが、現在では法律上の相続人と云うのは見当りません。ただ兼子さんが本妻になれば別問題ですが、……」

「その他には全くないと云うのだね？」

検事が念を押した。

「さあ……その他と云いましても。ああそうだ！　さっき来て居ましたあの食料品店の若主人公の坂上さんが、或いは、とも考えられますが十分研究して見ないと、何《ど》うとも申し上げられません……」

「兼子が本妻になるとかならないとかと云う事を云い出した事はないかね？」

「それは度々有りました。併し、第一に御主人がそれを聴き容れませんでしたし、それにそれについては瑛子さんが最も強硬に反対をなさったようで、その為にもお二人の感情が多少疎隔したのかも知れませんが……」

この高根の陳述は係官一同に或る決定的な見透しを与えたように思われた。

突然けたたましく電話の鈴《ベル》が鳴って、老僕《じいや》が電話口に出た気配だった。と間もなく急いで食堂に入って行くらしい足音がした。気懸りだと見えて、永田はツト席を外して食堂へ行ってみた。すると小首をかしげ乍《なが》ら老僕《じいや》が何かを捜し求めていた。

「爺や何《ど》うしたんだね？」

「……本宅からの電話で、お兼様が楊枝入を忘れたからって、仰有《おつしや》るのですよ」

「楊枝入？」

「はい。……妙でござんすね。警察へ行った時、私は確か女持ちの楊枝入を見たのですが……」

「…………」

「ありゃあ、お嬢様の持物ではなかったし……」

「爺や！　この事を、今一度旦那方の前で話して呉れないか？」

老僕《じいや》は解せないと云った顔付で暫く永田の顔色を窺っていたが、やっとその意味に気がついたのだろう。身慄いして、永田について応接間へ這入ってゆくと、質朴な言葉で、本宅からの電話の旨を物語った。

「あの楊枝入が、お兼のものだとすると……」

赤間捜査課長の顔は俄然緊張した。耳打ちされた井村刑事は、時を移さず鑑識課に駈けつけて、その足で山津家の本宅に向った。

昨夜《ゆうべ》、現場《げんじょう》で拾われた持主不明の楊枝入が、果してお兼のものだったら……。井村刑事の胸は躍った。

*

信濃川河畔にある豪壮な山津家の本宅は、木造の二階建で、鬱蒼たる樹木に囲まれた古風な雑作《つくり》の家である。

井村刑事が何気なく、大門の潜《くぐ》り戸を押して屋敷内に足を一歩踏み入れた時、広い庭に面した仄暗い部屋の窓際に、チラと幻のように蠢く人影を見出して思わずぎょっとして立ち止った。薄闇の中をすかして見ると、その影はするすると縁に添うて通り魔のように消えてしまった。

何にしても怪しい人影であった。井村刑事はその後を追うてみたいと思ったが、自分に与えられた任務《しごと》のことを考えて玄関先で刺《し》を通じた。四五分も待たされてから女中と入り代って、湯上がり姿の薄化粧をしたお兼がそこに顔を出した。

「楊枝入を失くしたということですが？」

「ええ、確かに鏡台の抽斗《ひきだし》に入れといたと思うのに、先刻《さっき》見るとなかったものですから」

彼女は楊枝入のことが、どうして刑事の耳に入ったのか、またそれでわざわざ出向いて来たのはどうした理由《わけ》かと云った風の顔をした。

「何時《いっ》失くされたんですか？」

「今日だと思いますわ。別荘の食堂へでも置き忘れたかとも思うんですけれど……」

「これじゃないんですか？」

　井村刑事はそう云うと、昨夜《ゆうべ》現場で拾った楊枝入を掌に載せて、いきなり彼女の眼の前へ突きつけた。

「ええ。これですわ……。でも一体何処にあったんでございますの？」

「確かに間違いありませんね。楊枝が五六本と、白山神社のお守りが入って居るのですが」

「間違いありませんわ」

「それでは、改めて伺いますが、この楊枝入は昨日落したのではありませんか？」

「昨日ですって？……あの時、……皆さんと食事をしてから……使った……いいえ、今日のような気が致しますの……」

　兼子の顔色は段々土色に蒼ざめてきた。

「昨夜《ゆうべ》は気がつかなかったと仰有《おっしゃ》るのですね？」

「でも……」

「いや、それだけで結構です。お邪魔しました。楊枝入は当分署の方でお預りしなければなりませんから……」

　そう云って去って行く刑事の後姿を、門灯の淡い光りの中で彼女はワナワナ唇を慄わせながら見送って居た――。

大急ぎで北龍荘に引返した井村刑事は、係官一同の前でお兼との面接の摸様を正確に赤間捜査課長に復命した。

「何《いず》れにしても、楊枝入は昨夜食堂に忘れたものらしいな、……だが、――」

と云って捜査課長は言葉を呑んだ。

「いろいろ考えさせられる点もあるが、お兼は一応挙げねばなるまい、ね」

それ迄黙々として一同の話に耳を傾けていた司法主任が、そう云って予審判事の顔を意味有り気に見詰めた。

「僕も、無論左様《そう》考えて居る、しかし……」

と云って、捜査課長は挑戦するような眼眸《まなざし》で司法主任を見ながら、言葉を継いだ。

「お兼が犯人だとしたら、何故、証拠品ともなるべき楊枝入を自分のものだなどと而《しか》も何もわざわざ此処に電話迄掛けて寄こしたか？　この点は一寸《ちよつと》考えさせられる処だと思うね……」

「いやいや、女性の犯罪者はそれ位の悪智慧は廻るものだよ。単にあの楊枝入ばかりじゃないんだ。昨夜、この別荘の門口で、浜田夫人を見かけたなどと、いい加減な事を云ってるじゃないか？　その筋の者としての我々が、どんな見解を立てるか、恐らくあの女にはそれ位の見透しが付いたのだろう。わざと、楊枝入の事を電話を云って来た手際など、唯者じゃない、と僕はさっきから考えて居る処なんだ」

「そうも思われる、併し……あのお兼とかという女はそれ程頭の利く女だろうかね、学校は小学校も碌々終えては居ないではないか？」と、予審判事が、それが癖らしく首を前後に振りながら云った。

「学力と犯罪は寧ろ反比例じゃないか？」と検事が反駁すると、捜査課長が敷島《しきしま》の吸い殻をぽいと捨てて、静かに口を開いた。

「諸君のお話は一々御尤《もっと》もです。僕はただ、お兼がこっちの推理《かんがえ》について見透しをつけ、その逆を行く程すれて居る女だとは一寸《ちょっと》考えられなかったので、ああした愚見を述べた迄です。だが、女性犯罪者の心理は往々予測出来ない事は色々な例に徴して見ても頷ける事ですから、僕は諸君の主張に従いましょう。で――、問題となるのは、あの女の現場不在証明《アリバイ》だろうと思うのです。この点は尚一応確かめてかかり度《た》いと思うのですが？」

「と、云うと、昨夜《ゆうべ》の九時四十分頃この北龍荘を出たお兼が、帰宅した十二時迄の間の、ええと、つまり、二時間十分の証明と云う訳ですね？」

　禿げ上がった額をつるりと撫でながら、司法主任が錆びた声で云った。

「そうだ。この別荘から山津家の本宅迄は、ぶらぶら歩いて三十五分位で行ける。殊に兼子の通ったという道筋ならば、利用しようと思えば赤バス迄きくのだから、十二時迄帰らなかった、という女中の申し立は相当重大な証言になるじゃないか？」

「買物をした事や、お茶を飲んだ事は申し立てているが……」と、検事が小声で呟いた。「ビルディングで買い物をしたとは云っているが、十時一寸《ちよつと》過ぎならば、もうそろそろ店が閉まって居る頃だから、これは香水と白粉を買った年恰好の女客と云って訊ねれば直ぐ分ると思う。困るのは明治製菓の喫茶店だ。特に二階は十時過ぎと云った処で、恐らく活動《キネマ》帰りの客が相当詰めかけて居る筈だから……」

捜査課長の言葉が終らない内に司法主任が口を出した。

「とにかく、井村君、君ビルディングの化粧品部に電話をかけてくれないか？　時間と人相……ええと高根さん、お兼は昨夜《ゆうべ》日本髪でしたか、洋髪でしたか？」

「今日と同じ洋髪だった様に憶えて居りますが……」と高根が答えると、永田が横から訂正した。

「今日と同じ髪だったら、あれは、単に洋髪ではなく、女優髷まがいの洋髪ですよ」

「それじゃ、女優髷と……時間と、それだけ云って、香水と白粉《おしろい》を買って行った二十七八歳の女客があったか、どうか訊ねて呉れ給え」

井村刑事が電話をかけて居る間、係官一同は云い合したように耳を澄して居たが、結果は予期した通りであった。

「昨夜《ゆうべ》は夏物売出しの準備とかで、十時かっきりに店を閉め切ったそうですよ。勿論、化粧品部でも全然そんな女客は見なかったと云って居ります」電話口から引返して報告する井村刑事の眼は輝いて居た。

「ついでに明治製菓へも電話して見ましょうか？」

「ああ、かけて見給え……」

だが、明治製菓への電話は、ビルディングよりもっと簡単だった。

「昨夜《ゆうべ》は八時から、二階のテーブルの半分は映画聯盟の定期集会の人達によって占められ、九時半頃からはエスペラント講習会の連中が十二三人で押しかけて居たとかで、そうした女の一人客は全然見掛けなかった、と云う事です」

心持ち昂奮したらしい上ずった声で井村刑事が話し終ると、永田が冷たく附け足した。

「明治製菓は、遅くとも十一時五分か十分で店を仕舞う筈ですよ」

電話での照会ではあったが、これで殆んど完全に兼子の現場不在証明《アリバイ》は不成立と見做される訳だ。既に、兼子に対する疑惑の雲は晴れるべくもない。

係官が、それぞれ引き揚げて了《しま》うと、高根と永田は今夜から別荘に宿《とま》り込む事にして、夜食を摂るために食堂に這入った。

風向きが変ったのだろう。ひそひそと呟く波の音が、次第に静寂な夜気に響き始めて、紫暗の大空はぐっと低い。

昨夜の惨劇を思わせるような鬼気が、しーんと北龍荘を包んだ。遠い港口の方角に当って怪獣の呻き声に似た汽笛が、ウオウ！　ウオウ！　と鳴り響いた——。

六　幻滅

悪夢に魘《うな》されながら、高根が目を覚したのは翌朝の八時過ぎだった。傍《そば》を見ると、永田の寝床は綺麗に整頓されてある。高根は大急ぎで服装を整えると、本宅に出掛けて行った。

その頃――。未だ太陽の上がらない内に床を離れた永田は、血溜りのあった現場《げんじよう》附近を中心に、犯人が被害者の死体を運んだと推定される、松林を通って砂丘に出、その儘海岸の波打際迄の散歩を兼ねた調査を済して、書斎に引き揚げたところだった。

パンと牛乳と果物、これだけで朝食が終ると、老婢《ばあや》に頼んで熱いココアを一杯造ってもらった。

机の上には、昨夜遅くまでかかって作製した、北龍荘附近一帯の見取図が載って居る。それを見詰めながら、永田は香りの高い刻み煙草と、口当りのいいココアをちゃんぽんに飲んだ。

蓬々《ぼうぼう》と乱れた櫛目のない頭髪、広い額、切れ目の長い眼。高校時代のニック・ネームはエイゼンシュタインだった――。

老婢《ばあや》が手入れして置いたのだろう。珍らしくもプレスした焦茶のズボンを穿き、ネクタイ無しで同じ色のゆったりした上衣を着た永田は、深々と安楽椅子《ソファー》に腰を下して、瑛子失踪事件の解剖を始めて居るのだった。

彼の眼が、時々明るくキラキラと輝くのは、推理が順調に進んで居る証拠であろう。少く共、死体遺棄説を裏付けるに就いての二三の証拠は、今朝の調査によって握る事が出来た。──血溜りの現場附近を精密に調べた際、道端の叢《くさむら》が踏みにじられてあった所に、南京《ナンキン》袋の繊維を発見した。永田は、死体運搬の際血痕を残さずに処理した不可解を、南京《ナンキン》袋に依って解く事が出来た。松林を通り抜けて、砂丘を浜手近く迄捜して行くと、乱れた足跡に混って、湿った砂地の上に、現場で発見された靴跡に符合する靴跡をも見出した。更に砂丘から海岸に下りるかなり急な坂には、明らかに大きな荷物を引摺り下したと思われるような痕跡が、これも入乱れた足跡に混って十五六米《メートル》ばかりの距離に残って居た。比較的大粒なそこの砂地には、叢《くさむら》の中で発見したと同様の南京袋の組織繊維が無数に混入して居た。

其処から渚辺《なぎさべ》に出ると、数艘の漁船と共に波打際に並んでいる貸ボートが二三艘あった。勿論、季節から云えば、貸ボートは未だ早い、と思われるかも知れない。だが、この海岸では六月近くなると早朝から太公望達の釣りが始まる、そうした連中の用うるボートである。──その内の一艘は蒼海亭2号と記された、ペンキの剝げかかった二人乗りのものだった。

永田の鋭い視線がその短艇《ボート》の中に注がれた時、彼は思わず声を揚げた。そこにも南京袋の繊維が無数に落ちて居るばかりでなく、死体を海中に沈める為に縛したと見做される麻縄の切れ端まで落ちて居るではないか！

併し、渚近くには、漠然と靴跡と推定されるような足型だけで、明瞭にそれと判定出来るようなものは全然見当らなかった。砂浜の事ではあり、波のために何もかも洗い去られたのであろう。

——永田の今朝の散歩は、これだけの手懸りをもたらした。彼は口中に残っているココアの甘味を惜みながら、それだけの材料によって、瑛子失踪事件の輪廓をほぼ脳裡に描き終った。

が、動機は？　犯人は？

永田は昨夜の仮予審の光景を連続するフィルムのように思い浮べて見た。併し、お兼を犯人とする事はどうしても出来なかった。但し、これは一つの予感、直感に過ぎないのではあるが——。

然らば、お兼が犯人でないと云う反駁は？　と云えば、それも到底凝固しない流動物のような単なる想念以外に何もなかった。

やっぱり、当局の睨んだ通りお兼は彼女の情夫と共謀してこの犯行を敢てしたのではあるまいか？

鬱積していた日頃の怨恨、山津家の莫大な財産に対する無智な欲望。而《しか》も主人常太は病弱である。財産を乗取って常太の死を待ち、情夫大野を引き入れて、浅墓な女の限りない虚栄を充そうとしたのではあるまいか？

仮予審の時、浜田夫人云々と申し述べたのは、夫人にあられもない冤罪を着せようとした巧妙な虚偽の証言であろう。楊枝入は、これも同様に悪賢いトリックに違いない。「裏をかく」――それは奸智にたけた日蔭者である淫奔なあのお兼に応《ふさ》わしい犯罪心理ではあるまいか？　無智に近い大胆な遺り口――。

想像の糸を手繰れば手繰る程、永田は当局の見解と見透しに疑惑を持ち得なくなって行くのだった。のみならず、お兼の現場不在証明《アリバイ》は赤間捜査課長の炯眼に依って完全に破られて了《しま》ったではないか。

「左様《そう》だ！　万々一そうだったら？」永田は、何《な》にを考えたかそう呟くと、再び愛玩のマドロス・パイプを口にして、腕組みをしながら考え込んだ。と同時に、澄み切った、それで居て精力的な薄茶色の眼が思い出された。

云うまでもなく、春木俊二の死体受取に行った時、一度だけ面談した事の有る東京毎朝新聞の司法記者神尾龍太郎の眼だ！

「すると一応報《しら》しておかなくちゃあ……」

瑛子の事件に集注された彼の頭の中に、ふと親友春木の死が思い浮んだのだ。彼は神尾が春木の死因に対して多少の疑惑をいだいているらしいのを見てとった。その春木の死と瑛子の事件とは、恐らく関係がないかもしれない。しかし万一そこに想像を絶した何かの脈絡が全然無いとは誰しも断言出来ないのだ。とすれば、とも角も神尾に一応事の次第を報告しておくべきである。

そう考えた永田はキビキビと神尾龍太郎へ宛てた手紙を書き始めた。

五月三十日の夜に突発した奇怪な失踪事件、それを簡潔に順序立てて一通り書き終えると、老僕《じいや》に市内の日刊新聞を持って来させて、凡《およ》そ与太に近いこの事件に関する記事の全部を切り抜いて同封した。そして夕方迄には帰るから、高根が来たらそう伝えてくれるように云い置いて外に出ると、良く晴れ上がった蒼空の下を、大胯にぐんぐん歩き出した。

例え虚偽の証言にした処で、お兼が三十日の夜、先に帰った浜田夫人の姿を北龍荘の入口近くで見た、と云う事は一応真偽の程を確かめて見るに十分な申し立てではないか？

あながち浜田夫人に限らず、あの夜、お茶の会に集まった六人の人々は一応疑ぐって見なければならない。当局では、お兼を除いた五人の人達の現場不在証明《アリバイ》をそれ程重大視して居ない様子であった。

「そう云う思想は良くないなあ」

永田は学校時代の級友が良く使った言葉の一つを、ひょいと思い出して微笑みながら、街へ出る道を避けて、一直線に浜田夫人の止宿して居る旅館太田屋に向った。

太田屋は、眺望の良い小高い丘の上に建っている豪奢な旅館で、新しく出来た海岸道路から太田屋の玄関迄は広いガッシリとした石段を二十程上らねばならなかった。

永田が、丁度その石段の下迄やって来た時、コツコツと上から降りて来る井村刑事に出会った。彼は小ザッパリとした背広の私服に着替えて、却々《なかなか》の上機嫌であった。

「やあ、昨夜《ゆうべ》はどうも……。浜田夫人の現場不在証明《アリバイ》だろう?」

「お説の通り」

「僕達はそれが職業なんだぜ」

肩を並べて歩き出すと、新鮮な空気を胸一杯に吸い込んで、井村刑事は皮肉った。

「云われない迄も、承知致して居る」

「まあ、そこらの喫茶店まで行こう」

「歩きながら話して呉れないか、要点だけでいいんだ」

「じゃ云おう。浜田夫人の現場不在証明《アリバイ》は完全に成立して居る、それだけだ」

「それだけか?」

「勿論」

「それだけで沢山。委細は署に報告してから話してもらおう」

「いいとも。じゃ失敬」

さっそうとして、井村刑事は赤バスの終点から、街の方に向う自動車《バス》に飛び乗って行った。永田はそれを見送ると、終点附近をぶらぶら歩き廻って居たが、大急ぎで最寄りのポスト迄駈け付けて、神尾への手紙を投函すると、再び太田屋に向って引返した。

「アリバイが完全だと云う事は、調べなくとも宜《い》いと云うことではない」

正に屁理窟だ、とは思いながらも彼はその屁理窟に聊《いささ》かの真理を感じたのである。間もなく、永田は太田屋の離れの、渋好みの日本間で、平常とは別人の如く変って見える、当の浜田夫人と相対座していた。

「……そう云う訳で、貴女があの三十日の夜、瑛子さんの通って行った道のあたりに居たのを見た、と云う人が居るのです。詰らない事ですが、この点は一応ハッキリして置かれた方が宜《よ》くはありませんでしょうか？　色々御迷惑な事ですねえ」

永田の言葉を聴いて居るうちに、気のせいか夫人の顔はほんの瞬間蒼褪めたようだったが、直ぐ、さも莫迦々々しいと云ったように笑い出した。

「ホホホ……。なんと云う事でしょう。さっきも刑事さんがその事で見えられましたの。皆さんが、熱心にそうやって手懸りを捜して居られる心持はようく分りますけれど、私を疑ぐるなんて余りですわ……」

「いや、決して、疑うとかと云う……」

「でも可怪《おか》しいじゃございませんか？　とに角、あの晩の事を詳しく申し上げましょうよね」と云って、夫人は永田に茶菓を勧めながら、時々冗談をさし挾んで筋道立った話を始めた。

三十日の夜、太田屋に帰ったのは八時五十分頃だった。もっとゆっくりして居たかったのであるが、東京に居る弟がその日の朝の汽車で尋ねて来たので、いろいろ家事上の話もあったため中座したわけで、それから、暗くはあったが天気が良いので弟と一緒に街に散歩に出て夜店など歩いた。軽い疲労を覚えたので、何か夜食でもと弟が云い出したので、丁度開店披露で賑やかに店を開いて居た「カッフェ・フランス」に入って夜食を摂った。それが弟もいける口だのに、私もという訳で、店が立て混んでいるのを良い幸いに、十二時一寸《ちょっと》過ぎ位まで其処に居た。店を出ると、弟は車を呼んで帰ろうと云い出したが、夜風がひどく気持が良かったものだから、ぶらぶら歩いて、帰り着いたのは一時半頃であった。自分達の帰ったのは、女中のお豊さんが知って居る筈。と云うのはその晩も、何時《いつ》ものように、玄関からでなく此の離れの入口から帰ったので、他の人は知らなかったかも知れぬが、部屋付の女中であるお豊だけは未だ起きて居ったから。

——

夫人は一通り話し終ると、次の間に書見でもして居たらしい弟を呼んで、永田に紹介した。

「実《みのる》と申しますの、身体が弱いので、未だこうやってぶらぶらして居るんでございますよ」

弟の実と呼ばれたその男は、年の頃三十歳位に見える、背の高い、相当端麗な姿をした青年であった。顔色はひどく蒼褪めて、眼の縁には黒い隈があり、見方によっては可成り陰険な容貌ではあるが、物腰は何処となく金持の次男坊か、新派の二枚目らしくすら思われた。

純毛のセルの揃いを着た彼は、横を向いた儘迷惑相な様子で永田に二言三言挨拶して、夫人の側に坐った。何か持病でもあるらしく、血色の悪い顔には何処となく苛々《いらいら》した表情が仄《ほの》見えた。

——寄生虫の見本だな。

永田は嫌悪に似た気持で彼の濁った眼を見詰めた。

「……姉が話した通りです。お疑いでしたら、カッフェ・フランスでも女中でも御調べ下さい。……どうもそう云うお話は余り有難く有りませんからね。ハハハ……」実はそう云って、乾枯《ひから》びた声で挑戦するように不自然な笑い声を立てた。

「まあ、なんです、実さん！　あんたはそれだからいけないんですよ！」と夫人は永田の前を取り繕って、溢れるような微笑を振り撒きながら云った。

「どうにも神経質な方でして、直ぐこれなんで困って了《しま》いますのよ。どうぞお気を悪くなさらずに、サ、お茶でもどうぞ——」

永田は、這々《ほうほう》の態で夫人の部屋を辞した。そして、今度は改めて太田屋の帳場に廻ってお豊と云う女中に会って見た。

「はい、一時半頃でございましたわ。お二人さん共ひどくお疲れなようで、直ぐ床につかれましたようですが、……」

女中は再び警察の者が来たのだとでも思ったのであろう。おどおどした声で答えると、哀願するような眼付で永田の顔を仰いだ。

「一時半頃というのは間違い有りませんね」永田は念を押した。

「ええ。確か一時半頃でしたわ……」

彼女はすっかり間誤《まご》付《つ》いて、呟く様に答えると不安に堪えない者のように項垂《うなだ》れて了《しま》った。

太田屋を出ると、永田の心には空虚《うつろ》な影がチョッピリ忍んで来た。

――ままよ、行く所まで行け……。

明るい六月の太陽、若葉の頃だ。終点で赤バスを拾うと、目的地カッフェ・フランス迄すっかり考え込んで急いだ。

カッフェ・フランスは、またフランス軒とも呼ばれて居る株式会社組織の堂々たる西洋料理店で、内部《なか》には酒場《バア》あり、撞球場あり、演芸場あり、浴室あり、と云った具合で、地方には珍らしい消費階級の一大娯楽場である。一見、そぐわないフランス軒なる名称は、ずっと以前《まえ》に某フランス人によって一時経営された所から出ている。そのフランス人が帰国する際、土地の金持連中に多額の金で売り払ったので、現在もその名称が継れて居る訳だ。半年ばかり前の火事ですっかり焼けて了《しま》った為、フランス軒は保険料で再び面目を一新して、街の中央に再生したのである――。

ライト式建築の、開店したばかりのフランス軒は、日中に関らず相当の顧客《きゃく》を呼んで居た。

永田は酒場《バア》の方に廻って、ランチを喰べながら、受持の女給に訊ねて見たが一向に要領を得ないので、バーテンに話を持って行ったが、それも徒労だった。更に正面玄関の帳場《オフィス》に行って訊いたが、満足な答えは求められなかった。

「何しろ三十日はひどく立て混んで居りまして、仰有るような御婦人連のお客さんは四組も五組も、いやそれ以上あったかも知れませんね。特別、一時過ぎ迄店を閉めずに居りましたもんですから、どうも……。なんでも、今考えますと、仰せのような方も確かに見えられたようですが、そう云う訳ですので……」

フランス軒ではそんな話で、彼としてはどうしても浜田夫人の現場不在証明《アリバイ》を信じない訳には行かなかった。もともと、夫人に対する嫌疑など、お兼の陳述のない限り全然あろう筈はない。而《しか》も、当夜の内ならいざ知らず二日も経って居る今日、文字通り千客万来するフランス軒が、得意の客ならばとも角として、フリの客の人相や風体を一々注意して憶えていよう道理がない。

——時は金なり、か。

永田は苦笑しながら、ぶらぶら寺院の多い裏通りの堀端を歩いて新潟署の近く迄やって来た。勿論井村刑事に会う為だった。しかし、署で会う気にはなれなかったので、その近くにある喫茶店ルビーに這入って電話で呼び出しをかけたのだった。

井村刑事は、永田がコーヒーを一杯啜る間もなくやって来た。

「先刻《さっき》は失敬」

「やあ、僕こそ」てれい気味で永田は答えた。

「ところで、浜田夫人の話だが……」

「いや、もう分ったよ」

「分った？」

「ああ、君と別れてから太田屋に引返して本人に会って、その上フランス軒にまで行って来たところなんだ」

「随分無駄な事をしたもんだな。例の弟とか云う人物にも会ったのか?」

「会ったよ」永田は苦笑した。

「フランス軒に行ったのも事実らしい。弟が煙草を吸うとき、袂からフランス軒の新しいマッチを出して火を点けて居たからね。例えばだよ、あの夫人を疑ったところで、宛《まる》で狂人沙汰じゃないかね。要はお兼の陳述を真にうけての騒ぎなんだからな。第一、あの夫人が、何の為に瑛子を殺す、と云うのかね。安心の行くよう、一応型通り当っただけの話だ、それも上官の命令でさ」

「僕も少し考え過ぎていたよ」

「そりゃあそうと、問題の兼子は今朝《けさ》から召喚されて居るんだ、昼頃には高根も呼ばれて居たようだった、参考人と云う訳だろう」

「どんな様子だろう?」

「ますます臭いらしいんだ。何《ど》うしても、あの晩北龍荘を出てから十二時迄の行動は口を緘《と》じて語らない、と云う事だ。その内、僕も取調べの係になる筈だから、そしたら詳しい事が分るだろう」

やっぱり、お兼だったのか?　しかしお兼としたら死体遺棄は何《ど》う解釈するのだろう。

「共犯の容疑者は?」

「それで、僕も弱って居るんだ。情夫であの太田屋の近くに住んで居る大野という奴を探して居るんだが、三十一日の朝出たっきり戻らないって云ってるんだ。どうも、僕は此奴《こいつ》が臭いと思うんだ」

「成る程ね……。其奴《そいつ》が捕まればこの事件も落着くと云う訳だね、そうすると……」

「そう、あっさりと問屋で卸して呉れるか何《ど》うかは疑問だが、しかし犯罪なんてものは大抵型があるもんだからな」と云って、

「処で、君は近頃新聞社には全然顔を出さないのかね」と井村は永田に訊ねた。

「何《ど》うして？」

「今朝《けさ》から君んとこを捜して居たぜ。編輯長が直《じ》き直き三度も電話をかけたとかって、給仕が云って居たよ」

「別に給料を貰って居る訳では無しさ、それに第一、僕はあの編輯長の鼻の下が気に喰わないんだ。チョビ髭を生やして居るのはまあいいとして、カッフェの女の尻ばかり追廻してるようなあんな人間は虫が好かないよ。主筆はいい人だよ。古典的でね。まァ今日限り、さらりと辞《や》めるさ、地方新聞なんて書き度《た》い事の十分の一も書けないじゃないか？」

「そう昂奮するなよ。人間は何処に居たって身体の廻りには枠があるもんだよ、働いて、生きて居る人間にはな」

井村刑事は、稀《めずら》しくしんみりした声でそう云って、永田の眼を覗いた。

「いやに悟ったね。時に、話はもうないのか?」

「あるさ。君の喜びそうな話だよ」

　と云って、井村刑事は仮予審の夜、楊枝入を確かめるために山津家の本宅に出向いた際、不意に見かけた怪しい人影に就いて物語った。此の話は明らかに永田の興味を唆《そそ》ったらしかった。しかし、彼はその話よりも気になるのは、当局側で死体の見えない点を何《ど》う考えているのか、という事だったので、井村刑事の話を再び事件の本筋に呼び戻させた。

　当局では、既に昨日のうちに永田と殆んど同様の、もっと科学的な方法で死体遺棄に対する見透しをつけたのだと云う話だった。終りに井村刑事は附け足して云った。

「詰り、その蒼海亭第2号貸ボートまでは、君と大同小異の捜査過程だったらしいが、ボートの中に溜って居る海水を汲みとって、血液試験を始めたところが違っている訳だ。血液の予備試験も確定試験も済んだらしいが、種類の決定試験はまだだとか云ってたようだった。案外馬の血だったりする事もあるからね」

　その話の途中で、永田ははたと思い当った。——叢《くさむら》から松林、松林から砂丘、渚まで、余りに足跡が沢山有り過ぎた、その謎が解けたのだ。犯人以外に、刑事に依って踏み馴らされた跡を、彼は克明に捜し廻った訳だったのだ。

　短艇《ボート》の中の海水に混入して居る血液検査——それは濡れた為、死体の入っている厚い南京《ナンキン》袋を透して被害者の血が流れ出たのだろうという見込みからである。その血液の血球検査の結果と、現場の血溜りのそれとが顕微鏡検査で一致したとすれば、あとは海中を捜すだけの事だ、と永田は又しても素人考えを辿り始めた。

「永田君、死体の在所《ありか》は日本海だろう。まさか、君は海の中を捜し廻るような事はしまいね？」ズケズケと井村刑事は皮肉を云った。

「いや、水中眼鏡と、元気さえあればね……」

「冗談は別として、高根の方の依頼でもう網を投げて居る頃かも知れないぜ……」

真顔になって井村刑事は話し終ると、永田を促して店を出た。

*

午後八時——。

大仕掛な掃海作業は未だ終らなかった。高根の焦慮する様は他所目《よそめ》にも気の毒な位だった。全く、彼は色々な用事と心労で倒れそうになって居た。

瑛子の失踪は、最初父常太に対して当分の間秘して置く積りだったが、お兼が不用意にも話して了《しま》ったのだった。その為、常太は再び重態になった。一時は失神した程だった。お兼からその話を聴いた時は、半信半疑で居たらしかったが、いよいよ秘書の高根の口からその事が事実として聴かされるや、驚愕の為人事不省に陥り、医者は来る、看護婦は、と騒ぎ廻って居るのに、本妻同様のお兼は警察に呼ばれた切り一向に帰宅を許される様子もない。

本宅、警察、北龍荘、死体捜査と、高根は機械の如く目茶々々に動き廻っていた。しかも主人常太の容態は決して安心出来ない。医者は老体の事故《ことゆえ》、何時《いつ》、急激な変化が起るとも限らないと云ったとかで、高根は気が気でなかった――。

八時半過ぎ、高根と永田はやっと北龍荘の食堂で夕飯にあり付くことが出来た。食前に飲んだ白葡萄酒がいくらか利いたのだろう。心持ち頰を赤らめた高根が、大儀相に口を開いた。

「お疲れでしょう……。死体捜査の方は、いくらなんでも徹夜と云う訳には行かないだろうから、十二時で打ち切って、又明早朝からと云う手筈にしようじゃありませんか？僕は一応本宅の方を見て来ますから、君は一つこっちの方を警察と打ち合せしていい様に取り計らって呉れませんか？」

上等の葉巻《マニラ》を薫《くゆ》らしながら、高根は疲れ切った五体に鞭打って出掛けて行った。

死体を求めて、其夜の十二時迄続いた掃海作業は、疲労と絶望の結果を齎《もたら》して一先《ま》ず、打ち切ると云う結果に終った――。

高根は電話で本宅に詰切る旨を云って来たので、永田は一人で寝床《ベッド》に横たわった。妙に頭が冴えて寝附かれないままにうつらうつら仮眠《まどろ》んでいると、嘗《か》つて読んだ事のある、トオマス・マンの『幻滅』と云う短篇がふと脳裡に浮んできた。

燦然たるサン・マルコ寺院の劇場めいた正面《ファサード》、そして「上には月が懸って」いる「広場」、そこで、黒の山高と薄色の夏外套とそれから黒っぽい縞のズボンを着けている、灰色の目をした、口許《くちもと》には訳の分らない稍《やや》内気な微笑を湛えている不思議な男——、彼の語る「幻滅」。

——私には凡そ事実というものに対する感覚がまるでないのですね。そう云ったらすっかり説明が付くかも知れませんよ……。

何故か、その作中の奇怪な男の語る、そんな言葉の一節が記憶に甦ったり、そうかと思うと、瑛子の顔や春木の顔が重《ダブ》って見えたり、神尾龍太郎の鋭い目がひょいと闇の中に浮いたりして、何度も寝返りを打たねばならなかった。

七　奇怪な投書

死体捜査は翌日も引続いて行われた。しかし、結果は前日と同様に終って了《しま》った。北龍荘近くの一帯の海岸、海中は隈なく捜査されたのであるが、手懸りは一向になかった。海中に投ぜられた死体は、恐らく潮流に押し流されたのであろう。当局一同の意見も結局そこに落着くより外に仕方がなかった。

立会に来ていた刑事連が引き揚げると、人夫達や発動機船の運転手等も続いて引き揚げて行った。

いつの間にか曇った空からは煙りのような雨が降っていた。遠い港口の海上には、灰色の靄《もや》が立ちこめて、小蒸汽の汽笛が間を置いて響いた。

砂地を歩きながら、永田は井村刑事や其他二三の死体捜査に立ち会った刑事達から聴いた話を綜合して見た。
一、兇行は五月三十日の夜、大体十時前後になされたに違いない。これは現場の血溜りを見た警察医が血液凝固の程度から推定したものである。
二、犯人は一人でない。これは、加害者を兼子と推定した所に基くものであって、共犯者は彼女の情夫大野らしい。
三、死体は予《あらかじ》め犯人が携えて来た南京《ナンキン》袋に入れた上、海岸迄運搬し、蒼海亭2号で海上に運び出し、麻縄の類で錘《おもり》を附け、沖合に投げ込んだものと思われる。
四、兼子が主犯で、情夫は共犯であろう。大野は三十日午後七時頃洋服を着て外出したっきり帰宅しない。この事は彼に対する疑惑を益々深めて居る。
五、兼子は三十日午後九時四十分、当の瑛子と北龍荘を出てから、十二時迄の行動を説明しない。不在証明が破れてから、尚更頑強に係官の一切の質問に対して無責任な答弁を続けるのみである。その為、彼女は有力な嫌疑者である事を、自分自身でわざわざ証明して居るようなものである。
六、兼子が瑛子に対して惨虐な兇行をなした動機は、既に明らかであるように、莫大な山津家の財産への限りない欲望と、他の一つは瑛子から妾として遇された日頃からの鬱積した怨恨である。
　季節から見ても、女性の犯罪者がこうした動機から惨虐な犯罪を犯すに至ったことは首肯《しゅこう》出来る。

七、兼子はかねて諜《しめ》し合せて居た情夫大野と共謀して、鋭利な兇器で瑛子を殺害し、自分はそしらぬ態を装って本宅に帰り、その後で大野は被害者の死体を前記の如く処分し、そのまま遠くへ逃走して了《しま》ったに違いない。

八、前夜茶の会に出席した他の人々には何等疑うべき点がない。それは十分調査の結果判明したことである。

そんな風に考えを纏めて暮れかかった海岸を後に、永田は北龍荘に引き返した。

死体が見当らないと云う事は、高根に或る種の安堵に似た気持を有《も》たせた。それは、若《も》しかすると瑛子が何処かで生きて居る、と云うような夢想では全然なかったが、惨殺された、正視に堪えない彼女の死体を目の当り見なければならないと云う事は、彼にとっては到底忍び得ない苦痛だったからである。

それが失敗に終ったにせよ、死体捜査に十分手を尽したと云う事は、彼にハッキリ令嬢の死を刻印して余りあるものであった。

恐怖と悲痛――そうした感情で一杯らしい表情で、高根は主のない北龍荘の書斎を見廻した。部屋の中はもうすっかり暗くなって、靄の立ちこめた窓の外には雨足が次第に激しくなって来た。スイッチを入れると、パッと電灯が点《つ》いた。

高根は暫くの間絨毯の上をぐるぐる歩き廻っていたが、ふと何事かに思い当ったらしく、再び机の前に来てその前の廻転椅子に深々と腰を下した。机の向って右側には、下まで鍵のかかった抽斗《ひきだし》がついていた。彼は左側の抽斗を開けて、そこから鍵束を取り出して、鍵《ロック》されてある右側の一番上の抽斗に合う鍵を探した。中には瑛子の印鑑が一箇、古いのと新しい貯金通帳で、高根にも見覚えのある第四銀行のが各一通ずつ這入って居たが、他にはこれという大切な物は見当らない。

彼としても、当局同様お兼を決定的な犯人と見て居ることには変りなかったが、只もっと確然とした証拠を握り度《た》いと思ったのであった。では、あの現場に落ちて居たお兼の楊枝入は？　それに思い当ると、高根の頬には歪んだ笑いが浮いた。

本宅に電話を掛けて、夕飯の差入れも止めてやろうか、とさえ考えた。薄汚い留置場に投げ込まれて居るお兼の事を思うと、更に彼の笑いは歪んだ。何《ど》うにかして彼女に復讐してやり度《た》い気持で一杯になった。

一応の取調べが済んで未決に廻されてからでもよい、差入れの弁当に亜砒酸《あひさん》でも混入して置けばそれでいいのだ――。が、それでは自分の方が危ない。では別の手段で……法の裁きは、時には余りにまだるっこいものだ。而《しか》も法律にはそれ相当の抜け穴すらないではない。

あの桜色の妖艶な豊かなお兼の肌に、グサリと鋭利な短刀を突き刺したら。――高根は病的な想像に迄耽って居た。そこへジトジトに濡れた永田が、すっかり元気を恢復したらしく、活々《いきいき》とした目をして戻って来た。

「高根さん夕飯は？」

「いや……まだですよ。君の帰りを待って居たんだ……」

「そうですか、済みませんでしたね。では待って頂いた序《つい》でに一風呂浴びるまで我慢して下さい」

永田はそう云って風呂場に行った。云われて始めて高根は空腹を感じた。

老婢《ばあや》の手で食卓に一通り夕飯の支度が出来ると、高根は煙草《たばこ》を吸いながら食堂に這入った。

間《ま》もなく、一風呂浴びてサバサバしたと云う顔付で、永田は濃灰色《オックスフォード・グレー》の背広に着換えて紙巻を啣《くわ》えながら食堂に現われた。

「お待ちどう……」

「いやあ……」

二人は向き合って食卓についた。

「疲れたでしょう、貴方も風呂にすればよかったのに」永田は顔色のすぐれない高根に云った。

「すっかり参ったね。……どうも少し寒気がして困るんだ」

「風邪かも知れませんね」

「今朝早くから、海岸の湿っぽい風にやられたもんだから、妙にぞくぞくしたんだ。しかし大したことはないだろう。どうだね一杯」高根はそう云って、食前酒《アペリチフ》の菜種色のコップを挙げた。

「結構ですね」微笑して永田は一気にグッと盃を乾した。

「いい酒ですね、とても口当りがいい……」永田は御世辞でなく云った。

「御遠慮なく。これは、……そう、クレムソンネだったか、アムーレットだったか。とにかくアブサン系統の酒だよ、フランス軒から取り寄せたんだ。どうです、もう一杯やろうか？」

「いいや、結構。アブサンじゃ僕も太刀打出来ませんよ。ハハ……」

こんな風に、二人は事件に関する話題を避けて食事を進めた。果物が済むと、高根は少し上気した顔をあげて云った。

「何処か出掛けますか？」

「ええ。久し振りで気晴しにシネマでも覗こうと思っているんですが……」永田が答えると、高根は紙入れを取り出して十円紙幣を三枚並べた。

「失礼ですが小遣いです、事件の方は持久戦で行かなくちゃなりませんから、お金の要る事があったら云って呉れ給え」

「こんなに……差当っては必要ありませんが、とに角持って居りましょう」

高根は懐中時計を出して云った。

「もう八時二十分前だよ。僕は少し寛《くつろ》いでから本宅に行く積りだから、お先へ、御構いなく」

永田はプログラム・ピクチュアーすらも見逃したくない程銀幕《スクリーン》に餓えて居るので、レーンコートをひっかけるとそのまま外に飛び出した。そしてパラマウントの発声映画一本と、ミッキーマウスの発声漫画を二本見て了《しま》うと、文字通り心身爽快になって、明るい夜の街を歩き廻った。

……鋪道《ペーブメント》に灯《ひ》が映る
映る灯影《ほかげ》についつまされて
遠い昔の恋に泣く、恋に泣く……

甘いメロディーを誦《くちずさ》みながら、雨に濡れた気持の良い鋪道をステップして行く四五人連れの与太もんの姿も朗かな情景の一つだった。

しかし、永田の心の一隅には、強い決意が潜んで居た。兼子の犯行に就いて確証を握る事がそれだった。何かしら新しい事実を巷で拾う事が出来まいか。

当局としては、単にお兼を責め立てて自白を待つより外に仕方ない、としているらしい井村刑事の口吻だった。何よりも楊枝入と、九時四十分から十二時迄の時間の証明が出来ない事、それに情夫大野が姿を消した事等で起訴するに違いない。

軈《やが》て情夫が捕縛される、そうすれば強情な彼女も泥を吐かざるを得まい。そして正当な裁きは彼女の上に下るのだ——。手を拱《こまね》いてその時期を待つべきであろうか?

永田は歩きながら考えた。そうすれば面倒がなくて一番良い。だが、瑛子の死を悼む気持がそれを退けて居る。殊《こと》に、井村刑事から聴いた、あの仮予審の夜の山津家の邸内で見たと云う怪しい人影の話は、彼の持って生れた猟奇的な心を唆ってやまないのだ。

目の前に大きなネオン・サインが輝いて、永田はいつの間にか広小路の四ツ角迄歩いて了《しま》った。左に折れるとN新聞社だ。彼は此の事件に就いて市内の新聞がどんな事を書き立てて居るのか知りたかったので、N社の前の告知板の側に立って夕刊に一通り目を通した。

「令嬢の行方は？」とか「有力な嫌疑者の拘引！」などという三段抜きの見出しで、殆ど一頁《ページ》を費して、いろいろと書き立ててはあるものの、一向にこれぞ、と思う所はない。「二日に亘る死体捜査も空し」と云う見出しの後には、早くも当局に対する無能の酷評が婉曲になされて居た。

その記事を見ただけで、瑛子失踪事件が如何に大きなセンセーションを起して居るかが想像出来た。

「泥棒が逮捕された」などと云う愚劣な記事ばかり書いて居た新聞記者諸氏にとっては、此の北龍荘事件は正に一二〇％のニュウス・バリューである。書き立てるのも無理はない。

彼はなお他の新聞の記事も読み度《た》いと思ったので、近くのカッフェへでも入ろうと考えて歩きかけると、突然、背後から呼び止められた。

「永田君じゃありませんか？」

振り返って見ると、そこにN社の社会部記者で小寺《こでら》という男が立って居た。

「やあ、小寺君か、すっかり無沙汰をしてしまって……」

「君を探して家まで行ったけれど居ないし」小寺は細長い指で眼鏡の位置を直して黄色

い歯を見せながら、「北龍荘だと云うので、そっちへ行ったら街へ出た、と云うのでがっかりして引返して来た所だよ」

「そりゃあ済まなかった。何《な》んか用事でもあるのかい？」

「あ、用事と云う程の事でもないが、……立話も出来ないし……何処かへ行こうじゃないか？」

「何処がいいんだ」

「僕余り金持ってないから……」

「少し位なら持って居るよ」

「じゃフランス軒の酒場《バア》にでも行って見ようか、久し振りで」

二人が酒場《バア》のボックスに落着いたのは、それから間もない事だった。でも、もう午後十一時近いと云うのに、ひどく立て混んで居た。だがガヤガヤした店の中は、却って内証話には都合がよかった。壁際のビクトロラからは、湧き立つように軽いジャズが響いて、照明にばかり一万円近い金を使ったと云う、凝った店内の光線は、しっとりと上品にタイルの床を照らして居た。

「そう云う訳で、恐らく君は信じてくれないかも知れないが、確かに僕は例の事件のあった三十日の夜、問題の山津瑛子なる女性を広小路で見掛けたんだ……。そうだな、九時半少し廻った頃だったか。なんでも駅の方から来た自動車《バス》から降りたのを知って居る。……新聞に出た瑛子の写真を見ると、僕はハッとした位だったよ」と云って、小寺は半《ハン》巾《カチ》で唇のビールの泡を拭き取った。

「……成る程ね、併し、君は瑛子さんに会った事があるのか？」

「会って直接口を利いた事はないさ。でも一二度音楽会の席上で見た事はあるんだ」

「錯覚だね、その晩君が見たと云うのは。とにかくあの三十日の夜九時四十分頃迄北龍荘に居たのは事実なんだからね」

　永田は鋭い目を小寺の横顔に注いだ。

「いや、そうかも知れない、しかし何《ど》うもそれが妙なんだよ、実は、今晩遅番で八時半頃迄編輯室に居残って居ると、怪しい投書が来たんだ、それでつまり君を探し廻った訳だよ……」

　小寺がそこ迄話した時、断髪の涼しい眼をした女給が馴れ馴れしく寄って来た。

「まあ小寺さん、ちっとも顔を見せなかったのねえ」

「やあ。暫く、一寸《ちよつと》話があるんだから遠慮して呉れないか？」小寺が無愛想に云うと、女は「そう」と云って向うのテーブルに立ち去って行った。

「投書？」声をひそめて永田が訊いた。

「あ、これなんだ」

　小寺はそう云ってポケットの手帳の中から、四ツに折り畳んだ一葉の葉書を取り出して永田に示した。

　拝啓　一筆呈上　仕《つかまつり》　候《そうろう》

山津常太が報復を受けるは当然の事なり。
但し常太の娘は、三十日の夜九時五十分頃古街角にて自動車に乗車せるを見掛けたる故、殺害されたるは同人にて之無くと愚考仕候《つかまつりそうろう》

草々

市内一読者生

無学者が、一生懸命で書いたものらしい文章で、殊に字体はひどく金釘流である。多分悪戯《いたずら》好きな男が、鉛筆をなめずりながら書いたものであろう。永田はそう考えたが、不用意に書かれてある冒頭の一句が気になったので、繰り返して読んで見た。

山津常太が報復を受けるは当然なり——。

この投書の主は山津常太を知って居る者に違いない。しかも何か深い怨恨を持って居る者の仕業ではないだろうか？　この投書が、全然根拠のない悪戯だとすれば……小寺の話と云い、この奇怪な投書と云い、余りに意外な事ばかりなので、永田は一寸《ちよつと》判断に迷った。

「どうだ、妙な投書だろう？」ニヤニヤしながら小寺は低声《こごえ》で云った。

「……うん。悪戯だね、これは……」

永田の声は曇って居た。

「悪戯……かも知れないね。しかし、三十日の夜、九時五十分頃自動車《くるま》に乗ってるのを

見たなんてのも嘘だろうか？」

「……悪戯だろう。例の血染の指も鑑定されたんだからね」

「ホウ！　血染の指は山津瑛子のものなりってか？」

「なんだい、もう酔ったのか。指は二本共十八九から二十二三歳迄の女の指だ、と云う証明が帝大の法医学部から警察の方にあったと云うんだよ」と云って、永田は赤くなった小寺の顔を見て苦笑した。

「ムキになるなよ。まさか僕だって山津瑛子なる美女が同時に二人居るなんて奇蹟を信ずる訳ではないよ。要するに死んだ者だ。諦めが肝心だあね。僕はどっちがどっちでもいいのだ。ただ君が一生懸命に奔走しているって噂を耳にしたもんで話しただけだよ。ああすっかり酔払ってしまった。考えて見ればまだ飯も喰って居なかったんだ、アハハハ……」

　永田は彼に飯をすすめたが喰べようとはしなかった。ビールとジョニー・ウォーカーをちゃんぽんに飲んだので酔いが出たのだろう、小寺はフラフラする足を踏みしめて帰って行った。

　湿った生暖かい夜風に吹かれて、更け渡った闇の中を北龍荘に辿り着いた永田は、寝もやらずに濤声を耳にしながら考え続けた。

「根拠のない悪戯の投書だ、新聞なんかに出せるかい。ビール代の積りで置いてくよ」と云って、小寺が渡して呉れた投書を前にして、彼は色々な聯想を掻き集めた。

事件が事件だけにこうした投書は今後もあるだろう。九時五十分頃云々の条《くだり》は与太にしても、……冒頭の一句は不用意な投書主の自己暴露ではないだろうか？　消印は本局になって居る。字体は特徴のある、故意にそう書いたとしか思われない金釘流であることは最初見た通りだ。

小寺の言葉も取り上げれば気になる。だが、瑛子を見掛けたというのは時間的に云って全くの与太だ。似通った若い女だって一人や二人は居る事だろう。要するに問題は、……山津家、或いは山津常太に対して何か怨恨を抱いている人間が居るのではなかろうか？　そう置き換えて考えて行くべきだ。

出来れば、この悪戯の投書の主を捜し当てる事だ。其の方法は？

軈《やが》て永田は何事か思い付いたのだろう、ゆっくりと微笑してその葉書を上衣のポケットに仕舞い込んだ。

雨垂れの音が強くなった。海が咽《むせ》び泣いている。大理石の置時計が一時半を少し廻って北龍荘の夜は寂然と更け渡った――。

八　筆蹟鑑定

六月三日――快晴。初夏だ。紺碧の海が輝いて居る。

永田は日記の初めにそう書き込むと、今日一日の活動について考えた。ヴェランダに出てお茶を啜《すす》って居る彼の顔は、異常に緊張して居る。

丁度そこへ果物を運んで来た老婢《ばあや》を捉えて、永田は優しく話し掛けた。

「婆や、かまわないでもいいよ。まあお掛け」

「はい、有難うございます」ニコニコしながら老婢《ばあや》は礼を述べて、さも具合悪そうに空いて居た籐椅子に腰を下した。

「いいお天気だね」永田は話の糸口を見出そうとして馴れないお世辞を使った。

「はい」

「爺やは？」

「草花の手入れをして居ますんだ、裏の方で……」

渋い格子縞の仕事衣を着て居る老婢《ばあや》は、キチンと両手を膝の上に揃えて、眩しそうに永田の顔を見た。

「婆や、二十九日にお嬢さんは外出しなかったかね？」

「二十九日でございますか？」

「そうだ、あのお茶の会で皆が寄った日の前日だよ、……銀行に行くとかなんとかかって？」

「左様《そう》でございますね、あの日なら、……銀行に行くとは仰有《おつしや》いませんでしたが、昼頃お出掛けになりましたようでした」

「何時《いつ》頃帰ったか憶えては居まいね？」

「いいえ、なんでございます、憶えて居りますだ。いつもなら三十日《みそか》にお給金を下さるのですが、あの日の夕方頂きましたんでございますから……」

「ははあ、成る程、……」

永田は大きく頷いて眼を輝かした。その様子をおどおどして見て居た老婢《ばあや》が、

「あの……なんぞ……」と云った。

「いいや、もういいんだ。いいんだよ」

「はい。今日はやっとごたごたも済みましたんで、お墓参りにでもと思って居るんでございますが……」老婢《ばあや》はそっと目頭を拭いた。

「そうか。爺やに留守居をして貰っておいでよ、天気もいいしね」

「はい。あんなにいい御嬢様があんな事になって了《しま》って、私の楽しみも張り合もなくなってしまいました、……」

眼をショボショボしばたたきながら老婢《ばあや》が去って行くと、永田は電話で本宅に居る高根を呼び出した。

「高根さん、お早う！　昨夜《ゆうべ》はどうも。一寸《ちよつと》伺いますが、あの書斎の机の一番上の抽斗は貴方が開けたのですか？……ああそうですか、いいえ別に……昨日貴方が開ける迄は、誰も手を触れなかった訳ですね。いや、それで結構です。いいえ、なんでもないのです、今朝一寸《ちよつと》見ましたら開いて居たもんで伺って見ただけですよ、じゃ失礼します」

電話を切ると、永田は書斎に引返して来た。そして、右側の一番上の抽斗を開けて、中から新しい第四銀行の貯金通帳を取り出して調べながら呟いた。

「……妙だ」

その当座預金帳は、五月一日に新しく書き換えたもので、五月十三日に四百円引き出してある。これは、例の春木俊二の問題で上京する為に出したのであろう。それはそれでいいとして、五月二十九日に六百円という大金を出して居るのは一体何の必要からそうしたのだろう。

毎月の支払いは本宅の方でする事になって居ると云う事は、前に高根から聴いて居る。別荘番の老夫婦に出す給金と云った所で二人で五十円そこそこのものではないか？　永田は、今朝早く、何気なく抽斗の中を覗いて預金帳を見た時から、その事を考え続けて居たのだった――。

しかも、本来ならば老夫婦に出す給金も毎月の月末に本宅の方で払う事になって居る筈だ。どうも解せない。電話の様子では、高根は一向にこの事に気付いて居ないらしい。瑛子はあの惨劇の前日、わざわざ自身で銀行迄出向いて行って六百円と云う金を引き出し、その内から老夫婦に給金を払って居る。何の為だ？　永田は又一つの謎に直面したのである。

それから机、書棚、用簞笥、化粧品台と方々を丁寧に捜し廻って見たが、六百円をどう処分したのか皆目見当がつかなかった。

或いは何処かに送金したのではあるまいか？　それも一応は考えられる事だったが、衣類棚の中に無雑作に捨てられてあるハンドバッグの中を調べても、何一つそうした事を立証するものはなかった。ハンドバッグの中に紙入が入って居ないという事実は、ひょっとしたら、あの三十日《みそか》の夜外出する時、六百円という大金を入れた儘持って行ったのかも知れない。惨殺された上、その金迄奪われたのだろう。併し……、それ以上彼の推理は進みそうもなかった。

「銀行と局を調べて見よう」

そう思ってネクタイを結んで居る所へ、井村刑事がやって来た。

「昨日は姿を見せなかったね。ところで、情夫のなんとか云ったな、そう、例の大野とかって云う男は捕まったかね？」

永田はネクタイの結び目を締めながら訊いた。

「冗談じゃないよ。お兼はまだなんにも白状しないんだ。確証のない限りいくら情夫だからってそうやたらに逮捕なんか出来ないじゃないか」

「けだし理論的だね。しかし、お兼は起訴されるだろう」

「まあ、そうらしいな。とにかく物的証拠があるんだからね。それに不在証明《アリバイ》があの通りなんだからね。実際は一段落ついた訳なんだが、取調べが進まないので、妙なもんだよ。ところで、何かないかね？」

「あるよ」

永田は上衣に手を通しながら井村刑事の顔を見た。

「良く又嗅ぎ出すもんだね」

「嗅ぎ出したんじゃなくって見出したんだ」と云って、永田は預金通帳のことを一通り話してから補足した。

「で、局の方は一つ君の力を借りようと思って居たところだったんだ」

「鋭いね」感心したと云う身振りで、「でも局と云ったところで、何処の局だかややっこしいね。市内には十指に余る……」

「その辺は判っているよ。第四銀行で金を出してから為替を組むのに、直ぐ側にある本局に行かずに何処へ行くんだ」

そんな訳で、結局二人は元気よく語り合いながら、一人は局へ、一人は銀行へ向った。

程経て第四銀行の出納係の窓口に現われた永田は、若い事務員に向って訊ねた。

「山津《やまづ》から来たものですが、二十九日山津瑛子の引出した六百円は十円紙幣だったでしょうか、甚だ可怪《おか》しなことをお伺いするようですが？」

「一寸《ちょっと》お待ち下さい」

若い事務員が引込むと、入代って中年の紳士が現われて、丁寧に応接間に通した上で鹿爪らしく哀悼の意を表しながら答えてくれた。

「……、御本人の御希望で、百円紙幣で五枚と、あとの百円は十円紙幣でお渡ししましたが、……」

それだけ訊けばもう銀行には用がない。彼は玄関の頑丈な扉《ドア》を排して直ぐ近くにある郵便局に走った。そして、井村刑事と共に、二十九日の午後に百円紙幣で、為替を組んだ女、を調査して見たが、それは遂に徒労に終って了《しま》った。

紙幣の額を調べたのは、瑛子が本名を匿したのではないか、という懸念からだったが、この推測は明白に誤って居た。

送金したのでない（送り先は皆目見当がつかないのだが）とすれば買い物をしたか、その儘所持して居ったか、或いは何か大口の支払いでもしたか、の何《いず》れかになる。が、前後の事情からしてどうも、所持して居って、殺害《せつがい》された時に盗まれたという考えに落ちていくのだった——。

さんざ嬲《なぶ》られて井村刑事に別れると、永田の足は市役所前の代書人事務所に向った。代書人の佐々木翁は素人筆跡鑑定人の名手だった。永田は以前にこの老人を訪ねて二三の鑑定を乞うた事があった。鑑定は非常に正確であるが、ただ大変気難かし屋の変人なので、余程お天気の良い時でないと「うん」と云わない。うっかり謝礼など出そうものなら硯箱が飛んでくるという始末である。

気兼をしながら這入って行くと、顳顬《こめかみ》の辺りに青筋がうき上がって居る。頗《すこぶ》る不穏の形勢だ。暇だと見えて茶垢だらけの湯呑に左手をのせながら、黄色い表紙の漢書を読んで居たが、ややあって老眼鏡の奥から目玉を光らせて云った。

「なんじゃね、お若い方？」叱るような調子だ。

「永田です。この前はどうも有難う……」

「分っとる。お座なりはお止しなされ！」

これでは取り付く島がない。暫くの間顔を覗って居ると、再びギロリ目玉が光った。

「御用の筋は何《な》んじゃ？」

「鑑定を御願いしたいと思って伺ったのですが？」

それをきくと、佐々木翁はゴクリと喉を鳴らして渋茶を呑んでから黙然と永田の顔を見詰めた。

「誠に度々御手数をかけますが、何卒《なにとぞ》」

と云って、永田は小寺記者から受け取った葉書を取り出して翁の前に置いた。

「物好きは未だ止みませんのじゃ喃《のう》」

それでも翁は眼前に置かれた葉書を取り上げて一応見詰めてから、埃だらけになって居る虫眼鏡を机の中から取り出して仔細に調べ出した。永田はその様子を見て始めてホッとした。

一度鑑定物に視線を移すと、翁の態度は全然変って了う。極めて慎重に、怖ろしく熱心に調べ出すのである。何度も光線の具合を替えたりして虫眼鏡を手離さない。余程困難な物であろう。老眼が針の如く鋭くなった。

ややあって翁は呟いた。

「鉛筆の鑑定は困却の限りじゃ……。これは左利きの人間が左手で書いたものに相違ない。……不作法な字を書いとる。無学者じゃ。所々にある汚点《しみ》は鉛筆の粉じゃない喃《のう》。油煙じゃ……」

「色々有難う御座いました」慇懃に礼を述べて返された葉書を手にして顔を見ると、翁は閉じた眼を開こうともせず頻りに何事かを考えている様子である。その儘帰って宜《い》いものか悪いものか、永田が躊躇して居ると、佐々木翁は突然、大声で爆笑し出した。

「ハハハハハハハそれは佐渡者じゃ。アハハハハハ佐渡者じゃ」

そう云ってついと不浄に立って了った。永田は呆気にとられてそこを出た。冷汗と迄は行かないものの、彼は小鼻に滲んだ油汗を拭いて、カラッと晴れ上がった街を歩き出した。

何処からともなく爽かな微風が頬を撫でてゆく。堀割の水面に映った碧空。キラキラと強い日光《ひざし》が伸び切った若葉に照り返って居る明るい真昼――。

閑寂な小路に通りかかると、荘重なレコードの響きが流れ出して来た。立ち上がって耳をそば立てると、それはショパンの葬送行進曲である。

――ブライヤー吹奏団吹き込みのレコードだな……。

死んだ瑛子が好んで聴いた曲の一つだった。永田はまぶしい陽の光りの中で、沼のように深い瑛子の瞳を思い浮べた。

その音律《メロディー》は、とある小さな一軒の喫茶店から流れて居るのだった。魅いられた者の如く、彼はそこの扉《ドア》を排した。薄暗い小さな店の内部には、「ピアノの詩人」――ショパンの名曲が不朽の生命を奏して居た。その限りない哀傷を唱う悲調は、聴く者の胸を衝かずにはいなかった。

永田はコーヒーとケーキで昼飯を済ませ、佐々木翁の鑑定について想像の翼を張った。

左利きの人が左手で書いたもの。

汚点《しみ》は鉛筆の粉でなく油煙。

無学者、不作法な字——。それよりも、「佐渡者じゃ、佐渡者じゃ」と云った翁の言葉が彼の想像に油を注いだ。だが、幾等翁の言葉とは云え、これだけは少し不可解過ぎた。筆跡を云々するだけならいざ知らず、生国迄断定するとは？　併し、これ迄嘗《か》つて一度も出鱈目を云った事のない翁である。或いは何か根拠のあることかもしれない。雪の様に白い太い眉が昔の予言師を聯想させる。

「佐渡者じゃ、アハハ……」

佐々木翁の声が、耳元で響いたような気がした。と、永田はふと或る事に思い当った。キラリ彼の眼が輝いた。

「山津常太は成り上がり者だ。昔は佐渡の金山で坑掘り迄やって居たのだそうだよ……」

いつぞや、石油成金山津常太の話を社の人達が語り合って居た、その時の古い記憶が甦ってきたのだ。

興奮して外に飛び出したものの、何処へ行く積りで出たのか思い出せない程だった。が、彼はその近くにある書店で電話を借りると北龍荘を呼び出して、高根の在否を確かめた。運良く高根が電話に出てくれたので、永田は大急ぎで北龍荘に引き返した。

高根から山津常太の半生の経歴を訊こう。そうすれば、或いは意外な手懸りを得る事が出来るかも知れない。投書の主を捜し出す事だ。何かしら意外な事情が潜んでいるのかも知れないからだ。「佐渡者」と云う佐々木翁の言葉が、やはり或る種の暗示に違いない事は明らかになった。

若《も》しあの場合、翁にくどくどしい説明を求めたら、いや求めたところで無益だったろう。彼はただ鑑定したばかりである。ああした断定は、すべて彼の経験から来る優れた直感力のなす所であって、何等其処には科学的分析があっての謂《いい》ではない。翁のは、単なる鑑定で、証明でも説明でもない。自分はそれをただ参考として取入れれば良い訳だ――。

高根は、ヴェランダの日除けの下で、お茶を用意して永田を待って居た。彼を悩ましているものは、先き程永田を苦しめた第四銀行の預金帳だった。帰って来た永田は、一目でそれと察したらしく、実はこれこれと一切を語った。

「僕にも、これぞと云う心当りはないですね。別荘番にはごたごたが済んでから、と思って毎月の給金も渡さずに居たもんだから、ちっとも気附かずに居た訳なんですよ」

高根も、瑛子が二十九日に何の為に六百円と云う大金を一度に出したのか全く見当がつかないと云う風だった。

口当りの良いバターに誘われて、永田は盛られたトーストを大半一人で平げて了った。何気ない体を装って、彼は高根に常太の半生を訊ねてみたが、その知識は永田のそれと殆ど違わなかった。

「どう云う訳だか分らないが、何かの拍子に昔の事を訊ねたりすると、主人の機嫌は半日も治らなかったものですよ。苦しかった、奮闘時代の過去は考えるだけでもうんざりする、と云った具合でしてね」と結んだだけで、秘書としての職責上、殊更に隠し立てをして居るのだとは考えられなかった。

「御主人の容態はどうなんですか？」

永田は話題を変えて訊ねた。

「……どうも、お兼さんがいないせいかとても不機嫌で、一日中物を云わないと云う始末で困って居ますよ。……容態は段々悪くなるし……」

高根の話は、突然の訪問者で中絶された。見ると、意外にもそれは浜田夫人であった。

「長い間御世話様になりました。弟の方や親類の方の事で、急に東京へ帰ることになりましたもので、御挨拶に伺いましたの……」そう云って、高根と永田に丁重な挨拶をした。

「やあそうですか。僕達こそいろいろ。ずーっと東京ですか？　何時御出発《いつおたち》です？」高根は意外相な面持で云った。

「今夜ですの……。家庭《うち》の問題《こと》が落着する迄東京に居なければなりません。これから暑さに向うと云うのに、本統に嫌なんですけれど、身勝手な事ばかりも云ってられませんものですから——」

「それはどうも。実は取り混んで居りますので或いは御見送りも出来ないかも知れませんが」

「それどころじゃございません。……瑛子様が居られましたら、……ほんとに何《な》んとお悔みを申し述べて宜《よ》いやら……」

夫人の声は涙に曇った。彼等には気のせいか在来の浜田夫人よりは一段と老けて見えた。気苦労の為であろう。外目《よそめ》には暢気相に見えても、心配は誰しもが持って居るものだ、高根は夫人を見送ってそんな風に考えた。

永田は何《ど》うにかして山津常太の過去を調査したいと焦った。高根が知って居ないとすれば、佐渡出身のN新聞社の主筆に会って聞くより外に道がなかった。

九　ルジャ

山津常太の過去には、何かしら大きな秘密があるのではないか？　何《いず》れにした所で、永田は彼の過去半生を索《さぐ》らねば止まない衝動に駆られて、N新聞社の主筆を訪ねたのは、それから程経ての事だった。しかし「古典的」にして温厚なN新聞の主筆は、富豪山津《やまづ》常太《つねた》の半生を物語ろうとはしなかった。秘密を知りながら語るを避けると云うよりは寧ろ知らない、と云った方が適切であるのかも知れない。で、結局の話は、紳士録に出ている山津の履歴を敷衍した程度以上には出なかった。

多少予期して行った失望を更に大きくして、永田は主筆の自宅を辞した。

井村刑事が山津家の邸内で見たと云う怪しい人影。

得体の知れない投書。

山津の過去。金山の穴掘――坑夫。

石油成金――大株主。……佐渡。

これだけの事が、永田の頭の中で入乱れながら執拗に一つの筋書《テーマ》を形造ろうとして焦った。

夜になっても、永田の姿は北龍荘には現われなかった。――彼は数日振りで我家に帰ったのだった。前後の事情を掻い摘《つま》んで、心配顔の母に物語った永田は、久しい間小舎に繋がれた儘で顧られないでいた愛犬の「赤《ルジヤ》」を解放して色々な御馳走を振舞った。

「赤《ルジヤ》！　ルージヤ、ルジヤ！」と呼ばれる毎に、フォックス・テリヤの愛犬は懐しそうに彼に跳び付いて、クンクン鼻を鳴らした。

午後十時過ぎ――。

当分北龍荘に居ることを母に告げて、永田は愛犬を伴なって山津家の本宅指して急いだ。頻《しき》りに尾を振りながら、赤《ルジヤ》はさも嬉し相な様子で先頭を切って行く。

信濃川河畔の山津家本宅――永田と赤《ルジヤ》がそこへ着いたのは十一時近い頃合だった。

月のない暗い大空には、エメラルドの星影が疎《まばら》に煌めいている。溶暗の河面には対岸の灯《ひ》が淡く輝いて、もう流れを上下する舟も見えず、優しい小波《さざなみ》が闇の中でヒタヒタと河岸を洗っているのみだった。

頑丈な木造の黒塀に添うて、永田は足音を忍ばせながら竹林に続く裏手に廻ると、「赤《ルジヤ》」の頭を押えて邸内に忍び込んだ。注意深く四囲《あたり》を覗えば、中庭の奥手に当って、身を潜めるに絶好な茂みがある。「これ、これ！」と呟きながら彼はその茂みの中に入った。赤《ルジヤ》も鋭敏な感覚で、主人の不可解な行動を察知したのだろう、じいっと息を凝して腹這いになった。

先ず最初に、怪しい人影の正体を確かめる事、それが永田をして斯《こ》う云う行動をとらしめたのである。――奇怪な人影は毎夜現われるのか、それとも間を置いて定期的に現われるのか、兎も角そうした推測は別として、彼はこう考えた。

何等《なんら》かの「目的」があって忍び込んだものに違いない。目的のなんであるかは別として、恐らく瑛子失踪事件に関係あるものか、或いは山津に関係あるものか、乃至《ないし》は、お兼の情夫と云ったようなものではなかろうか？　皆直感から出発した一つの想念《アイデヤ》に近いものではあるが、彼としては何《ど》うしてもこんな風に考えられてならなかったのだ。

邸内《ていない》は寂然《ひっそり》として文字通り人の消えた淋しさである。内妻同様のお兼が不在になった為、尚更その度を加えたのであろう。明るいのは女中部屋と台所、それに多分看護婦の詰所と思われる、奥座敷続きの狭い部屋だけで、あとは主人常太の寝所らしい所からぼんやりと薄暗い光線が洩れて居るばかりである。

気持のせいか、屋敷内には陰惨な夜気が漂って何処となく物凄い。

暗闇の中で永田は暫くの間息を呑んで居た。だが一向に問題の怪しい人影は現われそうにもない。第一夜、第二夜と空しい努力に終るであろう事は、予《あらかじ》め予定の中に入れておいたので、少しも失望はしなかった。

夜番の拍子木の音が夜を深めて行く。

川下の方に当って、トトト……と云う小型発動機船の機関《エンジン》の音が聞えたが、それも間もなく止んだ。十二時が過ぎても何の変化もない。夜光腕時計を覗きながら、永田は恰《あたか》も下手な大衆小説の主人公見たいな自分の役割を、ほんの少しばかり反省して見たりした。だが、彼は偶然を信じない男である。「運良く」人影に遭遇したとしても、又しないとしても、その事については相反する二つの必然的説明を心の一偶に用意して居た。大体、「運良く」などと自ら考えると云う事からして間違って居る。人影に遭遇するという事は、遭遇しない事と同様に必然であって、「運が良い」とか悪いとかと云う事は主観的なことだ……。

そんな調子で、例に依って永田らしい論理学の練習見たいな事をしながら閑潰しをして居ると、それ迄羊のように優しく蹲《うずく》まって居た「赤《ルジヤ》」が、特徴のある大きな耳をキット逆立てたではないか。怪しい物音を聴いたのだろう。中庭を距てて見透しの利く玄関の横手の方に、らんらんたる双眼を据えて頻りに闇の中を覗い始めた。永田も咄嗟に啣《くわ》えて居た煙草を揉み消して、うっかり「赤《ルジヤ》」が跳び出さない様に頸輪の金具を抑えながら、じいっと視線を注いだ。

二秒……三秒……五秒……何等の変化もない。「赤《ルジヤ》」も再び元の姿で蹲まって了った。

永田はポケットから堅パンを出して愛犬の食慾を充してやった。そして又数分間が過ぎた。

と、ウウウ！　と低い叫び声を揚げて「赤《ルジヤ》」が猛然と体形を変えた。ハッとして頸輪を抑えながら永田が中腰になった瞬間、主人常太の寝所と思われる奥座敷の縁の下から小柄な人間の黒い影が、むくむくと這い出したかと見れば、忽ちにして玄関先の闇の中に姿を消して了った。

「ようしッ！」永田はすっくり立ち上がった。併し、直ちに追い駈けるのは愚の骨頂だ。要は彼の住所なり、正体を摑めばいいのだ。例え怪しい人間であろうと、自分にはそれを捕えたり訊問したりする権利はない。それに事を急いで失敗《しくじ》って虻蜂《あぶはち》とらずに終ってはならない。彼はそう考えて直ちに後を追おうとはしないで、暫くの間じっとそこに佇《たたず》んで居た。哀願するような眼で、「赤《ルジヤ》」は主人の顔と、怪しい人影の消えた方向を見詰めて居る。

頃合を見計らって、永田は「赤《ルジヤ》」の頭を二三度軽く叩きながら「行け！」と囁いた。「赤《ルジヤ》」は主人を振り返りつつ、クンクン鼻を鳴らして玄関先の暗がりを塀に添って、永田がやって来たとは反対の側を通って家の周囲を半周すると、裏手の竹林に出た。そこまで行くと彼は一寸《ちよつと》の間逡巡して居たが、じめじめした長い小路を河岸に出て仕舞うと、所々に積み重ねられてある木材の間を縫ってぐんぐん川下指して歩き出した。夜目に馴れない主人が、水溜りや溝のために後《おく》れると、「赤《ルジヤ》」はどんなに先を歩いていても引き返して来ては道案内に勤めた。

山津家の本宅から、川下に向って約七八町程下ると、東新潟と西新潟を結ぶ巨大な石造の万代橋《ばんだいばし》がある。云う迄もなく、信濃川を横断する近代石造建築の粋を集めた石橋である。

永田がその橋近くにやって来ると、先頭を歩いて居た「赤《ルジヤ》」が、突然怒りに堪えないと云った様子で猛然と吠え出した。砂利に躓きながら駈けつけて見ると、「赤《ルジヤ》」は今しもスタートを切ったばかりの、極く小型の発動機船に向って、正に跳びかからんとする勢いだ。

トトト……。船は幅広い河を矢のように滑り出した。

「待て、待てっ！」

頸輪を確《しっ》かり握りしめて永田は猛り立つ「赤《ルジヤ》」を慰撫しながら、大急ぎで万代橋の上に駈け上がった。小型発動機船は、暗い川下を港口の方に向けて遥かに逃げのびて了った。微かな機関《エンジン》の音のみが仄暗い河面に彼等を嘲笑するかの如く響いて居る。軈《やが》て、遠くにそれと頷ける大きな一艘の浚渫船《しゅんせつせん》の近く迄下った頃に、その機関《エンジン》の音は掻き消すように止んでしまった。小市民的消費都市に過ぎない新潟の夜は、花柳の巷からの帰途《かえりみち》らしい酔客と芸妓《げいしゃ》の自動車の騒音で、永田や「赤《ルジヤ》」の努力をうやむやにして了ったのである。明確に、あの浚渫船の近くで機関《エンジン》の音が止まったか否やを聴きとれたとすれば、「赤《ルジヤ》」とその主人の苦心は全く報いられたに等しいものだったのに――。

夜来《やらい》の疲れを癒す為にぐっすり寝込んだ永田が、午後二時頃、昼食とも朝食ともつかない食事を済ますと、秘書の高根に事の経過を告げ直ちに単身赤間捜査課長を新潟署に訪問した。

そこで永田はこんな話を聴いた。お兼は近日中検事局に廻される事になった。瑛子を殺害《せつがい》した犯人は、お兼とその情夫大野に違いない。当夜被害者の瑛子と共に九時半頃北龍荘を出てから、十二時迄の不在証明《アリバイ》が成立しない点、更に重大な事は犯行の現場にお兼の楊枝入が落ちて居た点である。しかも、当夜から行方をくらました情夫の怪しい行動。死体を海中に遺棄したと思われる遣口《やりくち》等々、総てが当局の見込み通りだったのであるが、取調べはその割合に進行しない。お兼はただ半狂乱になって、自分には殺した憶えがない、何を訊ねても知らぬ存ぜぬの一点張りで、頑として泥を吐かない、と云う事である。永田が楊枝入の話を出すと。

「それもだ、私は当夜食堂に置き忘れたのだ、と巧みに言い張るだけなんだ」赤間捜査課長はそう答えて深い憂色を湛えて居る。輿論は当局の無能を責め、この一両日来から署宛の投書も激増したとあれば無理もない。

永田は昨夜《ゆうべ》の出来事を物語ろうかとも思ったが、その事については口を緘《と》じた。その内新聞記者がポツポツ見え出したので、彼は急いで新潟署を出ると、明るい街の大通りをぶらぶら歩き廻って居たが、間も無く一台の自動車に跳び乗って叫んだ。

「埠頭迄大急ぎでやって呉れ！」

午後三時十五分出帆の佐渡通いの越佐丸《えつさまる》は、永田が船室に這入るや否や、油に汚れた港内を物静かに滑り出した。突堤先を離れる頃、眠って居る灯台を右に見てボウ！　ボウ！　と大きく叫びを揚げて、ドッドッドッドッと機関《エンジン》が規定廻転迄スピード・アップした。

左手に夢のような粟島が水平線の平坦を乱して居る。見渡す限り蒼紺の海原だ。沖合遥か怖ろしく古風な帆前船が、順風に帆を揚げて北東の航路《コース》をとっている。目指す佐渡迄は二時間半の旅だ。飛沫をあげて越佐丸は進む。

次第に遠退いて行く港、その港から南下した海岸線一帯に白波が平和に戯れて居るのが見える。緑の松林の中に、ポッツリ聳えて居る赤煉瓦の建物は悲劇の発生地北龍荘だ。

「赤《ルジヤ》の奴何《ど》うして居るかな」

甲板の手摺に寄りながら永田は淡い感傷を覚えた。

佐渡の連山が紫に変り、タダラ峰から南に起伏する金北山《きんほくざん》や妙見山《みようけんざん》が冷々と暮れそめる頃、海上十七八海里の旅は終った。夕陽《ゆうひ》に輝く両津湾《りようつ》は沼の如く静まり返って居る。

加茂湖《かもこ》湖畔の両津町を素通りして、永田の車は暮れかかる山道を相川《あいかわ》町へ急いだ。点綴する村落を縫い、押し迫る連峰を左に仰いで永田の心はロマンティックな小旅行に躍った。

ガタガタする乗合《のりあい》の中で、彼は考えて居た。

春木俊二の変死、瑛子の死、失踪――そこには何か脈絡があるのではあるまいか。又、山津常太の過去には何かしら怖しい秘密があるのではなかろうか。「……復讐されるのが当然だ」と云うあの悪戯とも真面目ともつかない投書。そして昨夜《ゆうべ》、愛犬「赤《ルジヤ》」と共に追跡した怪しい人影！　考えて見れば腑に落ちない事ばかりだ。

疑惑の目を向ければ、浜田夫人や弟の実にしたって怪しい。高根だって其の通りだ。殊に彼の変り方は妙だ。瑛子の失踪以来、まるで別人の如く変って了ったではないか？自分の主人の愛嬢の死であるからして、悲しみ憤るのは当然であるが、いつぞや、「瑛子を殺した奴に復讐する！」と云ったあの時のゾッとする様な高根の表情は、少しく不可解である。

或いは、当局も自分も事件の真相を握ろうとして焦りながら、却って横道に外れて居るのではあるまいか？

馬車のようにガタガタ揺れる乗合自動車は、永田の考えを中断させるばかりだった。新しい魚肉の刺肉《さしみ》でも喰って、宿屋の二階でゆっくり考えよう。彼はいささか胸苦しさを覚えて、安物の臭いガソリンの匂いをもて余した。

真野《まの》湾に添うて沢根《さわね》町を過ぎれば、相川町へは堀割《ほりわり》峠を越すばかりである。海が血の様に赤い。永田の胸中には旅愁に似た影がほんの少しばかり這い寄って居た。

十　怖しき過去

永田は二三年前の夏、一ヶ月ばかり滞在した事のある相川館に宿をとった。新潟の永田と聴いて番頭や女中頭がわざわざ挨拶に来た。

新鮮な魚肉料理で夕飯が終ると、永田は番頭を呼んで、隠居さんがいたらお茶飲みに来るよう頼んだ。隠居は永田の父と俳句や囲碁友達であった。晩年は時折新潟に来て、碁友達や俳句友達を訪ねて遊ぶことが、何よりもの楽しみらしかった。永田の父は、この隠居が最初にものしたと云う、すさまじい俳句を口にしてはよく笑ったものだった。それは「暮れかかる佐渡の入日や海染めて」というのだった。隠居は孤村という俳号を持って居た。永田がこのすさまじい俳句を思い出して微笑して居るところへ、孤村老人がニコニコしながらやって来た。慇懃を極めた一別以来の挨拶が済むと、隠居は女中に命じて玉露を自分の部屋から持ってこさせた。こってりとした羊羹についで、土地の名産が出ると云った具合で、永田はついヘボ碁を一石《いっせき》囲まねばならない破目《はめ》になった。さて今度は一石終ると俳句の話に釣り込まれると云う騒ぎで、いい加減眠くなってしまった。

しかし段々隠居の話は永田の思う壺に嵌ってきた。新聞で読んだのだろう。山津瑛子失踪事件に触れ始めたのである。隠居との退屈な交際《つきあい》の効果は七分通り成功したのだ。永田は話を少しずつ山津常太の方に移して行った。

「……あの男も、元は金山で坑夫をやって居たのじゃが、偉くなったもんじゃ喃《のう》。儂《わし》も新津在《にいつざい》へ出掛けて行って石油の井戸でも捜し出せば、今時は大金持じゃったて、ハハ……」

孤村老は入歯が落ちる程大きな口を開いて笑い出した。

「随分昔のことでしょうな、それは？」

「昔だとも、もうその頃の人間は皆阿弥陀様のお弟子様じゃ喃《のう》。……三十年から前のことじゃでなあ……」

「山津さんの若い時の事を知ってる人は居ませんかね？」永田は何気ない風を装って訊いた。

「さあ……昔は金山で随分荒くれた事をやったそうじゃが、金持になると誰も悪く云わねえものじゃで喃《のう》。さあ……、うんうんあの男なら知っておるかも知れないて、春日崎《かすがざき》にいる片目の了市と云う老人でごわすよ」孤村老は羊羹をモグモグさせながら答えた。

「片目の了市……。春日崎に居るんですかその人は？」

「ああ、そうじゃ、そうじゃ。なんでも喃《のう》、人の口では、元は今の話の山津さんと同じ飯場で働いて居たそうじゃが、ハッパにかかって片目を潰して了ったとかと云う話ですじゃ。が、そんげな人に会って何しなさるね？　詰ンないことじゃ、アハハ……」

「いや、事件が事件だけに新潟では大変な評判になっているので、つい根掘り葉掘りと云った訳ですよハハ……」

それから又一しきり雑談が続いて、孤村老人は不景気の為にすっかりさびれた鉱山の話などし出した。

「佐渡の金山この世の地獄ってのあ、昔の話で、今は火の消えた寂しさじゃ。不景気になると金脈まで少くなる訳ですかなあ……」

隠居は、朝早く裏の谷川から一番水を汲んで来て甘《うま》いお茶を出すから、是非儂《わし》の部屋迄御越し願い度《た》いと云って、女中が別室に寝具を揃え始めたのを機会に座《しお》を立った。

間近かで潮鳴りが聞える。強い磯の香だ。佐渡オケサや相川音頭の、地方色《ローカルカラー》に充ちたメロディーが、散在する料亭から旅行く人々の郷愁を誘うかのように聞えてくる。窓を開けると一里島《いちりじま》の方に当って、チラホラと漁船の灯が見える。

孤島の夜は次第に更け渡った――。

＊

どんよりと曇った朝が靄の中で明けた。

「雨の来ないうちに」と云って、永田は宿の人達の気遣うのを押して春日崎へ、海岸伝いに歩き出した。鹿伏《しかぶせ》と云う小さな村を過ぎる頃には、鬱陶しい空からポツリポツリ小粒の雨が落ち出した。

運良く途中で郵便配達夫に会う事が出来たので、片目の了市の家は直ぐに分った。見る影もなく荒れ果てた茅家《あばらや》、柴垣が歪んだ藁屋根の家を囲んで居た。

入口の土間に立って案内を乞うと、ひどく人相の悪い片目の了市が、鈍い眼を光らして現われた。想像以上に醜悪な容貌に永田は思わず顔をそむけた。鉛色に近い顔色。まるで肉腫のようにむくみ上がった片眼！　唇から顎にかけて大きな裂傷がある。片目の了市は口辺《くちかど》をぶるぶる痙攣させながら、しわがれた声で云った。

「どんげな用で来なすった」

「新聞社のものですが……」

「フン、御役所の人じゃねえッてんだナ」

片目の了市は無気味な眼で、足元から頭迄ジロジロ見詰めた。

「……まあ御入ンなせえ」そう云って永田を薪の燻ぶっている炉端に導いた。坐り難《にく》そうに汚い蓆《むしろ》に腰を落した永田の様子を、彼は用心深そうに睨み付けて居る。

「お前さんは、山津常太って人を知ってなさるそうだが……」永田も強く出た。

その言葉を聴くと、相手はギョッとしたらしく胡坐《あぐら》をかき直して、

「知らねえ！」と吐き出すように云った。

これは一筋縄では行かないと永田は考えた。見ると、煙管《きせる》を握って居る手がワナワナ顫えて居る。炉端の近くには空徳利が転がって居る。弾力のない皮膚の色、痙攣する唇、指。

――酒精中《アルちゅう》だな。

永田は押して行くより仕方ないと考えたので、紙入れから紙幣を一枚抜きとって宥め

るような声で云った。

「まあそんなにムキになりなさんな。何もお前さんの不為《ふため》にしようと云うのではないんだからね。話はゆっくりきくことにして、失礼だがこれで酒と鑵詰でも買って来て一杯やって呉れないか？」

了市の顔に貪慾そうな薄気味の悪い微笑が浮んだ。そして差し出された五円紙幣と永田の顔を等分に見較べて居たと思うと顫える指で札を握りしめ、片手には徳利を抱えてよろめくように出て行った。

煙草を吸いながら、永田は辛抱強くたっぷり一時間も待って居た。ぜいぜい息をはずませつつ帰って来た片目の了市は、どっかり炉端に坐り込むと、冷酒をぐいぐいひっかけた。

その様子はどう見ても六十以上の老人とは思われなかった。若い時代の激しい労働で鍛えた体は、蝕ばまれながらもその頑丈さを失わないのだろう。

少しずつ酒が廻って来たと見えて、険悪な人相はどうやら和いで来た。鯨の鑵詰を開いて、それを節くれ立った手で摘《つま》みながら彼は無愛想な声で云った。

「儂《わし》にどんげな事を聞きてえと云うのでがす？」

「まあも少しやりなさい。お前さんが本当の事さえ云って呉れるなら、少し位の酒代《さかて》は持ち合せて居るのだから……」

永田が笑いながら云うと、片目の了市は何かブツブツ口の中で呟いて居たが、

「……今更お前さんの前で山津の畜生の事を話したって仕様があるめえ……」とぶっきら棒な口調で云った。

「いや、大概のことは判っているんだが、ずっと昔の詳しい事を聞きたいと思ってやって来た訳なんだ。さっきから云ってるように、決してお前さんの悪いようにはしない積りだ。憶えてるだけ話してくれないか？」永田はのるかそるか、グングン突込んで行った。

「昔の事って、お前さんはあの事を知っているのけえ？」相手は急にむきになって反問した。

「新聞社だもの、大概の事は調べたさ」

「うんなら仕方がねえべ……。んだが、俺は悪くねえだぞオ……。畜生！　山津の野郎が……。そうだ、ありゃもう三十年も前のことだ」片目の了市はギラギラ光り出した眼でじいっと永田を見詰めながら、先を続けた。

「事の起りは金《きん》よ。……今考えると馬鹿な話だ。あの晩はひどい降りだった。雨でな、そして山崩れが来やがった……」

　鉱山の事務所が潰れて、金塊の保管係の事務員が押し潰されて死んだ。それを目撃した四人の男。それが山津とこの大沢了市と、松木淳助、それに山田という坑夫だった。その頃は未だ明治末期の事とて十分な金塊保管の設備がなかった。土砂に塗れて事務員の惨死体の側に転がっている素晴らしい金塊を見た四人は、ムラムラと悪心を起してそれを盗んだ。そして山崩れのどさくさに紛れて、四人で適当に処分しようと考えて青野《あおの》峠迄逃げて行った。

　だが、人の慾は限りなかった。一人でも減れば、それだけ分配高が多くなると考えた四人は、廃坑の側で醜い争いをした。弱い山田が最初の犠牲者となって竪穴の中に落ちて縡切《ことぎ》れたが、所有慾の争いはそれで終ったのではなかった。残った三人もその金塊を独占するために凡《あら》ゆる悪智慧を絞りながら、とに角夜道を急いで、青野峠を奥深く入った時、なんと思ったかそれ迄金塊を持って居た「山津の常」が、大沢と松木にそれを渡して、今度は一つお前達が持って行ってくれと云い出した。二人は常太の言葉に怖ろしい陥穽《わな》があろうとは気付かなかった。二人が暫く夜道を先に立って歩いて居ると、一足おくれて草鞋《わらじ》の紐を締め直して居た筈の常太が、何か背後《うしろ》に隠しながら近付いて来た。ぎょっとして二人が振り向く途端にプーンと火縄の匂いがして「アッ畜生！　ハッパだ！」と叫ぶ間もあらばこそ、轟然と目の前でダイナマイトが破裂した。

「そうして、松木の淳公と俺あ大怪我。わけても淳公の野郎は右腕を飛ばされて了いやがった……。常の畜生を殺そうと思って探し歩いたが傷が治ってからじゃ後の祭り。考げえて見りゃあ皆慾から出た話だあ。俺等はそれでも生きて居るからええものの、山田の阿呆は死《くた》ばって了いやがった。……それからの事は良くは分らねえが、なんでも常の畜生は新津《にいつ》在で石油の井戸を見つけたとかで大金持に成り上がりやがった……。

「三四年前は俺の云うなりに金も送って呉れたがこの頃は音沙汰もねえ。……ちったあ俺も悪かった、山田の野郎はくたばりあがったからなあ……。全く不憫な事をした……。畜生！ それにしても憎いのは常の野郎だ……。へへへ……運だあ、皆運だ。悪者がうまくやる世の中って事あ昔も今も変らねえ、畜生！」

酔の廻った了市は悪鬼のような表情で呪いの言葉を吐き捨てた。

「成る程なあ、聞いて見れば恐ろしい話だ……で、その松木淳助とかって人はどうしたんだね？」

「なんしろ片腕のねえ坑夫なんてものあ金山のお飾りだ……。野郎は仲のええ娘っ子とも別れてよ、北海道サ行くと云って、間もなく島から姿を消したんだ。それから二三度、函館の船着場《みなと》でごろごろしてるッて手紙を寄こしあがったが、ブッツリ便りが無くなってから二昔以上にもなる……。体を動かするより外に飯《まんま》を喰う術《てね》の無え野郎のこったあ、どこをホッつき廻ってくたばったか……ああ、厭《いや》なこったあ、みんな昔の悪え夢だ、畜生！ それにしても……」

酒が饒舌《しやべ》らせて居るのだ。安い強烈な地酒が此の怖ろしい過去を物語って居るのだ。

「松木はひどい怪我だったろうなあ？」

「ひどいのなんのってお前《めえ》、右手は関節《ふし》のとっから飛ぶし、右の耳も半分は根のとっからすっ飛ばされあがってな……。お前《めえ》さんも一杯やんなせあや……」

「どうして又訴えて出なかったんだね？」

「訴える？ 時世が違わあ……。お前様達が生れねえ頃の話だあ……。この島の鬼は飯場頭の親方だけで、歌の文句じゃねえが、佐渡の金山《かなやま》此の世の地獄……って時だあ」

どうやら少し利き過ぎたらしい。永田は是以上の長座《ながい》は無駄である事を見て取ったので、更に一枚の紙幣《さつ》を握らせて胸の詰まる思いで外に出た。

柔らかい地質の道路は、ビシャビシャ降りしきる雨にすっかり泥濘《ぬかるみ》に変っていた。予期以上に怖ろしい過去を山津は持って居たのだ。別れ際に呪った片目の了市の言葉——。「今更常を訴えて見ても仕様があるめえ。金せえありゃあ白が黒になる世の中じゃねえか？　俺あここから常の野郎を呪い殺してやるだア……」

金力が恐怖すべき山津の過去を押し匿して来たのだ。永田は一人の富豪の怖ろしい過去半生に慄然とした。だが、彼は雨の中を歩くにつれて、次第に冷静に立ち返った。自分は瑛子殺害——失踪事件の謎を解決すれば良いのだ。それに必要な秘密を知りさえすれば宜いのだ——。考えて行くうちに、佐々木翁が筆跡鑑定の時に云った言葉を思い出した。左手の文字——佐渡者じゃ……。ひょっとしたら、あの投書の主は松木淳助だったかも知れない。

——そうなれば、お兼を犯人とした推定には何かしら大きな誤謬を含んでは居まいか？

松木が復讐の手段に瑛子を殺害《せつがい》した、と考えられない事もない。介在した複雑な事情から云えば松木が何処かに生きて居て、あの夜常太の娘を殺したと考えるのが寧ろピッタリしはしまいか？

だが、あの楊枝入は？　仮令《たとえ》、取り調べの際に陳述した「食堂に忘れた」と云うお兼の言葉を真《ま》に受けたところで、では何うしてその楊枝入が北龍荘の食堂から現場まで運ばれたか？　と云う説明が付かない事になる。永田の脳裡には様々な疑惑の雲が重なり合って蠢くのだった。

十一　蹄状指紋

永田が佐渡から帰った翌日。

井村刑事がひょっこり北龍荘に現われた。何だか元気が無く、角ばった顔には不平不満を押し隠そうとする人の様に、不自然な表情が浮んでいた。永田は彼を応接間の肘突椅子に導いた。が、井村はどっかり腰を下したまま、堅く口を結んで無言の行を続ける。

「君は何時《いつ》から唖になったんだい？」

「今朝から……」井村は吐き捨てるように云って、再び沈黙に復《かえ》った。

「そんな修養はしない方がいいぜ」永田は苦笑してコーヒーを啜った。「余程機嫌が悪いと見えるな？」

「兇器の発見された事を知って居るかい」井村がやっと口を開いた。

「兇器？　知らないね」永田は意外相な面持で膝を乗り出した。

「……兇器が発見されたんだ」

「何時《いつ》？」

「昨日の夕方だよ。例の松林一帯はあの日から引続いて捜査したんだが、めっからなかった……。あの通り海の中は網をひいたのだし、砂丘から渚辺《べ》迄一帯は隈なく捜したのに発見されないと云うので、根気良く松林を嗅ぎ廻ったんだ。ところがだ。直径五寸位、深さ二尺足らずと云った竪穴が、生え繁った雑草に囲まれているのを発見したので、若《も》しやと思って中を覗いて見ると、どす黒い血に汚れた短刀が出て来たのだ。血塗《ちのり》の乾き具合や、例の切断された二本の指の切れ具合から見て、『鋭利ナ刃物ニ依ル云々』に該当することは云う迄《ど》もない。で、瑛子殺害の兇器として一同で雀躍《こおど》りしたのだが、……」

「雀躍《こおど》りしてから何うしたんだ？」永田はフーッと煙を吐き出して、井村刑事の顔を見詰めた。

「その短刀には指紋があったんだよ。……」

「どうかしてるぜ、君は！」

「もう少し聴けよ、その内君もどうかなるから。とに角、短刀の形状は両刃《もろば》で、余り見馴れない代物なんだ。鑑識課では日本製じゃないって云うんだ。それはそれとして、……指紋の事なんだが、その指紋は一体誰のものだと思うかい、君は？」

「犯人のものだよ。不注意に拾ったとすれば拾った男の指紋も附いたろうなあ」

「茶化すなよ。犯人は、犯人に決まってるが、……お兼の情夫か、お兼自身の物かと思って居た見込が全然外れちまったんだ」

「その指紋は、お兼のものでも無く、情夫大野のものでもないと云うのかい？」永田は鋭い眼を井村刑事に向けた。

「そうなんだ。大野の指紋は鑑識課にあるので、短刀の柄にあるのと比較して見ると完全に違っているんだそうだ」

「…………」

「而《しか》もだ、捜査課長が色々奔走した結果、今朝の会議でお兼を釈放する事に決定したのだ」

「…………」

「そればかりじゃないんだ。御丁寧に、今朝の第一便で犯人らしい者からの投書が来て、今度は山津常太を殺《や》っつける、と云う挑戦なのだ。悪戯《いたずら》の様でもあり本当のようでもあり、このところ目茶苦茶と云う訳なんだよ」

「…………」

「……おまけに、その投書の字体がひどく情夫大野の筆跡に似て居るという始末さ。新宿の消印のあるところを見れば東京で出したものらしいが、警察の照会電報は、昨日の午後、彼が仙台市の親戚に立ち寄ったことを報《し》らせて来ているのだから、投書した奴はやっぱり大野でもないらしい。いくらなんでも、仙台で新宿の消印は捺せないからね……」

「…………」

銀の煙草匣《シガレット・ケース》を弄《いじ》りながら、石像のようにだまりこくって熱心に聴いて居る永田の横顔を、井村刑事は冷やかに打ち眺めて、更に言葉をついだ。

「それだからと云って、あの楊枝入の謎も解けないし、九時三十分から十二時迄の例の不在証明《アリバイ》もうやむやなのに、何《ど》う云う訳でお兼をその儘釈放する事になったのか、僕には上司の遣り方が一向分らないんだ……。

「なる程、お兼が当夜着て居た着物にも、帯にも血痕は附着して居なかった。併し、今の場合お兼以上に疑いをかける人間は居ないのだから、なんとかもう少し突込まれないものか。……上司を悪く云う訳ではないが、今日迄のわれわれの苦心だって買って呉れてもいいと思うなあ」

「……君の話の中で、大切な点はその日本製でない両刃《もろば》の短刀と指紋だね」永田は銀のスプーンで角砂糖を溶かしながら云った。

「……それがだよ。例えば現場指紋が普通弓状紋で、大野の索引指紋が突起弓状紋とかってならとも角、両刃の短刀の柄にあったのは蹄状紋で、大野の索引指紋は渦状紋なんだそうだ。それじゃ君、てんから話にならないからね」

「しかし、手懸り、それも確定的な一つの手懸りが出来た訳ではないか」

「それはそうだ。だが、鑑識課の指紋原紙には、その蹄状紋に該当するものがないと云う事だ……」

「犯罪は前科者に限ってやるものなり、なんて公式はなかった筈だぜ」

永田は笑いながら立ち上がると、本宅の高根を呼び出して、お兼が釈放されたかどうかを確かめた。

「やっぱり帰って居るだろう？」

「そうだって……」

そう云ってる所へ、老婢《ばあや》が配達された手紙を持って来た。

「山津瑛子殺害事件も愈々《いよいよ》迷宮入りだね」

井村刑事は、帽子を手にして立ち上がりながら苦笑した。

「冗談云うない。段々ハッキリして来たじゃないか！」

永田は受取った手紙を卓子《テーブル》の上に置いて答えた。

「まあ、失敬するよ。遊んでばかりも居られまい」

井村刑事が帰って了うと、永田は一通の封書と葉書に眼を移した。葉書は浜田夫人から来たもので、月並な礼状である。宛名は北龍荘内高根純一様としてあって、永田様にも宜しくと書き添えてあった。が、一方の封書は、永田の眼を輝かせるに十分なものだった。そこには、東京毎朝社神尾龍太郎と差出人の名があった。

永田兄

御手紙有難う。

多忙の為返事が遅れて済まなかった。瑛子さんの失踪事件は新聞社の地方部でも、好話題となって居るので色々話を聴いた。しかし今回のこの事件については、僕の意見は控えましょう。全然自分の眼で事実を見て居ないのですから。御本人にはお会いした事もあるので、なんと云っていいか言葉も有りません。如何です、その後未だ眼鼻がつきませんか？

そちらに行って見たいとも思いますが、現在の僕の境遇ではそんな自由は有りません。

若《も》しお暇があったら是非近い内に上京して下さい。その節は本社の定期郵便飛行を利用されるよう望みます。幸い中学時代の古い友人で、安田君と云う人がそちらの支局に居る事が分りましたので、手紙でその旨頼んで置きました。

あれからずーっと春木君の事件について調べて来ました。それに就《つ》いて二三御相談したい向きもあります故《ゆえ》一度お会いしたいものです。手前勝手は不悪《あしからず》お許しを願います。

では取り急ぎ返信まで――。

六月五日　　　　　　神尾生

永田はその手紙をポケットに入れて、暫くの間深い考えに耽った。「春木君の事件について会いたい」と云う神尾の手紙は、すっかり彼の心に喰い込んで了ったのだ。無論、井村刑事の言葉も忘れたのではなかったが、何かしら春木の変死と瑛子の失踪には関聯があるような気がしないでもない。

兇器と指紋（皆目分らないにせよ）が当局によって発見せられたと云う事は、瑛子殺《せっ》害《がい》に就いての取調べ方針を、或いは根柢から建て直さねばならない事になったのかも知れない。

佐渡の春日崎に於ける片目の了市の話から、永田は更に思索の糸口を見出した。それは、山津常太が、あの話よりも、もっと怖ろしい過去を持って居て、その為の復讐が何者かによって次々に遂行されようとして居るのではあるまいか？　と云う疑惑だった――そうだとすれば、井村刑事の語った、当局宛の挑戦に等しい投書も、単に悪戯としては考えられなくなる。

少くとも、先達ての夜、愛犬の赤《ルジヤ》と一緒に追跡した怪しい人影は、復讐を企てつつある人間の一人ではないだろうか？

それればかりではなく、片目の了市の物語った中《うち》、佐渡の青野峠の奥で山津の投げたダイナマイトの為に右腕を失ったと云う松木淳助だって、恐らく年老いたる浪々の身で堅い復讐の念に燃え、或いは何事かを企らんで居るのかも知れないとも思われる。

交際もせず、世間からは吝嗇家《りんしょくか》との指弾を受けながら、黄金の傀儡《かいらい》となって死を待つのみの山津常太は、その呪うべき過去故《ゆえ》に復讐の的となって居るのであろう。単に彼自身の過去を暴露《あば》かれると云う事だけでも、山津にとっては耐えられない苦痛なのだ。富と生への執着――それに迫って来る恐ろしい復讐の魔手――。

永田は冷たい戦慄と共に思索の糸を絶ち切った。

なんとなくざわめいた天候である。セピア色の海がとろっと静まり返って、外には生暖かい湿気を含んだ風が吹いて居る。沖合の空には雲足が乱れて、湿度計を読まないでも嵐の近いことがそれと察知される——。

優しい主人を失ってから、老婢《ばあや》によって養われている九官鳥が、空虚な声で叫んで居る。

「ハロー！　ハロー！」

永田の顔も暗い。じっとりと汗ばんだ肌が不愉快だ。浴場で冷水のシャワーを浴びて汗を拭きとると、彼は書斎に這入って暫くの間レコードに耳を傾けた。

軈《やが》て彼は自分に弁解するような口調で呟いた。

「……上京して見よう。兎に角……」

錯雑した事件から来る底知れない圧迫。自分はそれから逃れようとして居るのではないか？　一種の逃避だな、と考えたが、神尾に会って春木の事件の経過を訊き、その上で瑛子失踪事件に対する彼の冷徹な批判を求めるのも決して無意味な事ではない。

「やっぱり、上京しよう」

永田はその旨を簡単に葉書に認《したた》めて老僕《じいや》に投函を依頼した。

定期郵便飛行は月、水、金だけである。明日は金曜日だ。永田は毎朝新聞支局を呼び出して、安田の在否を問うた所、商工会議所に行って居る、と云う答なので、今度は商工会議所を呼び出した。

「若《も》し若し僕安田ですが、貴君は？」歯切れの良い朗かな声だ。

「僕永田です、永田敬二です。本社の神尾さんの方から何かお話がありませんでしたでしょうか？」

「いやあ、永田君ですか。有りましたよ。実は貴君の電話を待って居たような訳です。何時《いつ》上京しますか？」

「明日でも、と考えて居るのですが、お目にかかりたいもんですね」

「五時過ぎならば、何時《いつ》でも結構です、何処にしますか？　そちらに御伺いしても構いませんが……」

「どっかでお茶でも附き合って下さい」

「じゃ、五時十五分かっきりに明治製菓の二階……の窓際のボックスでお会いしましょう」

「承知しました。然し初対面ですから……顔が分らないと、……」

「いやあ大概見当がつきますよ、ハハ……」

そして午後五時十五分から三分過ぎ――。

安田と永田はアイスクリームを突つきながら向い合って居た。二階の窓際のボックスで――。

「ええ。神尾はいい男ですよ。中学時代から頭の良い男でね。……そりゃあそうと、明日にするんですか？」

安田は紫外線除けの青味がかった眼鏡の奥から永田の顔を覗いた。

「金曜日ですからね。でないと、月曜まで駄目でしょう」

「よろしい。じゃ直ぐ交渉して置きますから、明日の昼頃支局迄来て下さい。社の自動車《くるま》で送りましょう」

「御迷惑じゃありませんか？」

「迷惑にしたところで、僕の月給に異状が起る筋合のものじゃありませんからね。如何です、それは、そう決めたとして、……例の事件は？」

「さあ……、何《ど》うも僕などには皆目見当がつきませんね」

「警戒しなくってもいいでしょう。北龍荘のファイロ・バンス氏の語るところに依れば、なんて、凡《およ》そ地方欄には書けませんからなあ」

「いやあ、どうも。それより貴君の御意見を拝聴したいものですね？」

「そう角道《かくみち》を利かしちゃ困りますね。併し、……なんですね。なんとか云いましたね、兼子、そうそう、例の池田兼子を釈放したのは意外ですね。牝狼《めろう》に、腐肉を与えるの類ですかなあ、あの手は。ハハハ……。いささか猿引きの感あれども、こうも考えられますね。山津常太なるブルジョアの歴史を、赤新聞的《スキャンダル・シート》に見ると云う……、尤もこれは支局長《おやじ》の意見ですがね。支局長《おやじ》は、その方面から突込んで行けば、特種があると云うのですよ、アハハハ……」

「それですね、……」永田は危く安田の言葉にひっ懸りそうになったので、急いで言い直した。

「それに就いて何かニュウスがありませんか？」

「フの合車《あいしや》とは恐れ入りますね。単に、山津の過去には黄金の光りで相当彼の性的食慾の犠牲になった女が居た、と云う位の事で一向に曲のない事ばかりですよ」

「成る程、一向に駄目と云う訳ですか？」

「いやどうも六日目は違いますね。アハハハ……。さあて、と帰りましょうか！」安田は元気な歩調で鋪道を踏みしめて、人差指と中指で「又会う日迄《オルボアール》！」をしながら別れて行った。

思わせぶりだった空からは、もうポツリ、ポツリ大粒の雨が降り出して、黒雲が低く街を圧して居る。永田は海岸《はま》行きの赤バスを拾った。

夜になると、予期していた如く激しい嵐になった。

夕食は、暮れ方から彼の帰りを待っていた高根の志で、永田の好きな蛤と鮑の料理で終った。

応接間の安楽椅子《ソファー》に寛いだ高根は、改まった顔で永田に一通の封筒を渡しながら云った。

「これは御主人からの寸志です。受け取ってくれたまえ。主人はお兼さんが帰るとすっかり元気になって、久し振りで入浴したりしている有様で、今回の事件にお骨折りを願った事に対する感謝の意味で、是非君に渡して呉れ、と云われたのです」

総てを金で、と考えて居る山津の心持を思うと、むかむかと腹が立ったが、事件はこれで終ったのではない。飽く迄も殺された瑛子の為に犯人を捜そう。その為の費用と思って貰って置いてもいいのだ。永田は不愉快な気持を抑えて、高根にそうした意味の事を話して金を受けとった。

「そればかりでなく、北龍荘も留守番と云っては失敬だが、瑛子さんの蔵書《ライヴラリー》が役に立ったら、当分自由に使って下すっても構わない、と云うのです」と、高根は附け足した。

金なんかより、その方が余程有難いや、と永田は思った。

「じゃ留守番《るすばん》の方も一つ願います」永田は高根の煙草匣《シガレット・ケース》からスリー・キャッスルを一本摘《つま》んで火を点けながら答えた。

「ひどい暴風雨《あれ》だね。……瑛子さんは、やっぱり死んだんだなあ……」

高根は雨に洗われているガラス戸をじいっと見詰めながら、悲哀に充ちた声で云った。

「高根さん、僕明日から少し旅行して来ます、ほんの三四日の間ですが……」

「いいね。何処迄？」

「別に決っては居ないんですよ。東京にも行って見たいし、大阪にも学生時代に行ったきりだから、出来たら廻って見たいとも思ってますが……、大阪は何処の宿がいいでしょうね、行くとしたら？」

「さあ、ね。僕の行く宿もいいね。割に静かだし、待遇もいいんだ。本統に行くなら紹介状を書こうか？」

「いや、それには及びませんよ。その宿は何処なんです？」

「堂島北町の竹屋旅館だよ。大阪に行ったらあそこへ宿《とま》るんだね。女中で一人可愛い娘も居るし、ハハ……」何故か高根の笑い声は妙に乾枯びていた。

それから間も無く、高根は自動車を呼んで嵐の中を本宅に帰って行った。

＊

翌日《あくるひ》は、白雲の切れ目から爽かな初夏の碧空がぐっと拡がって、嵐は次第に越後山脈を越えて遠退いて行った。

海が輝いて、洗われた芝生や樹木の葉が眼の覚めるような緑だ。

永田は支局の安田を訪ねる前に、新潟署に立ち寄って井村刑事に会って引返した。短刀はまだ正確に鑑別されて居なかった。併し鑑識課では内地製品ではない、「恐らく大《たい》連《れん》あたりの出来ではないか」、と云う意見であることが分った。新宿の消印のある投書は、井村刑事を拝み倒した事に依って、内緒で永田のポケットに忍び込んでいた。この外に、N新聞の小寺記者から貰った投書もあった。

上京した次いでに浜田夫人を訪問しようと思ったので、昨日の高根宛の礼状を夫人の住所《アドレス》を知るために、メモ代りに手帳の中に収めた。

サンドウィッチで昼食が済むと、老僕《じいや》に愛犬「赤《ルジヤ》」の手入れを頼んで北龍荘を後にした。

午後二時——。

安田の奔走が功を奏して、永田は予定通り機上の人となる事が出来た。

滑走八〇〇米《メートル》突。機体は大きくバウンドしてフワリと地上を離れた。

白雲の浮動する蒼穹。初めての空の旅！　永田の心は限りなく躍る。広々とした越後平野も一飛びに、機は爆音高く信越国境を越え始めた。

密雲を衝き、悪気流と戦いながら――。

第二章　銀座から堂島へ

一　神尾の推理

衣裳鞄《スート・ケース》一つ持たない身軽な空の旅は、三時間足らずで終った。毎朝新聞の玄関前で自動車を乗捨てた永田は、受附で神尾の在否を訊ねた。

「一寸《ちよつと》お待ち下さい」と答えて、女事務員は社内電話の受話機《レシーバー》を耳に当てたが、間もなく窓口から永田を呼んで気の毒相に云った。

「あの、神尾さんは社用で出掛けられましたそうで、御帰りは六時頃になると云う事でございますが……」

「じゃ、その頃社に帰って来るのは確かですね？」

「ええそれは」

永田は備え付けの伝票《メモ》に来意を簡単に認《したた》めると、それを事務員に頼んでブラリと外に出た。五時少し廻ったばかりである。直ぐ近くの邦楽座へとも思ったが、写真を見るには少し時間が足りな過ぎる。結局数寄屋橋《すきやばし》を渡って尾張町の交叉点に出て、松坂屋の前あたり迄歩いたが、やけに喉が乾くので、小綺麗なソーダ・ファンテンに這入って、レモネードを一杯飲むと、彼は大きく傾いた明るい黄昏の空を感じながら、ラッシュ・アワーの人波に揉まれて歩いた。

年がら年中田舎に燻《くすぶ》って居る彼にとって、こうした時折の上京は都会に対する讃美の念を高めるのに十分だった。都会は生活力に溢れた人々に依って、十分に利用されるべきなのだ。都会の美は動的な美だ。物静かな田舎の静的美に対する愛着もさることながら永田はその五体に充ち溢れた生活力から、都会をも十分に愛することの出来る青年であった。

「神尾さんに会って話が済んだら、大阪へも行って見よう」

ぐんぐん迫ってくる都会の騒音。そのざわめきの中に永田は不思議な静寂を感じるのだった。孤独が銀座の人波の中にある――。彼は大都会の構成分子としての自分を感じて、リズミカルな歩調で芝口から踵《きびす》を返した。

都会性、そう云ったものが、歩き廻って居る間に自分の体に浸み込むような気がしてならなかった。

六時カッキリに、永田は再び毎朝新聞の受附に現われた。待つ程もなく、左手の階段をコツコツ駈け降りて来た神尾が、薄茶色の眼を輝かして叫んだ。

「いよう！　よく来ましたね。とに角出ましょう」

「余り来たかったもんで……。この前は色々と――」喜悦に溢れて彼は答えた。

「いや！　僕こそ」神尾は快活に云って大胯に歩き出した。青色サージの合着《あいぎ》がしっくり合って、質素ではあるが何処から見ても隙のない神尾の服装《みなり》――。そこに彼の人柄が表われている。「なんてたって都会人の眼と云う奴は生きてるなあ！」永田はそんな風に思いながら、神尾と肩を並べて歩いた。

「僕に会うと云うだけで来られたのですか？　何か外に……」

「いいえ、外にと云って何もないんです。都会の匂いを嗅ぎたかったのですよ。――帰りには大阪へも廻って見る予定ですが」

「大阪⁉」神尾は何故か訊き咎めるように云って、横合から永田の眼を覗いた。

「暫く行かないもんで、ただ大阪の匂いも嗅ぎ度《た》いと思ってるのですよ。何か？」永田もじいっと見返した。

「いいや、別に……。そりゃあそうと、既《も》う飯時《めしどき》ですね。何処かそこら辺りで飯にしましょう」

「いいですね。何処か甘《うま》い物を食わせる所がありませんか？」

「女がいなくって、甘い食事が出来て静かな所ですね、条件は？　そうですね、何処かないかなあ。そうだ、カッフェ・Hにしよう。静かなだけでもいいや」

其店は社の連中が時々飯を喰べに行く所で、一寸《ちよつと》した特別室《スペッシャル・ルーム》見たいな部屋もあって、食事も割に良い。第一女給《サヨコ》にゴテゴテ悩まされる心配がない。そんな風に説明しながら、神尾は銀座裏の小さな料理店《レストラン》カッフェ・Hに永田を案内した。

「なアる程」

店内《なか》に入ると永田はニコニコして呟いた。内部の装飾は全部淡い色彩のものばかりで、天井の大きな照明灯からは乳白色の光線が一面にこぼれて、しっとりと落着いた想像以上に清楚な店である。五六人の上品な紳士階級の人々が、物静かに食事を摂っている。云いようのない馥郁たる香気が、高価なマニラ煙草の匂いに混って漂うている中を、頬の赤い少女に案内されて、二人は大きな棕梠の鉢植の側に卓子《テーブル》をとった。

「どうです、一寸《ちょっと》変ってるでしょう？」神尾はホープを吸いながら永田に云った。

「気持のいい店ですね」

「この店は、カッフェ・Hよりも白薔薇で通っているんですよ」と云って、神尾の指差した方を見ると、入口の両側の卓子《テーブル》には白薔薇の大きな青磁色の鉢が並んでいた。

晩餐が終ると強いコーヒーを啜りながら、神尾は会話を本筋に向けた。

「で、僕の意見では、春木君の変死事件と瑛子さんの失踪事件とは直接深い関係があるとは思われないのです。と云ってこれを全然切り離して考えるわけにもいかないですが、とに角順序として先月の十三日に起きたあの奇怪な春木君の死について考えて行って見てはどうかと思うのです。それならば、僕としても相当意見を持っている積りですが」

そう云いながら、神尾は眼を輝かして新しい煙草に火を点けた。

「僕だって、この前お会いした時に申し上げた通り、到底病死だなどとは考えられなかったのですよ。一つお話し願えませんか？」

永田は半巾《ハンカチ》で額の汗を拭いて、冷いプレーンソーダをぐっと飲んだ。

「……君が新潟へ帰られてから僕はずーっと春木君の事件ばかり考えて居たのです。青山署の署長や司法主任にも会って見た、捜査課長にも会って見た、刑事課長にも、それから刑事連にもいろいろ訊いて見たが、結局当局の遣《や》り方《かた》は、『モルグ街の殺人』に於けるデュパンではないが、『在るものを否定し、在らざるものを説明する』と云った遣り方に終始してますね。

「朝のドライブで心臓麻痺を起して死ぬ程、春木君が病弱でなかったことは論外であるばかりでなく、例の18073号を盗んだ運転手の倉田が物語った怪紳士――上野駅で春木と一緒に乗せたという怪紳士――ですね、あれは絶対に『在るもの』なることは明白じゃないですか？　にも拘らず、当局は倉田が犯人だと云う主張を未だに棄てないらしい。それも、仮りに他殺だとすれば、とこう云うのです。で結局、僕は独自の立場から倉田の証言を信じて、問題の怪紳士の正体を突き止める為駈け廻ったが、どうもそればっかりは一向に手懸りがなかったのです」

「特徴らしいものは、茶色の眼鏡だけだったようですね？　あの時のお話では――」

永田は冷いバナナの実に蜂蜜をかけて、それを丹念にフォークで突きながら云った。

「そうです。――併し、僕は問題をもっと根本的な方向から研究し始めたのです。つまり、五月十三日の朝、女からの電話で春木君は上野駅に行くと云って飛び出した。が、駅には女でなく中年の紳士が待っていた、と云う点をいろいろな角度から考えたのですよ。先ず、その紳士は少くとも春木君とは昵懇と迄は行かなくとも、知人か、或いは何か関係のある人かのどっちかである事は考える迄もない事として、では——一体どういう理由《わけ》で自分で電話をかけずに、女に電話をかけさせたか？　この点が先ず変ですね。

「面識のある人が、而も早朝、女に電話をかけさせた裏には何かあるに違いない、と僕は思った。そんなに早い時間とすれば、先ずその紳士は宿屋にでも居たとするが正しい、そうすれば、電話の主は女中と云う事で説明が付く。併し、では何故宿屋に春木を呼び寄せなかったか？　又、何《ど》う云う理由で、六時半などと云う早朝から春木君を呼び寄せたか、しかも上野駅へ——。

「考えられる事は、何か急用があったのではないかと云う事になる。そうしたら、疑問は更に拡大するじゃないですか。そんなに急ぐ用事ならば、何故春木君の下宿迄駈け付けて行かなかったのだろう？　それに——、春木君とした所で、女の電話一つで周章《あわて》ふためいて上野駅へ駈け付けたからには、相手が余程親しい人か、或いは何か重大な要件でも持って来ない人でない以上、あの朝の同君の行動が説明付かない訳ですね。で、結局その紳士は、何故春木君を駅に呼んだか？　僕はとに角それを考え詰めて見たのです」

　白い林檎の実に食塩をさらっと振りかけて、甘《うま》そうに喰べ終ると、神尾は鋭い薄茶色の眼を永田の顔に注ぎながら、更に言葉を継いだ。

「茶色の眼鏡をかけて居たその紳士は、多分ひどくキチキチの割当時間《スケジュール》で旅行中の者ではなかったろうか？　最初僕はそう考えた。

「だが、それは次の三つの疑問で怪しくなったのです。と云うのは運転手倉田の証言に依ると、紳士は駅から汽車に乗らないで春木と共に自動車に乗った。又、上野駅の赤帽や運転手の証言では、春木君が駅に駈付けた時は、丁度上越線の二番列車、詰り新潟発の汽車がプラット・ホームに這入った時だと云う事であった。待って下さい、正確な時間は、……と、そう六時五十分上野駅着ですね。ここの所が大事ですよ。若《も》し、その紳士が、仮りに新潟発のその汽車でやって来たものとして、その為に春木君が出迎えたとすればいい訳ですが、その前に少くとも紳士の命令《いいつけ》だと思われる電話が、六時半頃に女によって春木君に掛けられているのです。得体の知れない女からの電話が、紳士の命令《いいつけ》でかけられたものとしたならば、彼は六時五十分着よりもっと早い汽車で、上野……いや東京に着いて居た事になる訳ですね。改善館の女中の、ええとあれは……お米《よね》さん、そうそう米とか云う女中の話では市内電話だったと云う事でしたからね。

「こう考えてくると、僕の所謂スケジュール説は怪しくなった。そして紳士は何故春木君を朝早く上野駅へ呼び寄せたか？　と云う謎は却って深まって行くのです。併し、半面、こうも考えられない事はない。詰り、予《あらかじ》めその紳士は女に電報か手紙かで打ち合せておいて、春木君に電話を掛けるようにしたのかも知れないということです。だがこうなるとかなり想像を逞しくしすぎた感じがある。だがそれも二人の乗った車が昭和通りに差し懸った頃、その紳士は気分が悪いと云ってフラフラして居る春木君を一人で青山に行かせ、自分はさっさと何処かへ行って了った、――つまりその間に恐ろしい犯罪が行われたと考えてみるとそれくらいの想像は敢て不合理だとも思えないんですがね」

「すっかり計画的だったと見れば、首肯《うなず》けないこともありませんね」

「それからです。更にその想像を裏附けるのは」神尾は語り疲れた様子もなく、額に垂れ下った頭髪をぐいと掻き上げて上衣の扣鈕《ボタン》を外した。

「紳士の正体如何？　は暫く預かる事にして、玆《ここ》に一つ大いに参考になる面白い事件があるのです、そいつを先に話しましょう」

「春木の変死事件に関聯してですか、それは？」

「いや――、関聯してではなくて、関係のある、而《しか》も、あの謎の事件に決定的な発展を与えるように思われる事件なんです」

「いつです、何《ど》う云う事です？」永田は煙草を灰皿に捨てて肘を突き出して訊いた。

「事の起りは平凡ですよ。一見なんでもない、極く有りふれた医者と看護婦の心中事件なんですがね」

「医者と看護婦の心中事件？」永田は鸚鵡返しに云った。

「知ってますか？」神尾はチラリと視線を動かして訊ねた。

「知っているって……、つい四五日前の新聞にS大学の附属病院で、心中事件があったって出て居たようでしたから――」

「それですよ」

「え？」永田は吃驚《びっくり》して反問した。

「S大学病院で看護婦と医者が心中した事件です。……心中そのものは一向珍らしくもないんだが、その情死の趣向が少しばかり変って居たのです。死因が却々《なかなか》判らないので、どの新聞にも劇薬による心中事件とだけしか出なかったんです、あとで注射器が発見されなかったら、或いは死因不明ということに終ったかも知れなかったでしょう。とに角何処を調べて見ても、外傷は勿論劇薬を飲んだ形跡もないと云う訳で危く迷宮入りになりそうになったのを、フトした事で現場の窓下から注射器を発見した為、死因が決定されたんだそうです。何《な》んでも、聞くところによると、足とか手の爪の間とかに注射の痕《あ》跡《と》があったそうですよ」

「劇薬を注射したのですね？」

「そう云う話ですな。その劇薬が問題なのです。なんて云ったっけな……、ええと、スコポラ……スコポラミンとかいう薬です。こいつは体質にもよるでしょうが、解剖しても物理試験をやっても、一向に反応が無いと云う代物で、流石《さすが》は若き医学徒の心中だわいって驚いたと云う、事件なのですがね……」

「そうか！　春木もそれでやられたんだナ！」永田は双眼を輝かして叫んだ。

「……僕もそう思うんだ。何んでも、そのスコポラミンの一件からこの方、当局ではすっかり狼狽して、春木君の死因にも多少疑いをもちかけたとかいう話です。が何《な》んにしてもこういう話を聞くと、それこの前話した死体運搬係をやっている、法医学教室の老小使の言葉が思い出されるじゃないですか。——何せ厄介な薬があったものですね。心臓の悪い人が心臓麻痺で死んだと同様の症状では、『在らざるものを説明』するより外に仕方なかったでしょうハハハ……」

「妙だなあ……」永田は水菓子の皿を神尾の前に押しやりながら呟いた。

「……その薬は注射しなければならないのでしょう。春木が注射されたとしたら、上野駅から昭和通り迄の間に、自動車の中でやられた事になりますね」

「まあ、そう見るのが正しいですな」

　神尾は静かな口調で答えた。

「そうすると、春木は犯人に注射されるのを全然知らずに居たか、或いは知って居ながら針を刺されたとしか考えられませんね。……併しそんな馬鹿気た事は考えられないですね？」

「さあ、僕もそう考えたのですが、やはり春木君の知らない間に、と云う事になるでしょうな」

「と云うと、麻酔薬でも嗅がせてと云う訳ですか」永田は否定的な意味も含めてそう云った。

「其処ですね。……いくらスコポラミンにせよ、針をチョッピリ刺した儘じゃ全然効果《ききめ》がないんで、致死量は〇・一瓦《グラム》とかと云う話ですから、麻薬でも嗅がせない限り、運転手に気附かれない様にそれだけの量を注射するなんて事は先ず不可能ですからね」

付けながら永田にすすめた。

神尾はそこで言葉を切ると、ジョニー・ウォーカーのグラスを傾けて林檎《りんご》の実に味を付けながら永田にすすめた。

「こりゃあ俄然珍味ですね」永田は林檎の実を一片《きれ》口に入れて舌鼓を打った。

「偶然の傑作と云う奴ですかね。さて、今一度話を元へ戻すことにして、と。そこまで分れば、問題の怪紳士の正体は、少くとも茶色の眼鏡を懸けて黒鞄を持った——などと云う漠然とした事でなくてもう少しハッキリしたものになる訳ですね。つまりスコポラミンと云う劇薬を手に入れることの出来る、そしてその効用を十分に知っていて、而も皮下注射の出来る男と云う事になります。して見ると、当然彼は過去に於て医者であったか、或いは現在も、と見做していい訳でしょう。も少し突込んで考えれば、医学に精通して居て現在でも大した困難もなく劇薬を手に入れる事が出来る人間——、と云う事にもなりますね。そうした条件に適合した人で、春木君と割に親しい中年の男と云えば、それは一体誰でしょうか?

「僕はこの点をどんどん追究して見たのですよ。ところが、そこでまた一つの障害に乗り上げたのです。それは人に怨みを受けた事のない春木君が、割合に親しい知己によって殺される、という矛盾——つまりそうした犯罪の動機が春木君の過去にも現在にもありそうにないということです。動機のない犯罪はあり得ない。そこで大いに悩まされたんですが、僕は考えた。彼を葬る事によって利益を得るような人はないか? ここの所で、例のカッフェ・ルナの女給を中心にして恐ろしい恋愛三角関係でも燃え上がっていたら一寸《ちょっと》面白いんだが、そう誂《あつら》え向きには出来ていないんでしてね。女給の多恵子はあれっきり問題にならないんだし、と云って怨恨や単なる物取強盗の為に殺されたのでないとすれば、何か深い事情があって春木君の死に依って有形無形の利益が齎《もたら》されるための犯罪と見るより仕方が無いのです。だが、遺産を費い尽して、ブルジョアの仕送りを受けて居る学生を殺した所でどんな利益があるだろう。そこで僕は又しても迷った。怨恨ではないだろうか？　比較的春木の私生活に精通して居る学友の野村君と云う学生に会って色々訊いて見たが、それも徒労だった。ところで今になって思い合せて見ると、そうした真相を知って居たのは瑛子さんだったように思われてならないのだが……」

「瑛子さん⁉」永田は聊《いささ》か呆気にとられた形で叫んだ。

「無論僕とても明確な根拠があって云うのではないが、この前帝国ホテルで会った時の態度や、僕宛の手紙の文句などを考えて見ると、兎に角彼女《あのひと》は何かしら漠然とした不安を感じていたらしいのです。ハッキリ斯う斯うだとは云わなかったから、あの女《ひと》としても断言出来ない程度の、或いは予感とでも云うべき性質のものだったのかも知れないが——。何《いず》れにしても、僕はそこに仮定をおいて春木君の変死事件を考えて行ったのです。つまり春木君の身の上に関して瑛子さんが何等かの不安を感じていたという仮設を前提として考えていって、春木君は殺害《せつがい》されたのだ。犯人は茶色の眼鏡をかけた怪しい男だと仮りに断定を下してしまったんだ。

「すると僕の推理は一歩前進して、彼の紳士なる者は、春木君を殺さねばならない、何等かの必要があった。換言すれば、春木君の死に依って、有形にしろ、無形にしろ利益を得る人間に違いないということになって来たわけだ。そこで今一歩突込んで考えてみるとその怪しい男は春木君も知って居り、瑛子さんも亦知って居る。そして春木君の身の上に降り懸ろうとする災難については、当時瑛子さんだけしか知って居なかった、と云う条件も例の『予感』の点から附け加えなければならない訳だ」

「しかし……、瑛子さんがもしそうした事情を知って居たら、黙ってた筈がないと思いますね」

「じゃ、瑛子さんは全然何も知らない、又春木君の変死についても思い当る事もなかったろう、と云うのですか?」微笑しながらも、神尾の言葉は鋭い。

「そう云われると、……僕にだって瑛子さんが、或いは何かを知って居たのではないかと、思われない節もないのです」

「いや、どうも、アビシニア語の文法見たいな云い廻しをしますね」と笑って、神尾は両切を拇指でコツコツ叩いた。

「瑛子さんには春木君と婚約する前に、何か外《ほか》からの縁談はなかったですか、そんな話は聞いて居ませんか?」神尾の眼からは笑いが消えた。

「別に……、いや併し、それはあったでしょうね。何せ評判の美人で、才色兼備の外に莫大な財産があるのですからね」

「そうでしょうな。僕もその点を考えたのですよ。春木君が群がる競争相手を尻目にかけて、謂わば三国一の婿養子になったのですからな。……色と慾の復讐――、これは犯罪の立派な動機じゃないですか？」

鋭い神尾の視線の中で、永田は古い記憶の糸を紡ぎ始めた。――瑛子と春木のプラトニックな恋愛から、愈々《いよいよ》非公式ながら春木が山津家の養子と決まった当時、……。永田は何事かにハタと思い当ったらしく、急に活々《いきいき》とした眼で神尾を見詰めた。

「その怪しい紳士だとは思われないが、……春木が養子と決まった当時ひどく自棄《やけ》になった男を思い出しましたよ」

「ほほう！」神尾はさも驚いたと云う風をしたが、言葉は予期して居たらしく響いた。

二　情況証拠

「春木との婚約が成立する前に……」永田は心中の興奮を静めるように、ゆっくり煙草を燻《くゆら》しながら、「実は、……これは後で聞いたのでしたが、常太氏の一存で或る土地の素封家の次男坊との話が本人の知らない間に、可成《かな》り進行して居たのを取り止めにしたとかと云うのです。その人の……」

「その人の名前、は、確か……白木と云うのじゃないですか？」神尾が途中で遮った。

「何《ど》うしてそれを⁉」驚いて、永田は相手の顔を見直した。

「いや、そりゃあ、支局の方に頼んでザット当ってもらったのですよ」

「安田君達が調べたのですか！　怖ろしく手廻しが宜かったですね！」

「――調べて見ると色んな事が出てくるもので、今の白木とか云う人の他にも怪しいと思われる者が三四名あったんですよ。併し、先刻《さっき》も云ったように、大事な点は瑛子さんが、僕達に対して、春木君の身の上に起る忌わしい変事を、もっと適切に云えば犯人の心当りがありそうな態度を、それとなく示したと云う事だろうと思うんです……。

「春木君に巧妙な方法でスコポラミンを注射したとすれば無論これは仮定ですがね――それは――云う迄もなく計画的な犯罪ですね。計画的な犯罪者とは換言すれば相当緻密な頭をもっている男を意味するわけで、そうした犯罪者が犯罪の遂行前は勿論、遂行後に於てもよくよくでない限り、第三者に感附かれるようなへマはしない筈ですな。ところが、漠然としていたにせよ瑛子さんはそれを感附いて居られた、いや居られたらしい……。

「ここが非常に重大なところで、それによって必然的に想像されることは犯人が或いは瑛子さんの近くに居る人じゃないか、と云うことです。反面から云えば、自己の愛人を失った彼女が、ひどく猜疑心に駆られた結果、ああした態度や手紙に出られたのではないかとも思われる。だが、それならば、寧ろ明白に犯人と推定出来る人の名を云うのが当然らしくも考えられるのです。しかし瑛子さんは謂わば消極的に暗示の態度に出られたのです。……まあ今少し、僕の非論理的な推理過程を我慢して聴いて呉れ給え。

「そこで――、僕は考えた。瑛子さんの鋭い感受性で直感的にそれと感附いたのだろうと、ね。犯人と推定される者の言葉とか、物腰とかから――、と云う風にです。最初、支局の安田君からの報告ではさっきの白木さんとか云う人と、今一人若手弁護士の長谷川という人の名があったんです。だがこの二人は、春木君が変死した十三日前後には上京しないばかりか、完全過ぎる程完全な不在証明《アリバイ》があったのです。仮令《たとえ》それが無いにせよ、スコポラミンと素封家の次男坊、若手弁護士と注射器じゃ、ちっとばかり、それこそ弁証法的でないですからね。

「で結局のところ、僕の仮説に依る推理は、春木君の婿養子に失望したか、又は瑛子さんに失恋したとか云う条件に合致する人で、五月十三日前後に新潟を離れて居た者、となったのです。独断《ドグマ》と非理論《アン・ロジカル》の私生児と云った形ですね」

　神尾はフッツリ言葉を切って、暫く眼を俯せた。それ迄、黙々として彼の言葉に耳を傾けて居た永田が、キラキラと底光りのする双眼を挙げて、じいっと神尾の顔を凝視しながら声を落して囁いた。

「……秘書の、秘書の……高根だ、と云うのですか？」

「そうとしか考えられなくなったのです」神尾は冷たく答えてマッチを摺った。「何故僕が彼を犯人だと考えるようなったか。それはこれだけの調査からなんだ。これが、その……」と云いながら、神尾はポケットから青い皮表紙の小型手帳を取り出して、呆気にとられて居る永田の眼の前で開いた。

「高根は富山の人でしょう？」神尾は手帳の頁《ページ》をめくりながら訊いた。

「いいや、僕は確か金沢の人で、金沢の高校を中途退学したとか、卒業したとか、何んでもそんな事だけしか聞いてないんですが」永田の呼吸は少しばかりはずんで来た。

「それからして喰い違って居るんだよ。支局では市役所の戸籍課に行って、彼の原籍を調べて呉れたのです。ところが、富山なんです。直ぐ所番地を云って、富山の通信部の方に頼んだのですが、金沢高校ではなく、富山の薬学専門学校に籍のあった事が判明したのです。今少しで卒業と云う間際に、女の問題で失敗《しくじ》って中途退学をした事迄もね――。それに富山の通信員の報告の中で、も一つ僕の注意を惹いたのは、先生が一時田舎でモグリ医者を開業したとか、しないとかいう話ですがね――」

永田は卓子《テーブル》に半身を乗り出した儘、尚も無言で神尾の言葉を俟った。

「それから間もなく折返して安田君から面白い報告が来たのです。それに依ると、春木君と瑛子さんの婚約が略《ほぼ》決まった頃から、高根が盛んに料理屋や待合遊びを始めたという事実です。しかし、それにしても高根が春木君を毒殺するなどとは考えられないが、唯アリバイの点だけで他の条件が余りにも揃っているので、そうした結論に達せざるを得なかった訳ですよ」

「併し……」

「大分異議がありそうですね。僕の結論は非常に説明不足ですが、何《ど》うです、一つ君の反駁を聞かして呉れませんか?」

「大分長座《ながい》をしましたね、かまいませんか?」笑いながら神尾は店の中を見廻した。

「喰い逃げする訳じゃありませんからかまわないでしょう。それはそうと食料が無くなりましたね。おうい！　オレンジ・エード二つ――」と云って空になった果実皿《くだもの》を卓子《テーブル》の端に寄せた。

少女達《ウエートレス》が神尾の方を見て、ひそひそ笑いながらバーテンに註文の品を云って居る。周《しゅう》囲《い》の二三の卓子《テーブル》以外は何時《いつ》の間にか殆んど塞がってしまったが、此店《ここ》の客は大部分食事を目的か、でなかったらお茶か洋酒の良い奴を舐めるのが目的《めあて》で来るらしく、従って一向に騒々しくはなかった。窓越しに見える向う側のけばけばしい赤のネオンサインが煩《うる》さいと云えば云える位のものだ。勘定台《カウンター》の側《そば》のビクトロからは、「アダジオ・パセテック」の音律《メロディー》が柔かに流れて居る。ぽうっとする程度の淡い半間接照明が、何よりも永田には気持よかった。

軈《やが》て、神尾は冷いオレンジ・エードで口中を湿しながら、永田を促した。

「いやあ、反駁じゃないんですよ」永田は微笑して話し出した。「貴君《あなた》の意見に従うと、そうした結論になるのは当然でしょう。併し、今迄伺ったところだけで考えると、第一に瑛子さんが犯人に気附いて居たらしい、という強いて《し》云えば、一種の《の》情況証拠の類型《カテゴリー》と云ったような漠然としたものに、仮説と推理の根柢を置くのが嚥み込めないのですよ」

「…………」神尾は黙って細い目を瞬《しばた》いた。

「それはそれとしても、少くとも高根純一を犯人だとするならば、あの十三日の当日二人の高根が居た事になりますね。前夜、十二日の夜高根は大阪に向けて商用の為出発したばかりでなく、その翌日、十三日には商用の打合せを兼ねた電報を、大阪から山津常太氏宛に打って居るそうですよ。これはあの当時瑛子さんから聞かされたので憶えて居るのですが。それに、高根を犯人としたら十三日の朝女からの電話は何《ど》う説明するのです。更に腑に落ちない点は、若《も》し高根が春木を殺《や》ろうと云う計画的な犯罪者だとしたら、彼は何故自動車の中なんぞ云う成功率の少ない場所を選んだのだろう。仮に僕だとして考えれば、例えばカッフェかなんかで毒薬を飲ますとか、山登りに誘って殺すとか、永《えい》代橋《たいばし》に連れて行って突き落すとか、まあそんなような方法をとった、と思いますね、而《しか》も、唯一の特徴らしい茶色の眼鏡なんて、高根はこれ迄一度だって懸けた事は、少くとも僕の記憶にはないのです」

「全く君の云う通り、高根が事実大阪に予定通り十三日の午後に着いて居たとすれば、高根は春木君の変死した朝は汽車の中に居た事になりますからな。併しこの点は直ぐ分ると思いますね、とに角、全体として、この事件は最初から非常に粗雑な感があるんだが、それでいて僕の考えではとても緻密に構成されて居ると思うね。茶色の眼鏡だって、大阪からの電報だって、あの朝の女からの電話にしたところで、やっぱりそうだと思うね。殊に茶色の眼鏡なんか変装として傑作だと思うな」

「変装？」永田は鸚鵡返しに訊いた。

「変装ですよ。それも大して念の入った変装ではなかったでしょう。恐らく被害者の春木君には変装しているなどと気附かれない程度の、謂わば第三者が効果的に戸惑いする程度の変装だったと、僕は考えたのですよ。

「それに関聯して考えられた事柄は、君も指摘した通り、一見成功率の少なそうに思われる進行中の自動車内で犯罪を遂行したと云うのは、随分考えての事だと僕には思われるんです。言換えれば、従って犯罪を遂行するに就いては、十分の確信があったと見做して差支えないでしょう。あの18073号を盗んだ倉田の証言に依ると、車内の出来事は全然知らなかった、と云う事だった。これも参考になりましたよ。例え何《ど》んなにスピードを出して居たにせよ、又如何なる方法で殺されたにせよ、血気の青年が車内で殺されたと云うのに、運転手が全然気がつかなかったと云う事には色々な意味がある訳ですからね。この小さな謎は、この前もお話したと思いますが、あのヘリオトロープの匂いで解決出来たですよ」

神尾は話に身が入って来た所で、又しても中断すると、勘定を済まして永田と共に外に出た。

「余り同じ処で長々とやって居たんでは飽きがくるからね、ハハハ……、さあて、夜店も最高潮《クライマックス》だろう。少しぶらつきながら話そうじゃありませんか。やけに爽かな夜だなあ――」

林檎の実に浸して喰べたジョニー・ウォーカーが、まだ永田の頬の辺りで遊んで居る。明るい銀座の夜！　香水、花の匂い、白粉《おしろい》、火花《スパーク》、ヘッド・ライト、幅広い夜のざわめき、流れたり、止まったり、逆流したりする人波――。

その中で、神尾は所々のカッフェから踊り出すジャズの破片を聞き流しながら、巻煙草を啣《くわ》えて肩を並べて歩いて居る永田に、白薔薇からの話を続けた。

「先刻《さっき》僕は、どんな方法にせよ、と云った。それを色々考えて見た。そして一つの物語りを作り上げた。運転手が知らない内に春木君を殺す方法、これはまあ麻酔薬を嗅がせるより外にないですね。而も、相手が麻酔薬と気附かないで嗅ぐものでなければならない訳でしょう。誰だって、麻酔薬と承知して嗅ぐ道理はないですからね……」

「じゃヘリオトロープの香水で？」

「そうです。香水は香水でも嗅ぎ香水と云う奴があるんですよ。詰り旅行中に疲れたとか、読書や執筆で疲労したとか、まあそう云った時に瓶の蓋を取って一寸《ちょっと》嗅ぐ、すると気分が爽快になる、と云うんだそうですよ」

「珍らしい品ですね。初耳です」永田はそう云って、ポケットから林檎を取り出して、ムシャムシャ喰い始めた。これには神尾も聊《いささ》か呆気にとられたが、相手は熱心に自分の話を聞こうとしている様子なので、行き違う紳士淑女諸氏の忍び笑いも聞かぬ振りで、再び続けた。

「都会ではそう大した珍らしい品物でもないでしょう。併し、何処の百貨店《デパート》にもあると云う品ではなくて丸善とM屋だけだそうですね。最初はその嗅ぎ香水の匂いも一定していたらしいですが、近頃では相当需用も増し、匂いも好みに依って色々変えられる程度になった、と云う事でした。この前丸善に行って訊いたんですがね」神尾はモグモグやって居る永田を見ながら云った。

「詰り、犯人はその嗅ぎ香水を利用して、何か強烈な麻酔薬を嗅がせた、と云うのですか？」

「まあ、僕のデッチ上げた物語りはそうなんだ。そして、その事も架空的な、単なる空想ではなくなったのですよ。それには立派な証明が出来たのです」

「ははあ、……成る程、ね」永田は慌てて林檎の一片を嚥み下しながら、神尾の横顔をチラと眺めた。

「新潟に石黒とか云う書店があるんだそうですね？」

「ありますとも！」

「丸善で聞いたんですが、その店は丸善系で、丸善の原稿用紙とかそう云ったものを置いとくそうですね。嗅ぎ香水も行ってる事が分りました。あとは詳しく云う必要はないでしょう。支局の人に調べてもらったのですよ」

「じゃ高根が、その香水を買ったと云うのですか⁉」永田は頓狂な声を出した。

「完全に買ってるのですよ。珍らしい品なので、どんな人が買いに来るかと楽しみにして、その書店の雑貨部は待って居たんだそうです。……高根の買ったのは五月の二日とか三日だと云うことでした。丁度其頃は一番安いヘリオトロープしかなかったんだそうです。而もたった二瓶――。その内一瓶だけ買って、二三の新刊と一緒に山津家の本宅の事務所とかに届けさした事が判ったのです」

鋪道に視線を投げたまま歩いて居た永田が、その言葉を聴くと瞬間立ち止って俯向いて居たが、一寸《ちょっと》唇を噛んで低声《こごえ》で云った。

「……併し、嗅ぎ香水の中に入れた麻酔薬は未だ判らないのでしょう？」

「いや、それも調べてあるのです」神尾は吸いかけの両切をぽいと投げ捨てた。「水道の貯水池のある近くに、市の水質試験所があるんだそうですな？」

「あります……」

在るには在るが、それと麻酔薬と何かの関係でもあると云うのだろうか、永田はそんな眼付で神尾を見直した。

「水質試験所に行った事はないですか？」

「有りませんね、凡そ縁のないところですからなあ」永田は肩を並べながら答えた。

「支局の安田君の報告によると、そこにはとても立派な薬剤室と、試験室があるんだそうですよ。……それよりも、水質試験所の主任は何処でも大抵薬剤師の免状を持って居る人なんだそうですね。

「まあ偶然と云えば偶然かも知れないが、其処の主任は富山薬学専門学校の出身だ、と云う事が分ったんです。それから色々調べて見るとその水質試験所の薬剤室なるものは、新潟では大学病院に次ぐ完備した薬品室であって、スコポラミンにしろ、クロロホルムにしろ、又エーテルにしろ、大抵のものは備品となって居るらしいんだ。それへもって来て、今云うとおり主任は富山薬学専門学校時代に高根の同期生だったと云うのですよ」

「へえ！　驚いたなあ！」

　永田のその言葉には、何故自分にも相談して呉れなかったか、と云う意味も含まって居るらしく、神尾には思われた。

「最初、君に頼んで調べて貰おうと考えたんだが、却々楽な仕事じゃなし、それになんと云っても現職に居る安田君達には、毎朝新聞記者と云う謂わば特権があるので、そっちの方に頼んだのですよ。ええと、……モナミでコーヒーでも啜《すす》りませんか？」

　モナミは一杯客が混んで居た。やっと片隅のボックスに席を取った二人は、黒《ブラック》を嚥《の》みながら話を続けた――。

「で、僕はこう思うんです。今迄の貴君の話だけでは、まだまだ高根を犯人と決定し得る、何ものもないと――。要するところ、情況証拠見たいなものばっかりですからね」

「暴論だね、情況証拠だけでも犯人は決定されるさ、自白さえすればね、ハハハ……」

神尾は笑いながら、名刺入の中から一葉の小さな紙片を取り出した。キラリ、彼の細い薄茶色の眼が光った――。

三　薔薇色の小魚

　開け放しの廻転扉《ドア》から、銀座の夜がモナミの店内《なか》に訪れて居る――。人々の若々しい話し声や笑い声、さては睦まじく逍遥する男女の跫音、自動車の警笛、明滅するネオン・サインの光波——。

神尾は取り出した紙片を永田に示しながら物静かな口調で云った。

「見憶えがありますね。この前お目にかけたんだから……」

「これですか、ヘリオトロープの匂いが沁みていた紙片《かみきれ》と云うのは？」

「そうです。これが秘密を解く鍵になったんですよ」

「鍵ですって？」永田は啣《くわ》えていた煙草を手にして訊ねた。

「これは御覧のとおり或る地方新聞の断片《きれは》しなんです。……座前《ざまえ》の傷害事件、佐々木二郎外三名の云々とあるでしょう。ところで新潟の古街とかという所に、昭楽座と云うパラマウントの常設館があるそうですね。この字句は、こう云う風になるのですよ。

昭楽座前の傷害事件。去月二十九日午後十時半の佐々木二郎外三名にかかる傷害事件は、厳重なる取調べの結果今日中に起訴さるる事となった。云々、

「こう云う事件の記憶はあるでしょう。何んでも地廻り連中の喧嘩で、双方短刀《ドス》を抜いたりしたんだそうですね」

「あります。何新聞でした？」

「新潟日々と云う新聞で、先月の十二日の夕刊でしたよ」

名刺入をポケットに収めながら、神尾は事もなげに云った。

「それなら、無論山津家に配達されていますね。その新聞は政友系の新聞で、確か山津家も政党的に云えば政友系なんですから」

「……十二日の夜、旅行に出る際何の気なしに、高根はその新聞をポケットに捻じ込んだんだね。そして、恐らく嗅ぎ香水を春木君に嗅がせてから、無意識にポケットの新聞をむしりとって、瓶の蓋でも拭いたんだろうと思うんです。動揺する自動車のことだから、香水がこぼれないとも限らないんですからね」

「しかし、それにしても高根を犯人とする事はまだ早計である、とも云われますね。新潟日々は高根以外の人だって読んで居るのですから……。そんな事は別として、貴君の推理は余りに推理に過ぎて、ちと空想に近いように思われてなりませんね。無論頷ける点はありますがね。でも、なんだか、僕と貴君だけで勝手な目星をつけ、それに基づいて一つの興味本位の物語りを造っているような……」永田は笑いながら云った。

「推理と空想のケジメがつかない、って云う説には異議なしですがね。だが、推理と云う奴は、謂わば一種の科学的空想？　だからね」神尾は眼瞼《まぶた》をしばたたきながら笑った。

そして――。彼は先ず、永田に新潟方面の調査、高根の身元洗いを頼まなかった理由を二三繰り返し、殊に間もなく、瑛子失踪事件に関しては、自分が犯人ではないかと疑いを濃厚にして居る高根自身が、非常に熱心に事件解決の為め奔走し始めたとの報告(これも支局から)があったので、当分傍観の方針をとった事を一通り語ってから、春木俊二変死事件に対する見解を纏めた。

A、殺人の動機は死因の決定に溯らねばならない。――春木俊二はスコポラミン注射に依って殺害《せつがい》されたものと推定する。心臓麻痺と見做されたのは、スコポラミン中毒作用の結果で、この事はS大の心中事件の死体と春木の死体との相似点によって疑いなきものと認められる。

B、尚お春木がスコポラミン注射の為に変死したと云うことについては、神宮外苑に於ける死体検証の際、検視係官も等しく認めた死体の位置の不自然であった点に注意を要する。この事は、帝大法医学部教室老小使の証言と符合する。即ち、彼は死体の左腋《ひだりわき》下《した》にある注射器の針痕に関して語った。これは。——加害者がスコポラミン注射をなした(麻酔薬で被害者の自由を奪った上)後、極めて自然な姿態を装わせようとして、左手左腕の位置を直したと考える事に依って説明が附く——。

C、今後犯人決定の為に明らかにす可《べ》き点は、次の通りだ。

一、高根純一は要件の為、五月十二日午後十時五分に新潟を出発し、翌十三日午後一時十四分には大阪着となって居るが、この真偽を確かめる事——。

二、変死事件の当日早朝、被害者へ電話を掛けた女の正体を調査する事——。

三、スコポラミン注入に使用した注射器は如何に処分されたか。——遺棄か隠匿か?

四、犯人の使用した薬品は何処で手に入れたものであるか? 水質試験所の薬品室からでないとすれば。

「さあて、大体こんなもんだね。そこで伺いますが、……高根は時々スリー・キャッスルを吸いますか?」神尾は両切の端を叩きながら低声《こごえ》で訊いた。

「スリー・キャッスルの常用者ですよ。まあ燻らして居る方ですが——」

「……、益々不利だね」と云いながら、神尾は18073号の灰落しの中から拾い上げたスリー・キャッスルの吸殻について話した。

「……さっき、君が大阪に行くと云った時には、一寸《ちょっと》してやられたかな、と思ったですよ。如何でしょう、若《も》し時間の都合が附く様でしたら大阪に是非廻って呉れませんか？一通りの事は僕の社の編輯長に話してあるんだから、費用位は明日にでも都合出来るでしょう」

「いや！」永田はポンと胸を叩きながら、「金なら、使い度《た》くって仕様がないと云う現《げん》金《なま》が三百円ばかりここにあるんですよ」と云って、山津から貰った謂わば愛妾お兼釈放祝いとでも云うべき金に就いて話した。

「じゃそれを使って下さいよ。併し、大阪に行って高根の旅程を調べると云った所で漠然とした話だな」

「それは大して難かしい事ではないと思いますね。商用での行き先は大抵分って居りますし、それに彼の定宿も聞いて来て居ますからね。堂島北町の、……あれは、と。そうだ竹屋旅館とかって云う事でしたよ」

「大阪の方が分れば、とても助かる。僕の考えでは、十三日の午後に打った電報も高根のトリックだと思うんだが、……おや！」神尾は言葉を中断して入口の方に視線を動かした。そこには水色のワンピースを着て青色の帽子《キャップ》を被った少女が笑顔を見せて立っていた。

「まあ！　神尾先生、いい所で会ったのね。あたし、たかっちゃうわよ！」

少女は眼を輝かして叫びながら近寄って来た。

「美《み》ちゃんじゃないか、何《ど》うしたんだい今頃？」

「シネマの帰りよ。今頃ってまだ十時半廻ったばかりじゃないこと！」

「そうかい、まあお掛け。おっと、これは僕の親友で永田君、手頃に宜しく――」神尾の珍妙な紹介で永田は横を向いた儘云った。

「永田と云う田吾作、宜しく」

「まア厭《いや》だ！　あたし美津子って申しますの――」と答えて、神尾の傍に腰を下した。

「永田君、この女《ひと》がM屋の、……ホラ例のヘリオトロープを嗅ぎ分けて呉れた、マドモアゼルですよ」

「冷かしちゃ厭！　それよか何《な》んか奢って頂戴！」

美津子はキラキラする眼で永田の顔を見詰めた。

「例によって、君はココアだろう？」

「ところが、冷たいものが欲しいの、アイスクリーム、それも特製《スペッシャル》がいいわ。ウフ……」

「なあんだね、そのウフフ……ってのは。高《た》けえものを喰うんだな。だが、アイスクリーム位じゃビクともしないぞ、月給が未だ微《かす》かに残ってるからなあ」

「あたしね、……先生のそこんとこが好きなのよ。ホホ……。こちらの方、やっぱり新聞社の方？」

「先生だの、やっぱりだのとは何《ど》う云う意味だい。その内プロポーズでもするってのか？」

「プロポーズ⁉」美津子は眼をクルクル廻しながら叫んだ。

「ダンスのさ――。それなら止した方がいいよ」

「何《ど》うして？」美津子は永田に向って訊いた。

「僕はゲーム取りなもんで……」永田は眼だけで笑った。

「ゲーム取りって、撞球《ビリヤード》の？」

「いいえ、お嬢《じょう》さん、僕は人生のゲーム取りなのです」

「まあ、ホホ……」

「アハハ……」神尾も永田に釣られて笑い出した。

「こちら、詩人《しじん》ねえ」

「ええ、まあ密造のね」

「あらまあ、ちっともシンクロナイズしないのね、話が……」

「人生には雑音《ハム》が多過ぎるんだよ、例えば君の……」神尾も無駄口を叩いた。

「又、先生のブンセキが始まったの？」

「分析は止めようよ。又この前見たいに君の夢判断などすると、フロイドが赤面するような結果が出たりするからね」

「覚《おぼ》えて居らっしゃい、ね。……でも、何うして現代の青年はサンマンに出来てるんでしょう。私《ミー》考えるに、中心がなくフラフラして、結局はファッショ化の過程を踏んでるんだわ。インテリやプチ・ブルって頼りないのねえ」

「おいおい！　生《なま》は大概にしな。特製《スペッシャル》が溶けちまうぜ」

「有難《メルシィ》う、食物第一《フード・ファスト》！」

「凄《すご》い、唯物論ですね！」永田が横からまぜっ返した。

美津子は未だ食慾時代の少女だ。彼女に会う毎に神尾は心から朗かに無駄口を叩けた。彼の胸中には、何うにかして曲った方向に道を踏み外さないようにと、美津子のために祈る心もあるにはあった。併し、彼女はただピチピチ跳ね廻る「薔薇色の小魚」だった。黒燿石のように輝く活々《いきいき》した彼女の瞳。其処には未だ夢多き若さと清浄さが充ち溢れて居た。永田もその乙女らしい第一印象を受けた。露わな乳白色の両腕。清らかな美が秘んでいる。

怖ろしいスピードでアイスクリームを喰べ終った美津子は、プレーン・ソオダで口中を洗って、ナフキンでオレンジ色の口紅を落しながら云った。

「おいしかってよ、とても。未だ帰らない？」

「そうだね、僕達も帰ろうか？」

「ああ」永田も続いて立ち上がった。神尾は勘定台《カウンター》に数枚の銀貨を載せながら、真顔になって美津子に訊ねた。

「ね、美《み》ちゃん、箱根《はこね》の姉さんから便りがあったかい？」

美津子はチラと永田の後姿に眼を配りながら、やっぱり真顔で答えた。

「あったわ、今日《きょう》――。丸善で洋書を二三冊送ってやったの。その内行かない？」

「行くよ。ごたごたが片附いたら」

「あの人、だあれ？」

「今に分るさ」釣銭をズボンのポケットに収めながら、神尾はそう答えただけだった。

未だ明るい夜更の鋪道に出ると、美津子は晴々しい声で叫んだ。

「父さんの自動車が待ってるのよ、送ってあげましょう！」

「どうする？」神尾が訊いた。

「さあ――」永田が口籠った。

「僕達、も少しブラつくよ、話があるから……」

「そう。ギャング見たいにナイト・クラブなんかに行っちゃ駄目よ！」

「もっと信用し給え！」

「さいなら！」

表に待たせてあった自動車に飛び乗ると、美津子は手を振り振り行ってしまった。

「面白い牝猫《めねこ》じゃないか？」神尾が笑った。

「……自家用を持ってるショップ・ガールってのは初めてですね」

「変り者さ。麻布の島村家のお嬢様なんだが、此の春お茶の水を出ると、何《ど》うしても自分で働いて見るって云い出してあの始末だそうだ。島村って人も面白いブルらしいんだね。大切な娘を、ショップ・ガールにして、飽きる迄ああして置くさ、って澄したもんだそうだよ。まあ、一月二十五円なにがしかの俸給を貰って、親父からは別に五十円も小遣をせびっても、働いた方が正しい生き方だ、などと考え出した可愛い娘《こ》でね。さあ君の言葉を借りるとローザって云うところだろうね。併し、あれで居て実のある純な娘だよ」

そう云った神尾の鋭い眼は、何時《いつ》になく優しく輝いて、憂いとも喜悦とも附かない表情がひょいと泛《うか》んだ。

*

其夜——。

青山北町の神尾の下宿に落着いた二人は、何を置いても先ず一風呂を浴びた。

そして午前二時——。彼等の話はやっと終った。並べて敷かれたそれぞれの床に這入った二人は興奮の為に寝附かれなかった。

「白薔薇」や「モナミ」に於いては、永田が聴き手であったが、ひっそりした神尾の小綺麗な室《へや》では、反対に永田が語り手であった。——話は、春木の変死事件から瑛子失踪事件に移った為である。併し、幸いな事には、その事件に就いても、神尾は新聞紙上と支局からの通信に依って、非常に正確な知識を持って居たので、永田はどんどん話を進める事が出来た。日刊各紙上に現われなかった、彼自身の佐渡行きや、一二の投書、そして山津常太の「怖ろしき過去」に関して語れば良かった。

時々頷いたり、じいっと鋭い視線を書架に注いだり、そうかと思うと長い間眼を閉じたりして神尾は熱心に聴き手になって居た。

蹄状指紋や兇器の話になると、彼は激しい情熱を押隠し得ない者の様に思わず何度も膝を乗り出した。だが、愛妾お兼釈放についても、瑛子殺害《せつがい》の根本的動機についても、一言も自分の意見は陳べなかった。只、ひたすら、該事件に関する限りの凡《あら》ゆる事実を聴き洩すまいとして、永田の言葉に耳を傾けて居るらしかった。

山津常太の呪うべき過去半生が、罪なき愛嬢瑛子をして怖ろしき運命の魔手に委ねて了ったのだ、と云う永田の見解には、「僕もそう思う！」とハッキリ賛同した。

「もう寝よう、闘いは明日からだよ」

そう云って神尾は枕元のスタンドを豆ランプに切り換えた。

けれども、――二人の神経は冴えて行くばかりである。神尾の胸中には血染の指の主、青玉《サファイア》を鏤めた指輪の主など哀れな宿命図がぐるぐると繰り拡げられて居た。

一方、永田は夕方来、神尾が語った意外な話に全神経を奪われていた。

――高根が犯人だ、春木を殺した……

――そんな馬鹿な事が……

――じゃ神尾の集めた情況証拠は？

——高根以外に犯人は居ないだろうか？

——動機は？

「ね、永田君」神尾は天井を仰いだ儘の姿勢で突然話しかけた。「一体、北国《ほっこく》地方には地理的の関係で情熱性犯罪《クライム・パッシヨネル》が多いんじゃないんですか？」

「さあ……。数字的な基礎は持って居ないが、僕にもそう思われますね」

「……計画的犯罪程解決し易い筈ですね」神尾は呟くように云って再び沈黙に返った。

——動機は？

——春木の変死……

二燭光の豆ランプが弱々しい光りを放っている、質素な落着いた感じのする部屋の中で、古風な置時計がコツコツ秒《セコンド》を刻んで居る。何時《いつ》の間にか眠りに落ちたらしい神尾の安らかな寝息が聞える。静寂な夜気《やき》の中には、先刻迄吸っていた煙草の香りが微かに漂って居る。純白の敷布、軽い疲労、永田も軈《やが》て眼瞼《まぶた》を閉じた。

四　大阪探訪

翌日——。

午後十時五分大阪駅着の特急富士から、幾分上気したらしい元気な永田の姿が現われた。彼の足は真直に堂島北町の竹屋旅館に向った。そして間もなく、彼は奥まった一室に部屋を取る事が出来た。

宿帳を出されたので、永田は番頭に名刺を与えた。

「お客様は新潟でございますね」妙に駄目を押すような番頭の言葉が、永田には少々ムッと来た。

「新潟だよ」

「では山津さんを御存じでございましょうね」

「山津？　山津常太って云う人の事かい？」永田はわざと訊いた。

「へい、左様でございます。山津さんの御代理の方で高根さんと云う方には永年御贔屓に預かって居りますもんでございますから……」

「君のところは、その高根さんから聞いて来たんだ」

「左様でございましたか、毎度御引立に預かりまして、へい」

番頭は急に態度を改めて揉手をしながらペコンと頭を低《さ》げた。

「高根さんから宜しくと云って居た」

「へい、恐れ入ります。あの、……幾日位御逗留の御予定でいらっしゃいましょうか？」

番頭の狡猾な笑いが永田には堪らなく不快だった。しかもそれだけ馭し易い相手だとも思われた。

「一寸《ちょっと》急ぎの旅行なので、まあ明日一日位。そりゃあそうと、高根さんは大抵この夜汽車でやって来るのかね？」

「いいえ、なんでございますよ、高根さんは何時《いつ》もあの青森発の急行でお出でになりますよ。へい、午後一時十四分着の汽車でございますね。先月お出で下さったのは、左様、十三日の午後一時十四分でしたな、やっぱり……。へへへ……。あのお風呂は如何なさいますか？」

「そうだね、ちょっと入ろうか――それから」永田はこの辺で薬を利かさねばと思って紙入から十円紙幣を二枚抜きとって、茶代と女中、それに番頭の手に一枚を握らせて、

「で君は高根さんを良く知って居るのかね？」

と何気ない風で訊いてみた。

「へい、……もう何年来お見え下さいますので……こちらへお見えになった時のことなら、へい大概……」番頭は意味あり気に笑いながら云った。それは明らかに薬の利いた笑いであった。

「この前高根さんの来たのは何時《いつ》の事なんだ？」

「そりゃなんでござんすよ、先程申し上げました通り、先月の十三日で――」

「確かだろうね、青森発の急行で、大阪《ここ》には午後一時十四分に着く汽車だね」

「左様でございます、へい」

「……店では駅に出迎えるような事はしないかね？」

「そりゃあ、お客様の方で前以て御報らせさえ下されば、……」

「この前高根さんの来た時は？」

「五月十三日のことでございますな。あの時は手前がお迎えに参りました」

「君が？　で、間違いなく一時十四分着の汽車で来たんだね？」

「左様でございます。あの日は、改札の出口まで行ってお待ち申したんでございますから。それも前日に新潟から電報がございましたもので……」

「電報かね、じゃその時の模様を一通り話して呉れないかね？」

永田の眼がじいっと異様に光ったので、番頭はいくらか変に思ったらしいが、それでも表面《うわべ》は平気な表情《かお》で、

「……何《な》に——、別に変ったこともありませんでございますよ。……さようでございます、あの日は馬鹿に天気のいい日で、ここから梅田迄は歩いて行ってもよろしかったのですが、わざわざ電報があったもんですから、電車に乗りましてな、お迎えに出ましたんで、……」番頭はそう云いながら煙草に火を点けて、「それで時間通りお着きになったもので円タクで御案内をいたしましたので——」

「くどい様だが……」永田は青々とした畳の艶に目を下しながら云った。「それは十三日の午後一時十四分着の汽車だね？」

「左様でございますとも！　手前は、着車少し前あの出口の所に立って居りましたんで……、一時十四分の青森発の急行がホームに這入ってくる、人がゾロゾロ降り始めて間もなく後部《うしろ》の方から出て来られましたので、手前は黒鞄《くろかばん》とレーンコートを受取る、高根さんは切符を渡す、と云う訳で、へイ皆憶えとりますよ」

「……どんな服装《みなり》だったか憶えてないかね？」

「さア……何しろ、毎日のお客様のことでございますので、ハッキリしたことは憶えて居りませんが、茶色の中折《なかおれ》にお洋服は黒ずんだ妙な色合の……合着だったようでございますが、……」

「うん、それから茶色の日除《ひよけ》眼鏡をかけて居た筈だったが、気がつかなかったかね？」

永田はフウと煙草の煙を吐きながら何気ない風で訊いた。

「いいえ眼鏡はおかけになっていたようには憶えませんでございますが——」その時障子がそうと開いて、多分北龍荘で高根の云った別嬪なのだろう、島田まがいの日本髪も水々しい美貌の女中が三つ指を突いた。

「あの、お風呂の用意が出来ましたから何卒《どうぞ》」

＊

「ニイガタニユクイサイソノウエ」ナガタ
翌日駅《うめだ》で神尾宛の電報を打った永田は、青森行きの急行に乗って、一気に新潟へ急いだ。
豈夫《よもや》とは思いながら多少の期待をかけて来ては見たものの、やはり高根は予定通り、一時十四分の汽車で大阪に着いて居る！　切符を渡して出口《ウエーアウト》から出たのを御丁寧に又番頭が出迎えて居るのだ！
神尾の推理に従えば、高根は十三日の午前中東京に居た筈だが事実は青森発大阪行きの急行列車に居ったのだ。仮りに神尾の云うとおりだとするならば、二人の高根が同時に存在して居た訳だが、そんなことの有り得べき道理がない。尤《もっと》もただ一つ漠然とはしているが高根の服や帽子についての番頭の記憶と、倉田運転手の証言とが一致しているのは、偶然の一致と云うべきであろうか？

永田は三等車の片隅でそれを繰返し繰返し考えた――。

第三章　迷路を往く

一　九時三十五分？

翌朝、港町は雨の中で霧っていた。

永田は駅から赤バスで郊外の終点まで行くと、海岸道路を雨に打たれながら急いだ。北龍荘の砂利道に向った時、愛犬の「赤《ルジヤ》」は目ざとくも主人の姿を見出して、尾を振り大声で吠え立てながら狂わんばかりにして迎えた。「赤《ルジヤ》！」と永田が叫ぶと、「赤《ルジヤ》」は泥足で跳びかかって彼の手足を舐ずり廻った。その騒ぎで老僕《じいや》も老婢《ばあや》も小走りに近寄って来た。

「まあまあお早いお帰りで……」

「只今！」

永田は如才なく大阪からの土産物など与えて、湿った服装を改めると客間でココアを啜りながら老婢《ばあや》に訊ねた。

「婆や、高根さんは本宅の方に居るのかい？」

「はい、貴方様が東京へ行かれてからちっとも見えられませんでござえました。……なんでも御本宅の御主人様は、近々東京の御別宅に御引越しになるとかって申して居られるそうでござえますが……」

「東京の別宅って、代々木のかい？」

「はい、そうでござえましょう。私はただお清さんから昨日訊いたんでござえまして……」

「お清さん？　あの本宅の女中の？」

「はい」

老婢《ばあや》はふいと暗い顔を上げて永田の眼を見た。

「そう……」永田は客用の敷島に火を点けて、「附かない事を訊くようだが。お清は高根さんの身の廻りの世話もしてるのかね？」

「はい、良く分りませんでござえますが、旦那様の身の廻りは、何もかもお兼様だそうでござえますそうですから……」

「婆やはお清と時々会うのかね？」

「はい、お清さんは虫歯の治療で時々外に出ますんで、その足次《つ》いでに……」

「北龍荘《ここ》に遊びに来るって訳だね。そうか。じゃね、婆や――」

「はい」

「今日の午後《ひる》から、お清にこっちへ来るように云って呉れないか、用向きは云わんでもいいから、暇を見て一寸《ちよつと》来るように電話して置いてお呉れ」

「はい、かしこまりました。あの御本宅の方には、あなたのお帰りになった事を御伝えしなくっとも宜しゅうございますか？」

「いいよ、あとで僕が電話でも掛けるから」

老婢《ばあや》が退いて行くと、永田は立ち上がって書斎に這入った。窓から見える庭。石竹《せきちく》が雨に打たれて居る。離れの方で九官鳥が空虚な声で鳴いた——。

巷に雨の降る如く
われの心に涙ふる

ヴェルレエヌの詩が、永田の若々しい胸中に感傷を喚び起した。

故《ゆえ》しれぬ悲しみぞ
実にこよなくも堪えがたし
恋もなく恨みもなきに

永田はふと現実に帰った。「恋もなく恨みもなきに」、では一体何故春木を殺したんだ。

——ああ、俺は詩人じゃないな……。

苦笑しながら、彼はランボウの「雨は静かに市《まち》に降る」と云う一句を何の聯想もなく思い出した。と、ジリ……というけたたましい電鈴《ベル》の音——。

「もしもし！」

「——若《も》し若《も》しじゃないよ、友達甲斐のない奴だな、電話位掛けたっていいじゃないか」

　電話に出て見ると、意外にもそれは井村刑事だった。

「何《ど》うして僕の帰って来たのが分ったんだい？」

「——刑事にだって眼があるぜ、さっき終点近くで摺れ違ったじゃないか。新宿の消印は何《ど》うしたんだ、あの投書は？」

「大阪へ廻ったんで調べなかったよ。又直ぐに上京するんだ」

「——君の言葉じゃないが、頼りないソーンダイクだね、アハハハ……」

「電話でブウブウ云ってないで、やって来いよ」

「——晩にでも行くさ」

「おい、おい！　そりゃあそうとして、例の蹄状指紋と両刃《もろば》の短刀は何《ど》うなったんだ？」

「——逆襲かね。詳しい話は後刻にするよ」

　その儘井村刑事からの電話は切れた。永田は書斎にとって返して、安楽椅子《ソファー》に凭《よ》り掛かると、遂《つい》うとうとと微睡《まどろ》んだ。

　だが一時間とは眠らなかった。起き上がって黒大理石の置時計を覗いたが、まだ午前十時半少し廻ったばかりである。東京毎朝の支局を呼び出して安田の出先を訊ねると、出勤してないから下宿でしょう、と云う事だ。下宿屋に電話すると「お休み中」だと云う。止むなく永田は雨の中をサイド・カーで安田の下宿武田館迄出向いて行った。

「いよ！　これはこれはようこそ。さ、お上がり下さい」

安田は玄関正面の梯子段を、タオル地の寝巻姿でトントン降りて来ると、素晴らしく元気な風貌で、永田を乱雑な自分の居間に案内した。北向の静かな部屋、灰色の壁に明るい油絵の風景画が一枚枠なしで懸っている。ぷうんと香ばしい番茶の匂い――。

「夏眠も亦暁を覚えずですよ」と云いながら、焙《いぶ》しだての番茶を薦めて笑った。「人生も亦将棋の道ですね。理攻めで渡られないもの是人生、経験と頭と、駒の行く道ですな、アハハハ……。さて、今朝帰られたのですか？」

「え、今朝早くですよ」

しとしとと降りしきる雨の音を耳にしながら、永田は答えた。

「無論、神尾君に会ったでしょうな」

「会いましたとも。貴君《あなた》のルコック振りも聴いて参りましたよ。驚きましたなあ」

「いやどうも。で、例の変死事件の方はどんな具合です？」

そこで永田は、白薔薇からモナミ、そして神尾の下宿での話をかい摘んで話し、大阪に廻った経過《いきさつ》を附け加えた。

「ほほう。すると服装の点はとも角として高根氏が、十三日の午後一時十四分に大阪に着いたと云う事は、正に間違いなしですな」

「間違いなしです。で神尾さんの推理も一応聴くべき点はあるが、高根の現場不在証明《アリバイ》が破れない限り、単なる推理に過ぎないということになりますね」

「確かに――お話を伺っただけでは神尾君の推理過程は少々ロマンティックな気がする

な。死なれた瑛子さんの心理に根柢を置いての、単なる仮説ですからね。先生もっと頭がいいと思ったが」

「ですが、全然見当が外れてるとも云えないところがあるんです」

「そこですな。……何《いず》れにしたって、高根氏を犯人と仮定するだけの動機が全然《まるきり》無い訳じゃないんですから、しかし、今こうやってお話を聴く迄は、神尾の云う犯人は高根であって、高根以外の何者でもないと云う事は考えられませんでしたよ」

安田は頻《しき》りに何か考えているらしく、妙に辻褄の合わない事を云った。

「で、要するに問題はスコポラミンと麻酔薬の出所さえ分れば、自然に解決がつくと思うんです」

「如何にも――嗅ぎ香水まで話はいってるんですからね。じゃ一応水質試験所の主任にさぐりを入れて見ましょうか」

「左様願えれば幸いです。高根に警戒されない様に要心しなければならない最中ですから、何か巧い方法があるといいですがね」永田は番茶を一口啜って安田に静かな視線を送った。

「僕の職業を上手に利用しましょう。多分無駄だとは思うが、当って見ますよ」そう云って、安田は悧潑そうな黒眼を動かした。

雨の中を単調に十二時のサイレンが鳴った。薬品の出所を調査して貰う約束をした永田は、間もなく安田の下宿を出て北龍荘に帰った。

降り続くなよやかな六月の雨。海がセピア色に靄って、さわさわと咽び泣いている。

お清が北龍荘にやって来たのは、午後二時頃だった。永田は彼女を書斎に招じ入れて、
二三の事柄を訊いた。

「先月の十二日に、高根さんは何時の汽車で出発したか憶えて居ますか？」

「何時の汽車って、……あの大阪へ御出掛けになった晩のことですの？」お清は心持ち
蒼白い頬に不安相な色を浮べて云った。

「そう、あの晩」永田は出来るだけ優しく答えた。

「……あの晩でしたら何時《いつ》もと同じに、十時五分の汽車で出発《たち》なさいました」

「誰か駅へ行きましたか、その晩は？」

「いいえ、お一人で……」

「本宅から自動車で？」

「いいえ、途中で買い物があると仰有《おつしや》って、少し早目に歩いて出られましたわ」

「それは何時頃でしたか、つまり本宅を出られたのは？」永田の眼は段々鋭い光りを帯
びてきた。

「さあ、……もう随分になります事でハッキリしませんけど、九時一寸《ちよつと》過ぎだったと思
いますわ」

「午後九時過ぎだね？」永田の唇がピリッと動いた。

「はい……」お清はそっと肩先を竦《すく》めて永田の顔を見詰めた。

「間違い有りませんね。……併し、高根さんの出られたのは九時半過ぎてからじゃありませんでしたか？」永田は妙な質問を出した。

「いいえ。……九時十分か五分過ぎだった様に、……あ！　思い出しましたわ。確か九時半一寸《ちょっと》過ぎでしたの。本宅では、毎晩九時半かっきりに大門を閉めて了いますんで、……あの晩は、あたしとお千代ちゃんが大門を閉めたんでございますわ。高根さんの御出掛けになりましたのは、あたしとお千代ちゃんが門を閉めて、お玄関に帰って直ぐでございましたから……」

永田はその言葉を聞くと、大きく頷いた儘暫く目を伏せていたが、

「九時半過ぎと云うことには間違いない訳だね」

「ええ。九時三十五分か四十分位だった、と思いますわ」

「お千代ちゃんも知ってるんだね、その事は？」

「その事って？」

お清は怪訝相な顔で反問した。

「詰り、あの晩は九時半過ぎに高根さんが出掛けた、と云う事を……」

「ええ、そりゃあ知ってますとも、大門は二人で閉めたんですから……」

「お千代ちゃんからも訊いて見たいね」

「でも、……お千代ちゃんはもうお屋敷にいませんのよ」

「居ない？　どうしたんだ⁉」

永田がせき込んで訊ねると、お清は云い難そうに俯向いた。

二　書留小包

「何か理由《わけ》があるんだね？」

「…………」無言でお清は頷いた。

「何処にいるかも分らないのかい？」

「ええ、分らないんです」

「お千代ちゃんがお屋敷を出たという理由《わけ》は、話されない事なのかね」永田は鋭い視線をお清の顔に送った。

「お千代ちゃんが、誰にも話していけないって云いましたから――」

「お屋敷の事で出たのかね？」

「いいえ……」お清は眼を挙げて思い余った様子で、「悪い男の人が居たんだそうですの、色々な事情でお屋敷を出て了ったのですけれど。……何処か水商売の、もっとお金のとれる所で働くと云ってましたのよ」

「此の街じゃないのかね、働いてる所は？」

「さあ、……ちっとも便りがございませんので」

「そう。色々有難う。僕に会った事は絶対に他言しないで貰い度《た》いのだが――」永田はそう云って、強《た》って某《なにがし》かの金をお清に与えて帰した。

先月の十二日の夜、高根が九時三十分過ぎに本宅を出たとすれば、午後九時三十五分発の上野行に乗らなかった事は事実だ。本宅附近からは、例えどんなに早く走っても普通の貸自動車《ハイヤー》では、八分乃至十分は優にかかるのだから。

春木俊二の変死は十三日の午前七時半から八時頃に起った事だ。高根が十二日の午後九時三十五分発の上野行に乗車しない以上、翌十三日の午前中に上野へ到着《つ》くと云う事は絶対に不可能である。

お清が故意に偽りを云う理由もない。して見ると、神尾龍太郎の推理は只一片の空想物語りとなって了うではないか？

では犯人が高根でないとすれば？

反対に高根を犯人であるとなす、神尾の挙げた数々の証拠は？

永田が考えあぐんでいた時、北龍荘の入口に当って、慌しい自動車の響きが聞えた。不審に思った彼が、書斎を出て玄関に行くと、意外にも、其処には高根が立っていた。

「やあ！　大急ぎで話があるんだ、今朝帰ったそうだね、何《ど》うでした旅行は」

高根は急用があると見えて、すっかりそわそわしながら先に立って応接間に這入ると、老婢《ばあや》にお茶を命じて煙草《シガー》に火を点けた。

「何《ど》うしたんです、何かあったのですか？」

永田も煙草を吸いながら訊ねた。

「いや、何うもこうも、昨日からまるで何がなんだか分らないんだ」高根は半巾《ハンカチ》で、額の汗を拭きながら肘突椅子に深々と埋まって、「まあ一応順序立てて話そう、訊いて呉れ給え。こうなんだ。

「事の起りは、昨日の午後妙な小包が届いた時から始まる。詰り、得態の知れない小さな書留小包が来たのだ。僕は用事があって、商工会議所に行った留守の事なんだが、その小包はお兼さんが受取って、御主人の居間に持って行ったそうだ。御主人は、差出人の名前を見て居られたそうだが、一向分らない名前だと見えて、首を捻っていた。お兼さんもそれなり自分の部屋に引き取って了ったので、どう云う事があったのか知らないが、後で御主人の部屋に行って見ると、その小包は何処に行ったか見えなく、御主人は蒼白な顔をして椅子に凭《もた》れた儘、じっと考え込んでいられたと云うのだ。それにいくらお兼さんが訊ねても一言も返事をしない、それでもしつこく訊いていると、いきなり大きい声で――」

老婢《ばあや》がコーヒーを運んで来たので、一寸《ちよつと》の間高根の話は中断された。永田は無言でコーヒーを一口啜って、高根の眼を見詰めた。

「その内、僕が帰った、と云う訳だが――」と云って、高根は怯えでもしたように薄暗い応接間の中を見廻して、「僕が帰ると、お兼さんからその話なので、直ぐ行って見たんだ。ところが、いつもの居室《いま》に見えないので、次の部屋を開けて見ると、金庫の前に坐って、窓越しにじいっと信濃川《かわ》の方を眺めて居られるのでそれとなく言葉をかけてみたが、僕の方を振り向こうともしない。仕方なく用向きの話をすると、聴いては居られたようだが、まるで様子が違うんだ。で僕も帳簿を整理したりして暫く側にいると、どうだ、君――」高根はそこで口を切って、新しい煙草に火を移して、「あの剛腹で変人で鬼山津とまで言われた御主人が、所もあろうに僕の前でポロポロ涙を流して、拳《こぶし》でそれを拭いているではないか！　これには、僕もすっかり面喰ってしまった。――如何《どう》されたのですか？　って僕が訊ねると、何とも云えない表情《かお》をして、恰《まる》で地獄の底から呻くような声で、『高根、何も訊いて呉れるな、儂《わし》が悪かったのじゃ……』と云われた。その声を聴いた時には、思わずゾッとしたね。

「それっきり又一口も語ろうとはしないで、なんとも云いようのない容貌《かお》でじっと坐って居られたが、ツト立ち上がると、茶の間の仏壇の前へ行って、亡くなられた瑛子さんの写真を見詰めて居られたが、間もなく二階の八畳に床を敷《の》べさせると、気分が悪いと云ってお寝《やす》みになられたのだ……」

「…………」

永田は深い嘆息をしただけで、鋭い視線を高根の顔から外らした。

「話はそれで終ったのじゃないんだ」高根は懐中時計を出して覗きながら、「更に不可解な事が、持ち上がった、――昨夜《ゆうべ》の事だよ、いや昨夜《ゆうべ》と云うよりも今朝方かな。お兼さんから聴いたのだが、夕刻から少し熱があると云うので、二階の八畳にわざわざ夕飯を運んだりしたそうだ。好きな入浴も控えてお寝《やす》みになったのは八時半頃。夜になると、段々暴風雨《あらし》が激しくなった。汽車の中は何うだったたい。こっちは非道《ひど》い暴風雨《あれ》でね。

「なんでも、妙な物音でお兼さんが目を覚したのは、最も激しい二時頃だったそうだ。廊下にミシミシする跫音が聞えたのでハッとして目を覚したんだそうだが――。その跫音が茶の間を通って、御主人の居間の方に消えたと思うと、ギーと云う金属性の音がした。お兼さんはあの通り勝気な人なので、ソッと起き出して襖を細目に開けて覗いて見たが、暗くって良く分らない。そのうちシュッとマッチを摺る音がしたので、瞳を凝すと、若《も》しやと思っていた御主人の姿が見えた。金庫の中から取り出した小箱らしいものを紙に包んで懐に入れると、茶の間から縁側に出て、温室へ続く廊下を伝って何処かへ行ってしまわれたそうだ。

「お兼さんは何か事情があると思ったので、喚《わめ》き立てる事も出来ず、慄えながら三十分程床の中でわくわくして待っていると、裏門の方でバタン！と戸の閉まる音がして、再び跫音が聞えたので、お兼さんが思い切って電灯を点けて待っていると、御主人が頭からズブ濡れになって、真蒼な顔をして戻って来られたそうだ。

「そしてお兼さんが何か話しかけると夢から醒めたように、ハッと振り向いたんだそうだが、その時の怖ろしい顔ったら、さすが勝気のお兼さんも生きた心地がしなかったと云ってた。――それから濡れた衣服《きもの》から滴《しずく》を垂らしながら二階へ上がって行くので、後を追って行って訊ねると、たった一言、『何も云うじゃない！』と云ったきり、そのまま床に入って今日の昼頃まで、閉じ籠っていたのだが、急に僕を呼んで今夜の内に東京へ行くと云い出したのだ。当分誰にも居所を知らせてならぬという藪から棒の話なんだ。

尤も、代々木の別邸に行くと云う事は、お兼さんが警察から出て来た当時から云ってたのだが、今度は東大久保の別邸へ行くというんで、何しろ余り早急なので、業務上の用事もあるしいろいろ云って引き止めて見たのだが頑として諾《き》かないんで、仕方無く駈けずり廻っている訳なんだよ――」

「……合点の行かない話ですね。一人で行かれるのですか？」

永田は始めて口を開いて、真正面から高根の顔を見詰めた。

「いや、無論お兼さんと一緒だよ」高根は又しても懐中時計を出して「やあ、いけねえいけねえ！　まだ準備があるから又来るよ。二三日僕も東京へ行って来るから、後の事は何分頼む。業務上の事は何かと専門的な事もあるので、友人の長谷川弁護士を頼んだよ。何《な》んせ、昨日から変な事の連続なので目が廻っているんだから、じゃ！」と云いかけて立上がったが、ふと思い附いたように、「この事は、一切他言しないでくれ給え、女中達も何も知らないんだ。特に東大久保の別邸に行くと云う事は、絶対に他言しないで貰い度いのだ！」

「承知しました。色々と大変ですね」

永田は玄関先まで高根を見送りながら、彼の耳元で囁いた。

「小包の内容は、全然見当が附かないんですか？」

「それなんだ。何が入っていたものやら、何の為にああ云う変った態度をしたのか、何処へ何う処分したのか皆目見当が附かないんだ」ちょっと周囲をはばかるように、高根は一段と声を低めて、「……しかし、なんだね、恐らく温室の近くの裏庭へ埋めたか、或いは信濃川に投げ込んだか、そのどっちかだと僕は思っているんだが」

言い残して彼は雨の中を、待たしてあった貸自動車《ハイヤー》で去って行った。

三　兇器の出処

雨が止んで、まぶしい入陽《いりひ》の光りが海上を照らした。

午後八時——。雲の切れ目からエメラルドの星が煌めいている。

井村刑事が、和服に寛いで北龍荘に永田を訪ねたのは、涼しい海風が暗い海を渡って、寂然《ひっそり》と静まり返った頃だった。

「なんだってこんなに、遅くなって来たんだ」永田が笑いながら云った。

「そんな挨拶があるかい。まだ八時半じゃないか、宵の口だぜ」

二人は冗談口を云い合って、応接間の安楽椅子に腰を下した。煙草が出る。冷いコーヒーが出る、果物がと云った具合で、井村刑事はすっかり腹拵えが出来たと見えて、永田から切り出さない内に、雑談《はなし》を瑛子殺害事件《せつがい》に移した。

「ところで、例の短刀だがあれの鑑定だけは手古摺《てこず》ったそうだよ。何せ内地物ではないだけにね」と云って、煙草盆の中から煙草《シガー》を一本摘み上げて、「新潟では何うにもならんで、警視庁の鑑識課へ送ったそうだ。ところが流石《さすが》だね」

「何が流石《さすが》なんだ？」

「警視庁さ。直ぐに分ったそうだよ。今日その鑑定書が廻送されて来たとかで、横文字で云えば、県の鑑識課には大分センセーションを捲き起したんだそうだ。その事で、ね」

「その事?」

「ああ。終り迄聴けよ。新潟《こっち》で考えた通り内地のものではなくて、……外国製なんだそうだな」

「外国製?」

「そうだよ。余り遠い外国じゃないんだがハルビンだと云う事だ。なんとか云ったな、ロシア製の古い対《つい》の短刀で、ハルビンの傅家甸《フーチャテン》の、……ええとあれは、秋林舗《チューリンほ》とかなんとか云う店の記号《マーク》が柄《つか》の金具に捺《つ》いていたそうだ。

「赤間捜査課長の話というのが警視庁からの報告だろうがね、何でもその秋林舗《チューリンほ》では、そのロシア製の短刀を大分大量的に買い込んで、自家製として売り出していると云う事なんだが兇器が満洲物だなんてなると大分事がややこしくなってくるよ」

「ハルビンの傅家甸《フーチャテン》と云えば、支那人だけの街じゃないか、なんか知らんが、僕はそんな事をうろ覚えに聞き噛っているが……」

「さあ、とに角、そう云う報告書なんだそうだからね」

「ロシア製の対の短刀……傅家甸《フーチャテン》の秋林舗《チューリンほ》と云う店だね」

「そうだ。間違いはない。うん、それから例の蹄状指紋だ、あれは全然《まるきり》分らんのだ、どうも初犯らしいんだ。前科者じゃないね」

「それも警視庁行きか？」

「残念ながらそうなんだ」

「頼りない警察だね」

「アハハ……」笑いながら井村刑事は頭を掻いて、「同感だね」と云った。

「それこそ上司の前でそんな事を云ったら、いきなりチョンだぞ！」永田はそう云って
ひょいと置時計を見た。「あッ！　九時十分過ぎだね。これから市街自動車《バス》の終点迄か
けつけて、九時三十五分の上野行に間に合うかね？」

「おいおい、また東京へ行くのか？」

「いやそうじゃないんだ、一寸《ちよつと》見たいものがあるんだよ」と云いながら、井村刑事をせ
き立てて、玄関で短靴をつっかけると、暗い海岸通りをどんどん駈け出した。

「おうい！　待てよ、待てよ、一体何《ど》うしたんだい。唐突《だしぬけ》に！」

和服の井村刑事は、ふうふう呼吸《いき》を切らして遅れまいと走った。

二人が大急ぎで駅へ駈け着けたのは、九時三十五分発の上野行列車が、ホームで濛々《もうもう》
たる黒煙を吐いて正に出発せんとしている時だった。発車三分前！

永田は帽子を目深にかむって、混雑の中を見透しの利く窓際にぴたり身を忍ばせて、
出札口の方へ隼のように、鋭い視線を送った。

二分前！

井村刑事が永田の耳元に口を寄せて云った。

「おい！　誰を探しているんだ？」

「今に分る、確かにこの汽車なんだから」

一分前！

（この汽車じゃなかったかな！）

永田がいまいましそうに舌打をした時だった。一台の高級車が滑るように入口の広場に這入って来た。彼はそれを見ると、傍《そば》にくっついている井村刑事を「シッ！」と云いながら、肘で突いた。

ジリリ……。発車合図の電鈴《ベル》！

「おい！　高根じゃないか！　あっ！　お兼だ！　あの老紳士は誰だ？　山津か！」口早に井村刑事が囁くのも聴き流して、永田は彼等一行が二等寝台車に収まって了うまでじいっと見送っていた。

＊

駅からの帰途――。

水溜りを避けつつ永田はジクザグに歩き続けた。

「あの連中は何処に行ったんだね？」

「……何んでも東京の別邸へ行くとかって事だ」

「お忍びじゃないか」

「うん」

「何《ど》うしてなんだろうなあ」

「…………………」

永田は答えずに何事か考え込んでいる様子だった。

「何か意味があったのかい？」暫くして、井村刑事が訊ねた。

「いいや別に――。唯顔を見たかったたんだ、さっきそう云ったじゃないか」

「ふうん……」

小首を傾げながら、井村刑事は唸った。

四　「赤《ルジヤ》」の功名

翌日は明るい六月の天気だった。

晴れ渡った蒼空。悠やかに浮動する白雲の影。午前十時には、太陽がらんらんと輝いて、合着では暑かった。

永田は、北龍荘を後にして山津家の本宅に出向いた。

本宅では、お清の外に下働きの女中が二人、風呂焚や薪炭の係りと云った老僕《じいや》が一人、それに株や金融の取引を兼ねた事務所があって、其処には中年の事務員が三四人働いていた。

玄関に這入ると、昨日とは打って変ったように晴々とした顔付きのお清が、すっかり呑み込み顔で永田を招じ入れ、応接間に通してお茶などを出した。

「何か御用ですの？」

「いいや、天気が良いので散歩に出たもんだから……」

「御主人様《だんな》が居なくなったもんで、やけにひっそりしてしまってよ」

「その方がうるさくなくって、時折《たま》にはいいじゃないか、ハハハ……」

「まあ、ホホホ……」

「馬鹿にこう晴々として了ったね」

「ええ歯痛が治りましたのよ」

永田は、お清を相手に雑談を交してから、折を見て温室に行って見た。温室から裏庭伝いに一方は竹林へ、一方は直ぐ裏門へ行く小径がある。彼は、そこら辺を往ったり、来たりしていたが、今度は踵《きびす》を返して裏門をくぐり抜けて塀の外へ出ると、泥濘《ぬかるみ》の小路《こうじ》を塀に添うて大門の方に出た。本宅前の道路を横切ると、広い埋立地に出る。それを二町程歩けば洋々たる信濃川だ。

永田は平坦な埋立地をブラブラ歩きながら考えた。

（どうしても、河に放り込んだらしいな）

一体、その小包には――それ程山津常太に衝撃《ショック》を与えた小包には、何が入っていたのだろう？　河に放り込んだとすれば、少くとも水に浮いてるような軽い物ではなかったらしい。小包の包装紙は何う処分したのだろう。包装紙ぐるみ投げ込む理由はない。

(それとも裏庭か何処かへ埋めたのかな)

が、その何《いず》れにした所で、金以外に心情を動かした事のないと云う鬼山津を、さまで悲哀に沈め、恐怖せしめた小包の内容は、永田をして飽く事なき興味の淵に投げ込むに十分であったのだ!

「儂《わし》が悪かったのじゃ」そう云って仏壇に跪座《ぬかず》いた、と云う高根の言葉! 其処には瑛子殺害事件の恐ろしい謎が秘められているのではあるまいか?

そんな事を考え考え、永田は本宅の前から河岸に出で、護岸の混凝土《コンクリート》壁に添うて流れを下って行った。

上下する小型の発動機船、荷《に》引船《ひきぶね》。古風な蒸汽船が、ボウ! ボウ! と汽笛を鳴らして河上に旅人を運んで行く——。巨大な石造の万代橋の下近く迄来た時、永田は背後から弾丸のような速力で突進して来る「赤《ルジヤ》」の姿を発見した。置いてきぼりを喰わして来たので、永田の足跡を嗅ぎ嗅ぎここまで尾《つ》けて来たのだろう。

「赤《ルジヤ》!」永田は右手を挙げて叫んだ。「赤《ルジヤ》」は嬉しそうに吠え立てながら、彼に跳びかかった。何時《いつ》ぞやの夜、奇怪な男を逃がしたのもこの近くだった。主従は、夫々《それぞれ》そんな事を考えて歩いてる風だった。

そこから約十二三町河下に下ると、河岸は柔かい湿地に変って、雑草が一杯に生え繁っている。

見ると、可成り大きな一艘の浚渫船が、早い中食を済ませて仕事を始めるところだろう。ガチャガチャ、ゴトゴトと機関《エンジン》や起重機を廻し始めた。

ザブゥーンと水煙を上げて浚渫機が水中に沈むと、ゴトゴト、起重機が動き出して、巨大な爪一杯に泥や色々な沈澱物を渫《さら》ってくるのを、永田は前足を投げ出している「赤《ルジヤ》」と一緒に、眺めていた。

機械は定期的に同一の動作を繰り返しているのだが、浚渫機の渫い上げる汚物や沈澱物はその度毎に変っていた。それが面白いという訳でもなかったが永田はぼんやりとして半時《はんとき》間近くも坐っていた。

「赤《ルジヤ》！　もう帰ろう」

永田がそう云って「赤《ルジヤ》」と一緒に立ち上がりざま、うんと背伸をした途端、浚渫船では泥と一緒に何か渫い上げたと見えて、働いていた二三人の人夫が、シャベルを投げ出して一人の男を取り巻いた。

「おや！」と思って、永田が瞳を凝らして見ると、その男は何やら小さな木箱を拾っている！　彼は咄嗟に大声で叫んだ。

「おうい！　それは俺の落し物だ、返して呉れ！」

（違ってたら違ってたでいいや）と思ったので――。

「お前さんの落し物だア？」

「中に何が入ってるんだア？」

「泥だらけだぞオ！」

人夫達は口々に喚き立てた。

「中には手紙がはいってるんだ、ここまで放って呉れ！　ホラ、五十銭玉一つ行くぞ！」

「五十銭？　あッ、済まねえなあ。ヨシ、放るぞオ！」

永田が浚渫船目がけて五十銭玉を放ると、それを拾うと同時に一人の人夫が、泥だらけの平べったい木箱を、永田を目がけて放った。が、何《ど》うしたはずみか、箱は岸まで届かないで、河中に落ちて了った。見る見る内に沈みながら流れて行く。

「赤《ルジヤ》！　ほらッ！　頼むぞ！」

永田の顔色を覗っていた「赤《ルジヤ》」が、水中にざんぶと身を躍らしてその木箱を咬えると、ズブ濡れになって数間川下の岸に這い上がった。

「おうい！　もう一枚呉んねえかよ！」冗談口を叩いている彼等の眼を逃れるように、永田は「赤《ルジヤ》」を先頭《さき》に元来た道を引き返して、程良く乾いた芝草に腰を下した。

「御苦労」永田は、愛犬の頭を撫でながら木箱を手にとって見た。一寸《ちよつと》重量のある、三寸四方位の扁平《ひらべつた》い桐の箱だ。注意深く見ると、箱の合せ目の一方に、微《かす》かな印鑑の跡があって、「福田」と辛うじて読み取る事が出来た。十文字にかけた細い麻糸の結び目まで弄《いじ》くっていたが、

「逆結びだな」と呟いた。

彼はその結び目を見て考えた。――山津は小包を開いて見た。中には何かしら彼をし

て驚愕せしめる可き物が入っていたので、大急ぎで蓋をして糸で結んだのだろう。慌てた為の逆結びだ。

濡れた麻糸の詰び目は却々解けそうになかった。彼はもどかし相《そう》に指先を動かした。それにしても何《な》んと云う偶然であろう。若《も》しこの桐の小箱が山津常太が河中に投じた物だとしたら――。まる一昼夜と半日、信濃川の濁流に転々として、再び陸《おか》に上がり、怖ろしき秘密を蔵して永田の手に渡ったのである。

第一の結び目は解けた！　第二も――。いよいよ蓋を開けるとなると、流石《さすが》に永田の心は怪しく跳った。それもその筈！　或いは瑛子殺害事件の謎が解けるのかも知れないのだ！

眼を輝かして、永田は蓋を取った！　その中には？　中には、木箱と殆んど同型の黒繻子の箱が一つ！

彼は更にその箱の蓋に指をかけた。内側の箱も難なく開いた。

「おや！」永田は箱の中を覗きながら、さも意外そうに叫んだ。

その中に入っていたのは、一箇《ひとつ》の古風な金側時計であった？　それも両蓋の、大分年代を経た物であることは一目で知れた。

「なあんだ」彼は呟きながら、その時計を取り出した。両蓋の表面にはひどく凝った花模様の装飾が彫り込んである。

何う見ても明治末期の代物だ。型の余り大きくない所や、花模様の彫刻から判断すれば婦人持の物らしい。相当古い物に見えるにも拘わらず、金側は太陽の直射を受けて燦然と光っている。片方の蓋を開いて見ると、ひどく不器用な太い字で目盛りがしてあって、秒針は脱落し、無論機械は止っているが、その内側には、小さな犬の彫刻があって、その下の方に、K-18と薄く読まれた。尚も細心の注意を払って見ると、蓋の附け根の蝶番《ちょうつがい》の所に仮名で文字が彫り込まれてある。

それを睨んでいた永田の眼が急に活々《いきいき》と輝いた。

五　フタムラ――17

そこに刻まれてある文字――。

それは、フタムラの四字、そして17の数字！　フタムラ――17だ。

「フタムラ、フタムラの一七」

口に出して二度三度それを繰り返していた永田は、その箱の中に時計を蔵《しま》い込むと、突然、愛犬「赤《ルジャ》」の名も呼ばずに大急ぎで駈け出した。

＊

それから三四十分も経ったと思われる頃、新潟一と云われている老舗、二村時計店の店頭に永田はその元気な姿を現わした。

「いらっしゃいまし」

店員が愛想よく彼を迎えた。

「御隠居さんは御在宅ですか?」

「あの、何方様《どちら》で――」

「北浜町の永田です」

店員が奥へひっ込むと、彼は間もなく内玄関に案内された。

隠居は午睡の最中だったと見えて、眠そうな眼を摺り摺り起きて来たが、彼の顔を見るなり入歯を見せてニコニコしながら、

「やあやあ、あんたでしたか、サ、ま奥へ」

「折角お眠《やす》みのところを――」

「なあにかまわんのですじゃ、さ、何卒《どうぞ》」

永田の家は、昔からこの二村時計店の得意先だった。

風通しのよい中庭に面した、奥まった座敷に通されると、紋切型の慇懃な挨拶を受けた後で、永田は早速古風な金時計を出して訊ねた。

「珍らしい物です喃《のう》、何《ど》うしてこれを貴方《あんた》が」と云いながら、隠居は曲った腰を伸して、床の間の違い棚から老眼鏡を取り出した。

「なあに、古物商《ふるものや》で掘出したのですよ」

「古物商《ふるものや》で?」隠居はジロリ眼鏡越しに永田の顔を見て、「その古物商《ふるものや》は大分雨漏りのする家じゃと見えて、すっかり濡れとります喃《のう》、ハッハッハッ……。いや、どうれ拝見

さして貰いますかな」

そう云って老人は頻りに蓋の内側を見詰めていたが、刻んである文字や数字が余り良く見えないらしい。盛んにひねくり廻して、「この時計は年代ものじゃ、儂等《わしら》の時に扱った品じゃが、はて――」

「見えませんか、数字と文字が刻ってあるのですが？」

「大きな字は幾等大きくても見えるが、ハテ。何《なん》せ、儂《わし》が一人前なのは、頭の禿げ具合と寝ることだけじゃで喃《のう》、ハッハッハッハッ」

「仮名で、フタムラ」

「なんじゃと！」

「フタムラ――一七と彫ってあるのですよ」

「フタムラ――一七じゃ？」古老は吃驚《びっくり》して顔を挙げた。「そりゃ、儂《わし》の店の品番じゃ！　一七？」

「ええ、一七です。僕もそう思ったので、若《も》し分ったら、この時計は誰にお売りになったものか、それをお調べ願いたいと思いまして……」

「雑作《わけ》のないことじゃ。この町で火事に遭わなかったのは、信濃川と儂の家だけじゃ。それに、儂の家は、いくら古くとも帳簿と云うものがあって、品物の売り先はちゃあんと控えてある筈じゃ、ちょと、お待ち下さい。ああ、コレコレ！」

隠居は番頭を呼んで、倉の二階に古い帳簿の綴りがあるから、明治四十年以後の分を

持って来い、と云う大変な命令を発した。永田はいくらか気の毒に思われたので、

「余り御面倒でしたら」

「いいや、直ぐ分りますすじゃ」

帳簿は見つかったものの其の直ぐが三十分になり、一時間になっても、フタムラ一七の金時計の売先記録は出て来なかった。

樟脳と埃りと紙虫《しみ》を相手に、隠居は悠々と構えた儘、遂に陽《ひ》がかなり傾くまで探し求めた。

俄然！　その甲斐あって午後五時近く、隠居は禿頭の埃を拭きながら、古ぼけたしみだらけの帳簿の或る一頁《ページ》を展いて見せた。

金側両蓋売渡《うりわたし》之部

記

一、…………………………
一、…………………………
一、十七号金時計価格二十両　　女持《おんなもち》
新津町　山津常太殿
明治四十五年五月吉日

永田が吸い附けられるようにその記録を凝視している様を、満足気に眺めていた隠居

が、笑いながら昂然と云った。

「何《ど》うじゃ」

「いやいや、なんとも御手数をかけまして」と隠居は鷹揚に手を振って、「じゃが、こんな事を調べて一体何になさるのじゃ？」

「実は一寸《ちょっと》必要があったのです。それに就きまして」と永田は改まった口調で、「若《も》しや御隠居様は、その当時の事を知っておいでじゃございませんか？」

「知っとりますじゃ、この金側時計には深い因縁話があるので喃《のう》」

古老は緑茶を含んで味いながら語り出した。

「とんと古い話なので、まあ、話し話しボツボツと思い出して行きますかな。ええと、あの当時この辺は船江《ふなえ》と云うたもので、芸妓はん達の全盛時代で喃《のう》。昔から、新潟では杉の木と男の子は育たん、と云われた位で、ま、一にも二にも女子《おなご》の世の中じゃった――。

「儂等《わしら》も若い時にはよく遊んだものじゃ。ハハハハ。扨《さて》、その頃、船江小町という芸妓がいたと考えなされ。その妓は未だ半本《はんぼん》じゃったが、越路《こしじ》一円のぼたん花じゃと云う噂じゃった。それだもんじゃで、方々《ほうぼう》から手が伸びて、その為に刃物を抜き合うた連中も居ったと云う事じゃが、花柳の巷は金が神様で喃《のう》、金さえあれば三国一の傾城《けいせい》も手生《てい》の華じゃ――。

「そこへひょっくり一人の男が飛び出して、莫大もない金でその船江小町を落籍《ひか》して了ったのじゃ。そこ迄は何の奇もない話だが、その船江小町には、なんでも三世を契り交した男があったそうじゃ。いよいよ小町が落籍《ひか》される事になると、男はまるで気違いのようになって騒いだそうじゃが金の力には勝てないで喃《のう》。それで小町もまだ若いし、毎日毎夜泣き暮していたと云うことじゃが、男の方は小町に会いたさに、恥を忍んで或夜のこと、女の許《もと》へ出かけて行ったが、それが取り押さえられ、半殺しの目に遭わされて気を失った儘、小町の目の前を血だらけ泥だらけになって塀の外に投げ出されたという話で、それから三日目の夜、その男は遂に小町の囲い家《や》の近くの松の木で首を縊ったのじゃそうな」

「ホウ！　大変な騒ぎでしたろうな？」

「騒ぎの何のと申して、流行唄も出来たくらいじゃ。ところがその小町がじゃ、これがまた死んだ男に義理を立て、いっかな旦那の云う事を諾《き》かなんだそうでの、旦那の方も自棄《やけ》になって、可哀想に女の背に焼印を押して、その家《うち》から追い出したという話じゃて――」

一気にそこまで語ると、古老は煙管《きせる》をポンと叩いて、二三服甘《うま》そうに吸ってまた続けた。

「その後、長崎でラシャメンをしているとか、いないとか、そんな噂が風の便りにあったが、早いものじゃ、もう二十年の上にもなるで喃《のう》。……もう云わんでもお分りじゃと思うが、金ずくで小町を囲い男を狂い死にさせたのが、山津の常さんじゃ。……お寺様に万の金を寄附したところで、どうじゃ、天罰はあの通り、可愛い一人娘は殺される、そのお婿さんは夭折《わかじに》する、と云った具合じゃ。悪い事は出来ないものじゃて――」

「すると、この金時計は、その船江小町へやるために買ったのですか？」

「ああそうじゃ。落籍《ひか》した時の祝いに買ってやったのじゃ、その頃は、鬼山津も若くて、新津在に行って石油井戸で働いていたのじゃよ」

「その、なんでしょうか、船江小町の本名は判らないものでしょうか？」

「ははあ、小説《やわらかもの》でも書きなさる気か。判りますとも、ちと古い人に聞けば誰でも知っているじゃろう。古いと云っても、もう大正に足をかけた頃の話じゃから喃《のう》――。そうそう、儂《わし》も知っとりますじゃ、あの黒塀の門札を思い出しましたよ。福田イソじゃったか喃《のう》」

「えッ！」永田は危く口元まで出かけた叫び声をやっと押えて、「ははあ、福田イソさんですか、もう死んだんでしょうかね」

「長崎から後の話は聞いて居らんが――」隠居はそう云って頻りと考えていたが「そう、憶い出しましたじゃ。実家は何んでも、その当時潰れてしまい、一人あった妹もやはり姉の後を追うて長崎へ行ったとかいう話でしたがの……」眼をしょぼしょぼ瞬《しばた》きながら、

「そんな次第《わけ》じゃから、その後の消息《たより》を知っているのは、山津の常さんばかりじゃろて」

隠居は黄昏《たそがれ》た空を見上げて、端座した儘声を呑んだ。薄命の佳人、往年の船江小町は

何処にその骸《ほね》を曝したであろうか？　そう云った眼眸《まなざし》だった。

だが事実は正にそれと正反対である。永田は桐の小箱の合せ目の一端に、「福田」と読み取れる捺印の痕跡を見たではないか！

船江小町は生存している！　而も古風な金時計は、二十数年を経た今日山津の手元に送り返されて、過去の呪わしき追憶の数々が、まざまざと彼を捉えたのだ。

一切の謎の鍵は福田イソを捜し出す事にあるのではないか？　永田がこの思いもかけぬ事件の進展に一種異様な感慨に打たれて、二村時計店を辞したのは、うら寂れた黄昏の光りが街を包みそめた頃合だった。

北龍荘の書斎に辿り附く迄、永田は隠居が語った一篇の哀詩に思い耽っていた。

夕食が済むと、書斎に閉じ籠った彼は、今一度その金時計を机上に載せて仔細に調べ始めたが、ふと、彼は「チェッ！」と忌々しそうに舌鼓を打った。一つのことを忘れていたのだ。両蓋時計の片側——即ち目盛のある側だけしか調べていなかった事に思い当ったのだ。

（なんてえ間抜けだ！　俺は、一体！）

筆立の中から、象牙柄《え》の紙ナイフを摑みとると、もどかしそうに機械の内部を覗く事の出来る片側の蓋を開いた。

そこには、又しても意外なものが彼の眼を打つかのように秘められてあった。

それは、一葉の幼児の写真だった。蓋の内側にきちんと嵌まるように、丸型に切り抜

いた生後二年位の写真だった。永田は凝《じ》っと瞳を据えて見詰めていたが、

「女の子だな」と呟いて写真の裏を返して見た。そこには、拙い女文字で、

福田龍子　一年九ヶ月

と簡単に記されてあった。それは一体何にを意味するであろう？　船江小町と云われた女の写真であろうか。それとも？　永田は変色した幼女《こども》の写真を凝視《みつ》めながら、いろいろと想像の翼を伸してみたが、それは遂に解き難い一つの謎であった。

それにしても、小包の包装紙が手に入れば――もし小包の発送人と、福田イソと同一人だとしたら、問題はない。消印を見れば、現在彼女が復讐の念に燃えて、何処に生存して居るかが判断出来るからである。

山津常太は、何処にどうその包装紙を処分したのであろうか？　焼却したか、埋没したか？　或いは何処かに隠匿してでもいるだろうか。だが一時は夢遊病者のような精神状態に陥っていたというのだから不用意にもこの小箱と一緒に信濃川へ放り込んだのではあるまいか？　高根の話を聴いただけでは、山津が小包を受取った当夜、包装紙を人知れず焼却したとは思われない。

（何うにかして捜し出し度いものだな）

永田が時計を桐の小箱に納めながら、そんな事を思って煙草を吸い始めた時、シーンとした闇の中に、チラと人影の動く気配を感じてハッとした。眼を凝らし耳を澄して見たが、聞ゆるはヒソヒソと渚を洗う遠い波の音ばかりである。

（気のせいかな）

呟きつつ立ち上がって書斎の西向きの窓を開けて、闇の中をすかすと、鼻を刺《つ》く磯の香りとともにひんやりした液体のような夜気が、ずいと部屋の中に流れ込んで来た。気温の関係であろう。打続く黒々とした砂丘、同じ色に塗り潰された松林一帯を、深い霧が押し包んで暗黒の闇が無気味に拡がっている。

永田は机に向って、神尾龍太郎に宛てた手紙を書き始めた。――大阪の竹屋に於ける番頭の証言、それと五月十二日の夜、高根が本宅を出たのは女中の証言に依って午後九時三十分過ぎである事が判った以上、到底彼を疑う訳には行かなくなった事等、細々《こまごま》と認《したた》め始めた。

特に、上野に翌日の午前中に到着する列車は、新潟駅を午後九時三十五分に発車する列車以外に絶対にないこと、九時三十分過ぎに山津家の本宅を出た高根が、仮令《たとえ》途中で貸自動車《ハイヤー》を利用した処で、絶対に該列車には間に合わない点等を、一々時間を記して明白にした。且《か》つ、女中お清の証言は、永年山津家の習慣になっている、大門を九時半かっきりに閉める、と云う具体的事実に立脚しての証言であるから、十分取り上げる価値がある事を力説した。

それが済んで、今度は瑛子殺害事件について、その後の経過を書き出した時である、永田は再び怪しい人影の蠢くのを感じて眼を上げた瞬間、たった今明け放したままの窓から、サッと風を切って飛んで来た白い光《かげ》！

「あっ！」と叫んで見かわす途端に、永田の肩先を掠《かす》めて書籍棚の中に、グサッ！ と突き立った短剣！ それは実に戦慄すべき瞬間だった！

六　左利きの男

「畜生ッ！」叫ぶも一緒、永田は窓から闇の中に敢然と飛び降りた。

だが、そこにはもう物の気配もなかった。彼はじっと窓下に身をひそめたまま、闇の中を覗っていたが、やがて裏口に飛んで行って、愛犬「赤《ルジャ》」を放してやると、自分は書斎に引返して投げ附けられた兇器を見た。部厚な樫の書棚に刃尖《はさき》が二寸近くも突き刺さっている。怖ろしい手練だ。注意深く引き抜いて見ると、鋭利に研ぎすましたジャック・ナイフだ。柄《え》が牛骨であるだけで、何の特徴もない大型の重味のあるジャック・ナイフである。永田は指紋を消さないように気をつけて、スタンドの側《そば》へ持って来て、刃の研ぎ具合を色々な方向から光線を当てて調べ始めた。

それが一通り済んだかと思うと、今度は再び窓から外の地面に下り立って、今迄自分の坐っていた机から椅子、その背後《うしろ》にある書籍棚と眼を移して、窓を乗り越えて室内《うち》に入ると、真直ぐにナイフの突き刺さった書棚の瑕口《きずぐち》に眼を止めて考え込んだ。その中に、

「何うしても、左利きだな」

と呟くと、今一応刃の研ぎ具合を調べてから机の上に、そのジャック・ナイフを置いた。と、遥か遠くに当って、愛犬「赤《ルジャ》」の声らしいけたたましい吠え声が聞えて来た。憤

怒に堪えないと云った声である。さては曲者を発見したな！　永田は咄嗟に身を翻すと、又もや闇の中を駈け出した。

　北龍荘の門を外に飛び出した時、彼は苦しそうな呻き声を立てて駈けて来る「赤《ルジヤ》」に出会った。何処か怪我をしているらしい様子。

「何うした？」

　彼は「赤《ルジヤ》」の首輪を抑えて引返した。

　そうした騒ぎで、離れにいた老僕夫婦もやっと目を覚ましたのであろう。永田が犬小舎の前に来た時、蠟燭を片手に起きて来た。

「何うなすったんでごぜえますだ？」

「爺や、何んでもないんだよ。『赤《ルジヤ》』が野良犬と喧嘩したんだ、ホラ、嚙みつかれて」

　見ると眉間に一寸位の裂傷があって、そこから血糊がベッとりと浸み出ていた。

「僕が看てやるから、爺やはお休み、構わないんだから」

　老僕《じいや》を引き取らせて、永田は傷付いた愛犬を劬《いた》わってやりながら、

「危なかったな。きっと仇《かたき》は取ってやるぞ！」と云って、小舎《こや》の鎖に繫いでやった。

　書斎に取って返した彼は、流石《さすが》に興奮していた。今の今迄、彼は事件の謂わば局外者の立場にいた。だが、誰かが自分を狙い始めた。自分も事件の渦中に捲き込まれたのだ。仮令《たとえ》それが如何なる方法であるにせよ、他人の生命を狙うと云う事は、余程深い理由がそこに伏在していなければならない筈だ。

永田は明るい部屋の中に坐っていた。外部からは十分室内の様子を覗い取ることが出来る。しかも、場所は門違いするような所ではなく、街から遠く離れた北龍荘だ。

(人違いではないな)
彼はそう考えたのだろう、机上のジャック・ナイフに鋭い視線を注ぎながらじっと考え込んだ。

人違いでないとすれば、——一体、誰が、何の為に彼の生命を奪わんとしたのであろうか？ 余りにも奇々怪々なこの出来事！ 改めて云う迄もなく、永田敬二は他人から恨みを購《か》う様な青年ではない。すれば、ここで考え得られるたった一つの事、それは、彼が山津瑛子殺害事件の調査をこれ以上続けた場合に、何かしら不利な、立場に陥れられる人間《ひと》の仕業ではないだろうか、と云う事である。悪戯にしては念が入りすぎているのだから——。

「左利きの男か……」
ややあって、永田は独りで微笑みながら呟いた。そして、あとは何事もなかったかのように先刻《さつき》から書き放しにしてあった神尾龍太郎への手紙を書き出した。その中に、今夜の出来事を「特種」として書き込んだのは云う迄もなかった。

*

朝が来た。

永田は次第に明るみを帯び出した海を眺めながら、冷い早朝の大気を吸った。まだ靄が一面に澱んではいたが、冴えかえった菫《すみれ》色の大空は刻々に色淡くなって、やがて薄紅や金色や灰色の淡い大幅の縞が、越後山脈の彼方を染め出し始めた頃、つい目の前に街や杉林が黒々と浮び上がって来た。仄暗い日本海にも明るい光りが金色に輝いて、靄は次第に晴れ渡って行くにつれ、ここかしこに漁船の影が点々と増した。砂浜から真白い鷗が一羽ひらひらと舞い上がってゆるやかに旋回し始めた。

「朝起はするもんだな」

永田は壮麗な暁の景色に見惚《みと》れて彳《たたず》んでいたが、朝露に濡れた芝草を踏みながら、昨夜出来事のあった書斎の窓下に行って、熱心に地面を見詰めたり、其の辺一帯を野良犬のように嗅ぎ廻った。

「お早いことで」

彼は、老婢《ばあや》が驚いて声をかけたのにも気附かない程懸命だった。一通り窓下を調べると、花壇を通り抜けて、北手にある柵から裏門迄調べた。何か得る所があったと見えて、其処から犬小屋に廻ると、「赤《ルジヤ》」を慰める為にビスケットなど与えて、食堂に這入った。

「何か失《な》くなしたのでございますか？」

「ああいや」永田は笑いながら手を振って、「昨夜《ゆうべ》『赤《ルジヤ》』を抑えようとして飛び出した時に認印《みとめ》を落したもんでね」と老婢《ばあや》に答えた。

そして八時少し前――。

玄関の呼鈴《よびりん》が鳴ったので、不思議に思いながら出て行って見ると、背広に色の褪めた帽子《ソフト》。左脇には黒い風呂敷に包んだ弁当を抱えた井村刑事が、煙草を咬えて突立っていた。

「やあ、起きたのか、もう？」

「変な挨拶だな。何うしたんだ？」

「変でもないさ。支那人はお早うと云う代りに、もう飯喰ったか？　って云うんだそうだぜ、ウハハハ……」

「余計な事を云わないで、まあ上がれ」

二人は冗談口を叩き合いながら書斎に落着いた。

「おい、君はすっかり北龍荘を占領して了ったじゃないか？」井村刑事はニヤニヤして云った。

「冗談は別として」永田は灰皿に吸い差を置きながら、「何か用事があるのかい？」

「いや、別に。天気が良かったもんで海岸通りをぶらついて来た訳さ——。君のとこに来れば何か話題もあろうと思ってね。今から行ったところで、九時にならなければ仕事は始まらないんだから……」

「心掛けの悪い警官だな、君は——。話題と云えば、ない事もない。実は、昨夜《ゆうべ》」と云って、永田は机の抽斗からジャック・ナイフを取り出して、詳しく昨夜の出来事を物語った。「届出るには少し馬鹿々々しいし、そうかと云って黙って置いてもいいものかと考え中だったんだよ」

その話は余程井村刑事の興味を唆ったと見えて、急に真顔になって永田の顔を穴のあく程見詰めていたが、手にしていたバットの口紙《くちがみ》をにちゃにちゃ噛みながら、指された書籍棚の瑕《きず》を調べてからジャック・ナイフを取り上げて小首を傾げた。

「しかし何うして左利きだと云う事が解ったんだね？」

「そりゃあ、分るさ」永田はそのナイフの刃を示して、「刃の研ぎ方、詰り刃の附け具合が右利きの人が使うのと全然逆じゃないか、いいかね。そら反対の方に研ぎがかかっているだろう。右手に持って見給え、刃の附け方が反対だね」そう云ってニコニコ笑いながら、「それから、棚の瑕痕《きずあと》を見給え。突き刺さった方向が左斜めに捻じられているじゃないか。右利きの人が投げたのだったら、投げる際に右捻じを与える筈だから、その瑕痕《きずあと》は反対に右斜めになっていなければならない訳だろう。それで解らなきゃ、窓の外から一度投げて見たら何うだい」

「…………」井村刑事はむっつりした顔で暫くの間立ちあぐんでいたが、

「手懸りはそれだけか？」

「まだある。今朝調べたんだが、曲者は犬の居る事を知っていたと見えて、犬小舎とは反対の北手の柵を越えて、花壇の中をこの窓下にやって来たんだね。足跡があったよ。併し、普通のゴム靴の跡だから大した手懸りにもなるまいがね」

「犬は吠え立てなかったのか、その時？」

「赤《ルジヤ》の奴、眠っていたんだね。何時《いつ》も夜は鎖に繋いで置くもんだから失敗した訳だ」

「ふうん。すると、ゴム靴を穿いた、左利きの男で、北龍荘《ここ》の内部を多少知っている者と云う訳だね、曲者は――」

「その通りだ」

「だが、君を狙うとは妙な奴だね」

「それだよ、僕の考えているのは」

「怖ろしくこうこんがらかって来たね」

「…………」永田はじっとして答えなかった。

「まあ足を動かして見るさ。……ね、そりゃあそうと、永田君、この話は赤間警部に話してもいいだろう。何か瑛子さんの事件に関係がありそうな気がしてならないから」

「そうだね。どちらでも」

「話して置くよ、するとそのナイフは貸してもらえんかね。もし指紋でもとれると参考になると思うが――」

「ああ貸してもいいよ」

「じゃ借りてゆこう！」井村刑事は白紙に用心深くナイフを包むと、机上にあった神尾への手紙を見つけて、「何んだ、この手紙出すんだったら、出してやろうか、次いでに――」

「いいや、……いいんだ、後で何するから」

「そうか、じゃ――」

井村刑事が去って行くと、永田は昨夜《ゆうべ》二時間近くもかかってせっせと書いた、神尾へ宛た手紙を何んと思ってか、細かく引き裂いて燃やして了った。

そして間もなく、服装を改めた彼は、口笛を吹きながら足早に出て行った。

行先は、毎朝支局の安田の下宿だった。

「やあ！　馬鹿に朗かな天気ですな。例の水質試験所の件で？」

「そうです。今夜の汽車で上京して神尾さんに会い度いと思ったもんですから」

「ははあ。何うも一寸《ちょっと》弱りましたよ。実は昨日の午後に主任の先生に会ってそれとなく探って見たんですがね」安田は人懐っこい笑い顔を見せて、「何うにも一向に要領を得なかったですよ。え、ぬらりくらりと逃げて廻るんでね、併し、も少し待って見て呉れませんか、その内尻尾を捉まえて見せますよ」

「そうですか、済みませんでしたね。何しろ高根が犯人だ、と云う事が非常に怪しくなって来たので、強くも出られませんしね」そう云って永田はお清の証言を詳細に物語った。

「ははあ、九時半過ぎに家を出たとなると、先ず絶対に間に合いませんね。駅迄は、ここからでも十分はかかりますよ。それに此の辺の貸自動車《ハイヤー》ってのは、恐ろしくボロばかりですからね。流石《さすが》の神尾も聊《いささ》か見当を違えた形ですな。春木俊二殺害事件は愈々《いよいよ》もって迷宮入りですかね。……とに角、九時三十五分に乗らない限り、翌朝東京に現われると云う事は、絶対の不可能事ですからな」

安田も気になると見えて、その点を繰返して云った。

「併し、神尾さんの事ですから……」

「さあ、いくら敏腕の神尾でもこの説明はむずかしいと思うね。まあ会ったら宜しく――」

安田の下宿を出ると、静かな寺町伝いに新潟署に行った永田は、受附で名刺を出して赤間警部に面会を求めた。

通された部屋は、二階の取調室の隣りでひどく殺風景ながらんとした細長い一室であった。

「妙な事が起きたもんですね」赤間警部は探るような眼付で、じいっと見詰めながら、「大体の話は井村君からも聞きましたがね。何か思い当るような事はないですか?」

そこで、永田は詳しく昨夜の出来事を話した上で、全然思い当る事はない旨を云って、それとなく瑛子殺害事件について当局側の意見を訊ねて見たが、彼は却々《なかなか》打ち明けて話をして呉れないばかりでなく、「一応は誰でも疑え」と云った態度を、永田にすらちょいちょい見せたので、いい加減に切り上げた。

だが、赤間警部の言葉で、一言彼の脳裡に沁みたのは、「屍体の出ない所を見ると、屍体隠匿は先ず第一に考えられるとして、或いは指を切られただけじゃないか? とも疑えない事はない――」と云う言葉だった。

では一体あの夥しい血溜りは？　血塗れの兇器は？　血染の草履《フエルト》は？　楊枝入は？　もうむらむらと、彼の胸中にはその馬鹿々々しい赤間警部の言葉を否定する思い出が湧き上がった。

「屍体のない殺人事件だものなあ」

永田は蒼空を見上げて笑った。

それにしても、お兼を釈放してから瑛子の父常太を形式的に訊問した以外に、当局の取調べは一向に進展していそうもない。寧ろ後退した気味ではないか。

問題が大きくなって、新聞で盛んに書き立てたため、何もかも「部外秘」と云った態度で取調べているのだろうか？

そう思われない事もない。井村刑事ですら積極的な意見を吐こうとはしないのだから。輿論の攻撃に業を煮やした当局が、表面は投げ出した風を装って、実は大童《おおわらわ》になって捜査の手を拡げているのだろう。そんな風に考え直して見れば、厭《いや》に暢気相《のんきそう》な、それでいて何処となく緊張し、用心していたと思われる赤間警部の態度も頷けると云うもの——。

第一、第二、第三の嫌疑者も、更に皆目見当がつかない。若《も》しあの場合、思い切って永田が例の金時計の話をしたら、彼は何んな態度を取ったであろうか？

いや事実、永田としても当局が進んで自分の意見を用いて呉れ、相当な事まで打ち明けてくれるなら、金時計の一件も皆陳述する積りで行ったのだった。だが結果は反対だった。彼は怒りに似た気持で署を辞したのである。

けれども、反面から云えば当局としても無理からぬ事であったのだろう。何の経験もない一青年の言葉をそれほど重大視したり、好意的に取り上げようとしなかったのは、又止むを得ないことなのであろう。

＊

永田はそれから本宅に廻って、お清に在京中の宿所である神尾の下宿を報せ、何か用事が出来たら至急そこ宛に手紙を出すよう頼んだ。

その夜――。

彼は何時《いつ》ぞや街道でとった靴型や、投書や、その他事件に関する研究材料を一通り衣裳箱《スート・ケース》に詰め込んで、上野行の列車に乗った。

神尾が、この鬱積した謎を如何に解いて行くか、彼にとっては、それが堪らない興味の中心だった――。

第四章　ホテルの惨劇

一　追躡

翌日《あくるひ》の夜、神尾の下宿で――。

永田は順序として先《ま》ず、大阪での調査から、北龍荘を中心としての最近の出来事を語り、思い出したように最後に女中お清の証言を語った。

「手紙を書いたのですが、何《ど》うにもこんなに輻輳しているもんですから」

「……………」

神尾は細い眼を瞬《また》きながら黙々として彼の話に身を入れていたが、

「僕は、北龍荘とは切り離して、高根の問題を、もっと突込んで見たいですね」ニコニコ笑って、煙草の煙を吐きながら、「大阪駅で竹屋の番頭が高根を出迎えた際、無論午後一時十四分きっかりにです、ホームへ入って来た列車から降りてくる彼の姿を見たのはいいとして、切符を見たと云いましたね、お話では。併し切符だって色々あるんだから、果してそれが五月十二日附新潟駅発行の二等切符だったか何《ど》うか、先《ま》ずこれが疑問ですよ。それから、女中お清の証言、これはこの事件に決定的な変化を与えるものと思うのですが、これとても、まだ考える余地はある訳です。特に、五月十二日の夜、高根が九時三十五分発の上野行に乗ったのを誰も見ていないと同様、乗らなかった事も証明されてないのです。いいですか、高根は九時三十分過ぎに山津家の本宅を出た。だから絶対に九時三十五分発の汽車には乗り得なかった、と断定するのは必ずしも正しくありませんな。途中で買物があると云って早く出たと云う。だが、買物を何故もっと早くしなかったのだろうか？　僕は、君の話をきいている内におやと思ったのはその点と、も一つ、大阪行の切符をわざわざ前以て女中に買わせた、と云う点でしたよ。前以て切符を買わせる位準備のいい人間が、途中で買物があるとて、午後十時五分発の大阪行を重々承知で、九時半過ぎに歩いて家を出た、と云う事が僕にはそもそも不可解に思われる。何故って、君、自動車で十分もかかる所なら、歩いてなら二十分や三十分ではむずかしい訳だし、反対に一寸《ちよつと》した買物なら何故何時《いつ》もしていたであろうように、自動車で出掛け、店の前に車を止めといて買わなかったか？　何うもそこに矛盾があるじゃないですか？」

成程云われて見れば尤《もつと》もだ。大阪行は十時五分発車であるから、高根が途中で買物をして歩いて行ったのでは、それこそ絶対に間に合いっこはない。事実途中で買物をする位ならば、何時《いつ》ものように自動車で出かけるのは当然ではないか？　反対に、散歩がてらにぶらぶら駅迄歩いて行くと云うなら、少くとも九時十分か十五分位に出るべきだ。

永田は眼を挙げて神尾の顔を見た。

「しかし、九時三十分過ぎに出た事は事実なんですから、九時三十五分に間に合ったとは思われませんな」

「それもですよ、毎晩九時半に大門を閉めると云うのは、要するに習慣的行為なんだから、単に機械的に時計を見て、その毎晩の仕事を繰返したのだと思う。それだけに女中お清の証言は大切なのだが、又それだけに研究の余地があると思いますね。これは、大阪駅に於ける番頭の場合と同様ですよ。番頭にした所で客の出迎えと云う奴は、一種の習慣的行為なんで、要するに新潟から来たものと頭から思い込んで出迎えた訳でしょうからね」

神尾は妙に暗示的な云い方をして微笑した。永田が腑に落ちないと云ったような顔付をしていると、神尾は立ち上がってネクタイを結び直しながら、

「とに角、犯罪と云う事実があって、犯人が居ないってこたあないですよ。ハハハハ。何うです、銀座に出てビールでも飲みながら、まあゆっくり考えようじゃないですか」

＊

二人が銀座に出た時は、初夏の夜が爽かな涼気を送り始めた頃で、狭い鋪道は雑沓の極に達していた。光波と騒音と人波。――それらの大きな流れ、渦巻。

神尾は何故か春木俊二の変死事件に絡まる、相当重大な推理の障害に乗り上げたにも

拘わらず、格別それに触れようとはせずに、瑛子殺害事件のその後について細々と訊ねながら、巧みに人波の中を泳いで歩いた。特に、北龍荘の書斎で永田が何者とも知れぬ曲者のために、生命を狙われたところへゆくと、彼の興味はその頂点に登り詰めたかのように、あの細い薄茶色の眼を瞬《しばた》いて、一言も聴き洩らすまいとしている風だった。

「左利きと睨んだのは却々《なかなか》の烱眼でしたね」

「いや！」永田はすっかりてれて、「それ以上ちっとも進めないのですから。何《な》んにもなりませんよ」

「そんな事あないさ。急ぐからいけないと思うね。その中《うち》に段々と手掛りが出来て来ますよ」

神尾はちょっと立ち停って点火器《ライター》で煙草に火を点けた。そして二人が尾張町の交叉点迄来た時だった。ふいに永田が立ち停って、向う側の明るい飾窓《ショウ・ウインドー》の前に立っている二人の中年の男に視線を止めたと思うと、「おや！」と呟いて混雑《ひとごみ》に揉まれつつ二三歩逆戻りした。

二人共後向きに立って話をしているので、顔は見えなかったが、永田は向って左側に立っている背の低い男の後姿に気を取られているようだった。その中《うち》、二人の紳士は話が終ったと見えて、背の高い右側に立っていた方は、軽く頭を下げてさっさと雑沓の中に呑まれて行った。左側の方の男はそれを見送るようにして立っていたが、くるりと向きを変えて何か捜し求めるような様子で鋪道の方に顔を向けた。と、ツカツカと永田が

神尾の傍に寄って来て、

「神尾さん！　あれですよ、高根という男は」

「高根？」と云って、さっと鋭い視線を送っていたが、「あっ、円タクに乗ったね。尾《つ》けよう、とに角尾けて見よう、ビールなんかどうだっていい」

神尾は高根の乗った円タクを見失うまいとして、大急ぎで一台の流しを呼び止めた――。

「おい！　あすこを行く20315号の後を巧く尾けて呉れ給え！」

口早に運転手に命ずると、神尾はこれでよしと云ったように上衣の釦《ぼたん》を外して、富士絹のシャツを夜風に靡かせた。永田の胸中には持って産まれた冒険性が急にむくむくと湧き上がって来た。

「さっき高根と話していた男には見覚えがないですか？」

「さあ」と云ったものの、永田はそれがどうしても思い出せなかった。ちらとその横顔を見た時には何処かで見たことのあるような男だとは思ったが、夜目にもそれと、ひどく顔色の蒼白い、――ただそれだけの印象だった。

「見覚えはありませんね」

「………」神尾はじっと前方の車に眼を注いだまま黙りこくっていた。

運転手は二人を其筋の者とでも考え違いしたのだろう、かちかちになって把手《ハンドル》を握り締めて巧みに雑沓の中を縫って行く。

「万世橋じゃないですか？　ここは？」永田は目まぐるしく後退りしてゆく街の夜景を眺めながら頓狂な声を揚げた。

「そうですよ。何うしたんです？」

「変ですね。高根は東大久保の別宅に居る筈だのに……」

前方の車は新道路を一直線に、切通し下の電車線路を横断《よこぎ》ると左に折れて不忍の池畔を走り出した。

「妙な所へ行くなあ」神尾が呟く暇もなく、車は相染橋《あいぞめ》を渡って右へぐんぐん速力《スピード》を出して桜木町のとある小路の前で停った。二人の車はその20315号を追い越して、暗い街路樹の下で停った。

「早く！」神尾は運転手に銀貨を握らせると、永田の腕を引張って高根の這入った小路に足音を忍ばせた。

右手に洋杖《ステツキ》を振りながら、小刻みに暗がりを歩いて行く高根の姿が、影の様に十間ばかり向うに見える。永田は帽子《ソフト》の廂《ひさし》をぐっと下して、神尾の背後にぴったり寄り添うて続いた。高根は小路の突当り近く迄行くと、更に細い横丁に曲って暫く歩いていたが、そこを突切って今度は少し広い小路の真中に、一尺四方ばかりの道石を敷き詰めた上をコツコツ歩いて行った。

「何処まで行くんだろう？」もどかし相に永田が囁いた時、神尾がさっと横跳《よこと》びに身を匿したので、永田もそれを真似て前方を見た。

そこはもう全く小路の行き詰りで、谷中の墓地と柵を隔てて続いている、いやに物寂しい静かな場所であった。高根は其処に建並んでいる、端から二軒目の小ぢんまりした二階建の家に姿を消した。

神尾は身動きもせずに暫くの間佇《たたず》んでいたが、軈《やが》て永田の足元を指して、注意しながらそっと黒塀に添うてその門の前に立った。玄関先に小さな門灯が鈍く光っているものの、門札が読みづらい。それを察したと見えて、永田は衣嚢《ポケット》の点火器《ライター》を探って火を点けた。瞬間、神尾は門札を見詰めていたが右手で永田に合図をするとさっさと踵《きびす》を返して歩き出した。

「桜木町三十六谷川ウメか。永田君、覚えてて下さいよ」

二人はそのまま上野公園の闇を貫いて公園下の明るみに出た。眼の前に明滅する広告塔のネオンサインを眺めながら、神尾は何処となく晴々しい声で云った。

「さて、今度こそはビールでも飲もうじゃないですか。ああ喉が乾いた！」

都大路の夜は更けて、紫暗の空には無数のエメラルドグリーンがきらきらとまたたいて仰がれた。

二　飛行館訪問

翌日《あくるひ》の午前十時――。

神尾と永田の姿は、桜田本郷町にある飛行館に現われた。

「どうです。一寸《ちよつと》ここの内部《なか》を見ませんか？　色んな飛行機の模型がありますよ」

神尾は永田を顧みて入口の廻転扉《ドア》を押した。

館内には神尾の云った通り、様々な飛行機の模型だとか、大型の実物大の発動機だとか、プロペラーの分解したものだとか、フォッカーの八人乗や、同じ型のスーパー・ユニバーサルだとか、そうかと思うと、ドルニエ・ワールの六人乗水上飛行機だとか云った日本航空輸送飛行機の粋を尽した写真等が一ぱいに陳列されてあった。

それにしても、一体何ういう目的で飛行館などへ入ったのか、永田には神尾の気持が解らなかった。神尾はそうした陳列品には一瞥も呉れないで、正面にある、正確に云えば日本航空輸送株式会社東京営業所の、貧弱な事務所の窓口に行って、丁寧に帽子を脱いで名刺を出した。

「航空券の控綴《つづり》を見せて頂き度いのですが、実は一寸《ちよつと》司法上の事で調査したい事がありまして——」

「何時《いつ》頃のですか？」若い事務員が、名刺と神尾の顔を等分に見比べながら云った。

「五月十三日火曜日の口ですが」

「午前の方ですか、午後の方ですか？」

「午前の方です」

「一寸《ちよつと》お待ち下さい」

事務員は首を引込めると、何か云っていたが、整理棚を探して航空券の控綴《つづり》を取り出し、或る頁《ページ》をめくって神尾の前に出した。彼は出された綴りを暫くの間探していたが、求めていたものが見当らないと見えて、眼瞼《まぶた》をパチパチ瞬《しばた》いて、

「航空券は、確か一週間前から発売している筈でしたね？」

「そうですよ」無愛想な声で事務員が答えると、神尾は、十三日から先の日附の分まで一枚々々注意深く調べた。間もなく彼の視線は、四五〇番の航空券の控にぴたりと止った。

四五〇番
発行日昭和×年五月十日
住所市内上野桜木町三十六
氏名　谷　川　　勇

神尾は手早くそれを手帳に記入すると、鄭重に礼を述べて控綴《つづり》帳を返しておいて事務員に訊ねた。

「午前の方では、営業所《ここ》から飛行場《はねだ》へ行く自動車は何時に出発ですか？」

「七時五十分か、遅くっても八時迄には必ず出ます」

「それから航空券は、無論本人でなくとも買えるものでしょうね？」神尾は帽子を手にとりながら、駄目を押すようにして訊いた。

「そうです。申込用紙に住所氏名を記して料金を添えてお出しにさえなれば……」

「いや有難う」

神尾は飛行館を出てからも一言も口を利かず、じいっと何事か考え考え歩いている様子だったが、帝国ホテルの前まで来ると歩調を緩めて燻《くす》んだ黄褐色の建築《たてもの》を眺めながら、やっと口を開いた。

「ね、永田君！　犯人が東京在住のものでなくて、瑛子さんの側《そば》に居たものであることは以前に詳しく君に話した。僕は何うしても犯人は立派な不在証明《アリバイ》を作っているものと睨んでいるのですよ。詰り……」

「高根がですか⁉」

「いいや。特に高根と名を指す訳ではないんだが、とに角犯行そのものが非常に理智的で巧妙であるように、犯人は凡《あら》ゆる可能な範囲で完全に近い不在証明《アリバイ》を拵えたのだと考えたいのです。特に、昨日から君の話を聴いている内に一層その感を深くした訳ですよ。……一寸《ちょっと》公園の腰掛《ベンチ》で休んで行きませんか」

神尾は先に立って、日比谷公園の花壇を前にして腰を下した。そして綺麗に刈り込んだ芝生の緑に眼をくれながら、先を続けた。

「前にもお話したように、あの五月十三日の朝、春木君へ電話をかけた女を探していたのですよ。そこはやっぱり警察ですな。確かお話した筈ですが例の畑と云う刑事が、大《おお》童《わらわ》で努力した結果、あの朝本郷の改善館へかかった電話と云うのは、公衆電話で、而《しか》もそれは桜木町の公衆電話のボックスからかけたものである事が分ったのです。だから桜木町附近には、犯人に関係のある女が居ると云う事になりますな。大変粗雑《ラフ》な推理ですのです」

が」神尾は煙草の灰を食指で落して、「そんな訳で、昨夜《ゆうべ》は全く素晴らしい獲物だった

「するとなんですか、あの谷川ウメと云う女が電話をかけた……」

「そうとしか思われませんね。他所《よそ》にいる女が早朝、わざわざ桜木町まで行って公衆電話をかけるとは一寸《ちょっと》受取れんですからな」そう云って、神尾はふと気がついたように腕時計を覗くと、「おっと、もう十一時ですね。僕原稿があるから社に行きますが、君は？」

「さあ、少しぶらついて頭でも良くしますかね」

「いや、どうも――」

二人は公園前で別れた。神尾が美松《みまつ》の角を曲って行くのを、日比谷の交叉点の手前で見送っていた永田は、濠端に添うてぶらぶら歩き出したが、帝劇の前辺《あたり》迄来ると何にを思いついたか急に足を返して、今度は怖ろしく急速な歩調で歩きだした。

彼の顔は非常な緊張を示して、眼も活々《いきいき》と輝いている。彼の頭脳は、今神尾から受けた暗示を解き始めたのだ。仮りに、高根があの十三日の夜九時三十五分に乗ったとか乗らないとかと云う事は問題外として、即ち神尾の言葉を借りて云えば、高根などと云う下らない固有名詞に捉われないで、犯人が午前六時五十分着の汽車で東京へやって来て、その同じ日の午後一時十四分には大阪に到着していると考えたら何うなる。

その時、ひょいと永田の脳裡を掠めたものは、18073号を盗んだ運転手が神尾に語っ

たと云う言葉中、「その紳士は、桜田本郷町迄やってくれ、と云った」と云うことだった。

永田は飛行館の受附に行って、「定期航空」の案内書を一通貰うと、館内のソーダ・ファンテンへ飛び込んで、「アイス・クリームをくれ！」と女給《ウエイトレス》に命じて、いきなり定期航空の時間表を睨みつけた。

羽田発午前八時四十分

木津川尻《きづがわじり》着午前十一時三十分

それを見てじっと考え込んでいた彼は、衣嚢《ポケット》を探って手帳を取り出すと次のように書いた。

(A) 犯人ハ午前6時50分ニ上野駅ニ到着、若シクハ該時間ニ其処ニ居タ

(B) 春木俊二ガ彼ノ加害者ト共ニ居タト推定サレル時間ハ、6時50分ヨリ7時30分位迄ノ約40分

(C) 何故ナラバ犯人ハ飛行館ヘ7時50分迄ニ行ッテ居タ筈デアルカラ

(D) シカモ犯人ハ同ジ日ノ午後1時14分ニハ大阪駅ニ居タ――コレハ羽田発8時40分ノ旅客機ヲ除外シテハ考エラレナイ。

(E) 桜木町36番地谷川勇ナル者ノ航空券控氏名番地ト谷川うめトノ関係。

(F) 旅客機ハ午前11時30分ニハ木津川尻ニ到着スル。ガ、大阪駅ヘ入場券デ入ッタノデナイトスレバ、犯人ハ如何ナル方法デ午後1時14分着ノ汽車カラ降リタカ、

又ハ降リタト全ク同様ニ見セル事ガ出来タカ？

＊

毎朝社の編輯室――。もう十二時五分過ぎだ。神尾がニコニコ笑いながら受話器に耳を当てている。

「ああ、永田君、……何処にいるんですか？　何に――また後戻りして、うん、忙しくって今一寸《ちよつと》手を離せないんだが……。はあ、はあ、一時十四分着とぴったり同じくホームに入る汽車が大阪駅にないかって？　ほほう。もう其処まで行ったのですか、凄いですね。何に？　ええ。ありますよ。城東線を調べて御覧なさい。あれは十二分毎に発《で》る筈です、まあ加算して見るんですな。うん、……そう、桜の宮と云う駅がある、そこら辺から乗ったとしてもいいでしょうな。……さあ、併し、木津川尻から桜の宮迄は一時間以上かかりますね。だから、え、そうですよ、詰り、十二時四五十分迄には何うしたって、出られる訳ですね、城東線の駅迄そんなにかかるのは距離にしちゃ不合理だって？　いや、途中に渡し場が一つあって、其処で手間どる訳ですからね。ええ、そうです。うん、……じゃ失敬！」

＊

それから二日が慌しく過ぎた。細々しい事件が頻発すると云うので、神尾が可成り忙《せわ》しかった為、永田とゆっくり語り合う機会もなかった。

永田は、その間に次の二つの事だけを考えていた。
一、女中お清の証言が虚偽でない以上、今迄の推理をもってしても、犯人が高根である事は否定しなければならないことになる。
二、他の情況証拠はとも角、スコポラミンや麻酔薬の出所が判明しないことは、推理を根本的な破綻に導く事になる。
彼にはその二つの点が何としても気懸りでならなかったのである。

今夜こそは、神尾と色々話合って見よう、と考えた永田は、一通り順序を立てて以上の事を考えてから、退屈凌ぎに好きなシネマ見物に出向いた。

邦楽座で昼興行《マチネー》を見て、外へ出たものの未だ六時前である。夕食にも早いし、況《いわ》んや神尾を待つには少くとも三時間位は早過ぎる。出たらめに市電に飛び乗って、神田に出た。古本探しをやろうと云うのである。

神保町《じんぼうちょう》の交叉点に来た時、彼は騒々しい新聞売子の鈴の音《ね》にひかれて彼等の方を眺めた。見ると、「懐しい故郷の新聞」という広告文が眼についたので、N新聞を一部買い求めて小川町の方に向って鋪道を歩きながら開いて見た。何気なく――。

が、その途端！　彼はハッとして吸い附けられるように或る大見出しに凝視《みい》ったのだった。

三　河畔の捕物

社会面にある大見出し――。

　謎の令嬢殺し事件の解決？

　　新進井村刑事の殊勲！

　近来の怪事件として世人を戦慄せしめた富豪山津常太氏の愛娘《まなむすめ》瑛子殺害事件は、既報の如く一時は全く迷宮入りを伝えられたるも、赤間捜査課長、中川司法主任其他各刑事の不眠不休の涙ぐましき努力に依り次第に曙光を認められ、遂に今暁二時新進井村刑事の必死の活躍により有力なる嫌疑者を逮捕し得た。

　当局は目下その身分姓名等一切秘し居るも、本社の仄聞するところによれば前記嫌疑者は、意外にも西護岸工事浚渫船の船長松木某氏なるべく、これは当局発表の古老隻手云々の特徴と合致するや言を俟たざるものである。同人の逮捕を見るに至った経路を記《しる》せば一篇の怪奇探偵物語に近きものあるも、その詳細は追って発表の予定であるが、昨夜深更、怪しき曲者が山津本宅邸内に忍び入りたる後、信濃川河畔に添うて逃走せんとするを、折柄警戒中の井村刑事により逮捕せられたるものなる事を附記する。

　これに依って当局は俄然緊張を示し捜査課及び司法部の各刑事は電光の如く各方面に散り目覚しき活躍を開始した。云々。

「支局からの電話もあったので、色々考えて来たんだが……」神尾はコーヒー茶碗に唇を当てた儘で、「まあ、大分面白くはなって来たと云うものの、しかしこの記事の半分は与太ですね。……何も強いて今夜中に帰らんでもいいじゃないですか」

「書き方は妙ですが、思い当る事があるのですよ。佐渡の青野峠の山奥で、金塊の奪い合いをやった時に、片腕をやられた男だと思うのです。あれは確か右腕を取られた筈ですから。それに浚渫船と云うのも気懸りです。兎に角一寸《ちょっと》行って来ますよ」

「そりゃあ、まあ行くに越した事はないでしょうが、ね」

神尾は頬に冷たい微笑を浮べて、じいっと鋭い視線を永田に注いだ。

＊

港街は嫌疑者の逮捕で割れるような騒ぎだった。

永田は各紙に一通り眼を通したあとで、井村刑事に会って訊ねた。

「そうなんだ。浚渫船の船長で松木とか云う右手のない老人だよ。目下色々取調べ中なんだが、……」と云って、彼は暗い顔をしながら、「山津に恨みを抱いてる者だが、瑛子を殺したのは僕じゃない、と云って何処迄も突剣《つっぱね》るんだ。何のために山津家の本宅の辺りをうろうろしたかってきくと、怖ろしい形相《かお》をして、山津に恨みを晴らす機会を探していたのだと、ハッキリ云うんだよ。……君を狙ったのも此奴《こいつ》の仕業だと思ったので突込んで見たのだが、全然否認している、……併し左利きだろう、奴に違いないさ」

「そうか、じゃ前から本宅に忍び込んだり、妙な投書を寄越したりしたのは、……」と云いながら、永田は衣嚢《ポケット》から小寺記者から貰って置いた社宛の投書を示して、「その男のやった事なんだな。して、何うだい、取調べはどんどん進みそうかい？」

「係官の腕次第だろうが、もう解決されたも同様さ、古狸だけに手古摺《てこず》っているんだよ。早速山津の方も取り調べる事にして、東京へ刑事が出張した筈だし、ね」

「何んにしても、君は男を上げたじゃないか」

「いや！　そんな事はないよ」

彼は柄にもなく頬を染めて否定したが、流石《さすが》に嬉し相な顔をして帰って行った。

永田は露台《バルコニー》に出て花壇を眺めていたが、つと立ち上がると、本宅に電話を掛けた。

「若《も》し若し。君は誰れ？　ああお清ちゃんか。うん、あ、今朝帰ったんだ、あの新聞を見たんでね。……さあ、何うかね。そりゃあそうと、お千代ちゃんだったね。あの女《ひと》の居所は未だ分らない？　うん、うん、そうか、何分気を附けてて貰い度いね。あ、……何土産？　買って来ないよ、ハハハ……」

その電話を切ると、毎朝支局の安田にも掛けて見たが、これもやはり得る所がなく終った。

午後から、永田は未だ傷の治っていない赤《ルジヤ》を伴《つ》れて曾て瑛子が惨殺された海手の新道を廻って街へ出ると、明るい太陽の直射を受けてのうのうした気持で信濃川河畔迄歩いて行った。そして山津家の本宅を右手に見ながら考え考え歩いている中《うち》に、いつの間にか浚渫船の真向い迄下っていた。

今日は休みだと見えて、起重機も機関《エンジン》も動いていない。永田がその辺をぶらぶらしながら歩いていると、浚渫船から小さな短艇《ボート》が下されて、人夫らしい連中が四五人でドヤドヤ此方《こっち》の対岸《きし》に上がって来た。何んと考えたか、永田は彼等の側に近づいて、

「今日はお休みですか？」

「午後《ひる》からだよ」

その中《うち》の一人がそう云って凄い眼で睨んだ。だが永田は一向無頓着に、

「お前さん達だけで全部かね？　この船に乗っている人は？」

薄汚いパナマをかむったのが行き過ぎながら答えた。

「そうじゃねえよ。船長の息子が、も一人居らあ……」

「船長の息子？」

「そう云うガンだてば――」

タオルを首に捲いたのっぽが地言葉で、さも面倒臭そうに云い放つと、彼等はがやがや話し合いながら、ごちゃごちゃ建並んでいる淫売町の方に離れて行った。

それを見送っていた永田は其処等辺をくんくん嗅ぎ廻っている「赤《ルジヤ》」を呼んで、そこから一町程も離れた叢《くさむら》の蔭に腰を下して寝転んだ。

夏が間近に迫った空の色だ。永田は眼を閉じてじっとしていた。軽快なリズムで発動機船が上下している音が聞える。小蒸汽の音に混って佐渡や函館通いの貨物船の汽笛が響いてくる——。そして二三十分も経った頃彼は遂《つい》うとうとと仮睡《まどろ》んだ。

突然、けたたましい「赤《ルジヤ》」の吠え声に、「おや！」と驚いて起き上がって見ると、たった今浚渫船からの短艇《ボート》で岸に降り立ったばかりの若い猪首の男に、「赤《ルジヤ》」は物凄い憤怒の形相で吠えたてている！

彼が止めようと思って声をかけると、猪首の男はさっと顔色を変えて、いきなり足元に落ちていた棒切れを拾い上げて「赤《ルジヤ》」に投げつけた。左手だ！　永田の全身は緊張した。足には正しくゴム靴を穿いている！　永田は、ウオッ！　ウオウ！　と吠えながらその男ににじり寄って行く愛犬と一緒に、じりじりと詰め寄った。

猪首の男は恐怖と絶望に光る眼を据えて、一歩々々後退って行く。もう一二間で河だ。その時、永田は何んと思ってかいきなり「赤《ルジヤ》」の首を抑えて、

「馬鹿！　人違いするじゃないよ！」と叫んでさも口惜しそうにいい、いきり立つ愛犬を確《しつ》かりと捕《つかま》えた。

だがそれは彼の計略だった。猪首の男が、ほっとしたらしく薄気味の悪い笑いを浮べて額の冷汗を拭く暇もなく、永田はいきなりその左腕を捕《とら》えた。そして、

「いや、先達ての夜はどうも」と笑いながら男の顔を睨みつけた。

「………」彼は黙って突立っていた。

「僕は山津の息子じゃないぜ。君は感違いしたんだろう」

その言葉を聞くと、猪首の男はぎょっとしたように永田の顔を見ていたが、一種云いようのない複雑な表情をして、呻き声を揚げた。

「うあう、うあう！　ああ、ああ」

これには永田も聊《いささ》か度肝を抜かれた。

(唖《おし》だったのか？)

その時、附近に張り込んでいたであろう顔見知りの刑事が二人大急ぎで駈けて来て、永田に一寸《ちよつと》会釈すると、そのまま猪首の男を捕えた。

「船長の……」と云って永田は顎で浚渫船を指しながら「息子ですよ。……この男じゃないですか？」

「そうですよ。船から出て来るのを今朝から待ってたんですよ。親爺《おやじ》の話じゃ唖で何にも出来んというんだが、どうも共犯らしいでしてね……」

*

その日の夕刊には変った記事もなかったが、翌日の朝刊と夕刊には猪首の唖の男について盛んに書き立てた。

「二刑事の大捕物、……該事件に何等かの関係あるものと思われる、か――」

永田は微笑みながら新聞を読み終えると、北龍荘を後に、夕食後の散歩に出た。そして単衣《ひとえ》の袖に涼しい風をはらませて、夜店を見ながら街を一廻りして、疲れた足を喫茶店に休めて、冷いソーダ水を啜っているうちに、妙な哀愁《ペーソス》が胸に沁みて来た。瑛子の円らな澄んだ瞳がちらと脳裡を掠めたからだった。それは悲しみに似た気持だった。

（春木君も、瑛子さんも不幸な人間だった――）

永田は喫茶店の憂鬱なレコードの音律《メロディー》から逃れるように外《そと》に出た。さてどっちに歩いたものか、そんな様子で立ち上がっていたが、広い通りを左に折れてN新聞社の前を通って浜手の道に出ようと思った時、突然若々しい聞き覚えのある声で呼び止められた。

「やあ！　永田君じゃないかね？」

振返るとそれはN新聞の小寺だった。

「宿直で社に行くんだ。今飯を喰いに家へ帰って来て……」

「暫くだったね。何うだいお茶でも飲まないか？」

「有難う……」小寺は時計を覗いて、「でも九時半だからね、顔を出さんと悪いだろう。社に来ないか、将棋でもやろうじゃないか」

「邪魔じゃないのか？」

「忙がしい事もないから……」

そんな訳で、永田は小寺と共にN新聞社の宿直室で将棋を始めた。却々《なかなか》止められない。十二時近くなったので、永田は帰ろうと思って、小寺に送られて編輯室の前迄来た。と、ジリリ……と激しく電話の呼鈴《ベル》が鳴り出した。

「何処からだろう、一寸《ちよつと》待って呉れ給え」

小寺は原稿用紙と鉛筆を握って受話器にしがみ附いた。

「はい、若《も》し若し。何方《どちら》？　東京支局。はい、うん……。何んだって？　はい、ああ、若し若しも少し高く何卒《どうぞ》。高根？　はい、あの山津常太さんの秘書の高根だって？……うん、今夜九時頃に？……はい、場所は？　はいはい。オリエンタル・ホテルの二十三号室で……はい、はいはい」

電話を離れると、小寺は心持ち蒼褪めた顔色で、要点を筆記した原稿用紙を握り締めて、永田の側《そば》に寄って来た。

「また事件だ！　東京支局からだが、高根さんがオリエンタル・ホテルで殺された、と云うんだ。九時半と云うんだが、ちょっと信じられないね……」

四　秘書殺害事件

翌朝の一番列車で、永田は愴惶として再び上京した。

上野に下車して、午後七時、毎朝新聞の応接室で神尾に会うまでの間に、彼は各種の新聞を買い込んで、高根殺害事件の輪廓《アウトライン》だけは知ることが出来たが、直接神尾の口から聞き得た事実には更に意外な点が多かった。

「犯人の目星は何かついてますか？」

永田が先ず口を開いて訊くと、

「犯人は判らないが、どの新聞にもまだ兇器のことは書いてないようですね」と神尾は静かな口調で答えた。高根が殺されたと聞いて、慌てふためいて飛んで来た永田には、神尾の落ちつき澄ましたその態度が少々意外に感じられた程だった。「詳しいことは明日でないと解らないでしょうが、とに角、その兇器というのは新潟から廻されたのと同一の品らしく思われましたね。僕には」

「ほう？　で、その他には？」

「そうですね、じゃ新聞に出ないことも大分あるから一応話しましょうかね」

神尾はそう云って、大体次のような事実を語った。

昨日——六月十九日（金曜）——の午後三時頃、オリエンタル・ホテルの受附に背の高い痩型のすらりとした、ひどく顔色の蒼褪めた鼻下にちょび髯を蓄えている、中年の紳士が現われて、部屋の申込みをして、宿泊名簿には左のように署名した。

仙台市南町通一番丁二ノ四

福田健助（三十一歳）

そして鍵を受け取るとボーイに案内されて、三階の二十三号室に這入った。暫くすると、ボーイに夕食は五時半頃自室でするから、と云って一寸《ちよつと》外出した。その間約一時間位だったが、何処へ何のために行ったのか解らない。

彼が夕食も済んだ午後七時頃、中年の紳士が又一人受附に現われて、「二十三号室にいる福田と云う人にお目にかかり度いから、取次いで呉れ」と云ったので案内した。それが、高根純一と云う人だった。何の用事で訪ねて来たのか、如何なる会話を交えたか全然解らないが、福田はボーイを呼んで白葡萄酒の瓶とグラスを二つ取り寄せた。それが八時少し前の事だった。

九時十分頃、或るボーイが確か福田と覚しき紳士が、化粧室《トイレット・ルーム》から手を拭きながら出てくるのを見懸けた。だが、その儘部屋へ立ち返った様子だったので、九時二十分頃寝床《ベッド》の用意を聞きに行って二十三号室の扉《ドア》を叩《ノック》したが何の返事もない。事務室や受附に行って訊ねて見たが、福田が外出した様子もないので、訝かしく思い鍵を調べて見ると、鍵がかかっていることが解った。

「どうも変です」

と云う訳で合鍵を持って来て開けて見ると、部屋の中は真暗なのだが、一種異様な匂いがした。スウィッチを入れてパッと明るくなった部屋の中を一眼見ると、ボーイは「アッ!」という叫び声を揚げて事務室に跳んで行った。

それから大騒ぎが始まった。所轄丸の内署、警視庁、地方裁判所からは書記、予審判事、検事、そして警察医が時を移さずに駈け附けて来た。

中央のマホガニー製の卓子《テーブル》の上には、洋杯《グラス》が二つ、椅子の位置から多分福田の方と思われる一つは半分程葡萄酒が残っていて、他の一つは空だった。高根は左胸部をただ一突に刺されて、物凄い血溜りの中に俯伏せになって倒れ、厚い絨毯が血潮に浸みて凄惨な光景を呈していた。検死官は、鋭利な刃物による左脇下部刺傷即死、屍体発見時間より約一時間半前——八時四十分頃絶命という断定を下した。

小川警部、畑刑事の鋭利な警察眼は、中庭に面した窓の、内側の窓枠にある微かな指紋——血痕附着せるもの——を発見し、兇器乃至は証拠品となる可きものは、或いはこの窓から投げ捨てたものではないかと云う推定の下に、捜査の結果、中庭の隅から両刃の短刀が発見された。綺麗に洗われたものらしいが、一見して該殺人に使用した兇器なる事は、係官一行の等しく認めた所であった。

屍体検視の結果明らかになった点は、
一、チョッキの衣嚢《かくし》に入っていた現金四百円、及びプラチナ懐中時計其他の物品は総てそのままなる事より、兇行の目的は物品になかった事。
二、被害者が抵抗せる模様なき所より、犯人は麻酔剤を用いた上で犯行を敢てしたものである事。
これは葡萄酒が僅かより飲用されていない事を見る迄もなく、飲酒による泥酔とは想像されないが為である。

次に隣室の人々や給仕等についての係官の調査の詳細は不明であるが、神尾自身の調べたところでは、隣室の客はいずれも外出中であったらしく、部屋係のボーイの話では八時過ぎ自分が葡萄酒をもって入って行った時、二人は卓子《テーブル》を隔てて何だか気拙《きまず》そうな顔をして無言のまま対座《むきあ》っていたが、その時ふと気づいたことは福田という人は最初見た時に確か髭があったと思うのに、その時は無髯であったので不思議に思った——という。それで受附の事務員や他のボーイにも訊いてみると確かにあったというので、その点は係官の間でも大分問題になったらしい。つまり二人の人間がそこにいたのではないかという疑惑である――というような話。

「まア、大体こんなことだが」神尾は煙草を灰皿に突込みながら、「髭のあるないは係官でなくとも大分面白いですな。髭一つで変装というも怪しいが、相恰《そうごう》は大分変るだろうからね」

「確かに――ところで背が高くて痩形のちょび髭というと、先達ての晩、尾張町で高根と話していた男らしくも思われますね」

「そう、僕もそれは最初から考えてたんだが、それに何んとか云いましたね、船江小町か、その船江小町の本名福田イソとも姓だけは不思議に一致してますね。それに兇器が瑛子失踪、いや殺害事件のものと非常に似ているところなど考え合すと、何かその間に関係があるようにも思われますがね」

「それであの谷川ウメという女には当ってみませんでしたか？」

「それですよ。実はそいつで大失敗をやって小川警部に散々油を搾られて来たんです、先刻《さっき》。僕、警察よりも先にあの女の家へ飛び込んだんです、するとしらっぱくれて何にも云わないものだから少しばかり嚇《おど》してみたんだが、高根の情婦だけあって、一筋縄でいく代物でないので一応引揚げて来ると、その後へ、警察の方から行ったんだそうだ。するともう風を喰《くら》って、後には僕の名刺があったというわけで、小川警部がかんかん怒って、いやはやひどい目に会いましたよ」

神尾は長い髪の毛を引掻きながら苦笑した。

「どうしてまたその女のことが警察に分ったのでしょうね？」

「新潟へ照会して東大久保の山津の別宅から段々と調べて来たのでしょう。何でも自分の義理の妹だとか云ってあったそうですがね。しかしそれはまア宜《い》いとして、高根が春木殺害の犯人であることはもう確定ですよ。僕は小川警部を怒らしたのでその代償にすっかり経路を話して証拠品もやって来ましたよ」

「証拠品ですって？」

「まア立派な証拠品と云っていいでしょう。実はあれからずっとあの女の家《うち》へ屑屋をやって紙屑を買わしたんです。するとこの二三日前やっとお払いものが出て、その中に破いてはあったが新潟から高根が出したハガキの切れ端が出て来たんです。新潟の消印で日附は五月十一日、それで打合せの件云々とあるので、先ず電話呼出しの件と見て差支ないでしょう。が、その方はもう片がついたから宜いとして、話を高根事件に戻しますかな。実はもっと重大な事が一つ残っているんです、それは松林の中で拾ったナイフにあった指紋は確か特徴のある蹄状指紋と云いましたね？」

「そうです、が……」

「ホテルの窓枠についてたのも、やはり蹄状指紋なのですよ」神尾は驚愕の目を瞠《ど》っている永田に関《かま》わず、「……鑑識課でもそう云うのだから間違いないでしょう。何うにも妙な一致ですね――」

「何《な》んですって!」

永田が余り大きい声を出したので、四辺《あたり》に居った人々が吃驚《びっくり》して二人の方を振り向いた。

「やたらに混雑《こんがら》がって来ましたね、待って下さい……」

「いや、何にも混雑《こんがら》がってはいませんよ。まアゆっくり考えて見るんですね――」

＊

その夜、永田は神尾の下宿で夜半過ぎまでいろいろのことを語り合って、翌朝目を覚ましたのは九時過ぎであった。洗面をして新聞を読んでいると、そこへ永田宛に一通の手紙がとどいた。差出人は新潟の本邸にいる女中のお清であった。

永田様

新聞で高根さんの死を知りました。取り急ぎ要件のみ認《したた》めます。昨日の午後、私は街でひょっこりお千代ちゃんに会いました。とても華美《はで》な服装《みなり》をしていますので、色々訊ねますと、船附場の近くにある、小料理屋に住み込んでいるとの事でございました。

あの先月の十二日夜のことを訊ねて見ました所、私達は二人共妙な間違いをして居りましたの。それは他でもございません。翌朝お千代ちゃんが起きた時、事務室の時計は五時半なのに、お茶の間の大時計（これは毎晩私達が大門を閉める時に見る時計です）は五時五十分か六時近くだったそうです。一度も狂った事のない時計ですのに、一体あの晩に限って何うしたというのでございましょう。私達は、二十分も時計の進んでいたのも知らずに、九時半だとばかり思い込んであの晩大門を閉めたのでございます。

こんなことでも御役に立ちますかしら――。

高根さんの事が新聞に出ると、本宅は御主人もいない際とて、ごった返して居りますから……。

（中略）

永田は呆然として、その手紙を神尾に見せた。神尾は読みにくい女文字の文面をゆっくりと読んでいたが、

「ははは」と、朗かに笑って、「大方《おおかた》そんなことだろうと思った。これで先ず春木事件は解決ですな」

と手紙を永田に返した。

＊

毎朝社の編輯室には、明け放した窓から涼しい風が吹き込んでいた。

「はいはい。安田君かね？　うんうん。高根が死んだのなら仕方ないって、主任がか……。死ぬ迄は饒舌《しゃべ》らない積りだった訳だね。うん、スコポラミンとエーテルだったかね、やはり。……ははあ注射器もね。うん、薬を持ち出したのは四月の月末だって？なる程、有難う。あ、若《も》し若し。何に？　うんうん。さあ、知らないでやったのだから大した罪にはならんだろうね。はいはい。あ、その水質試験所の主任に安心させた方がいいね。じゃ！　いや、有難う。何に？　ハハハハ……。そりゃあ間もなく、本社詰だろう君位の腕があればね……。失敬！」

五　ベッドの議論

翌日《あくるひ》の午後には、高根純一の屍体解剖の結果が解った。

大体は検視官の見立と同一であったが、新しい発見が一つあった。それは、極めて少量のストリキニーネが屍体の胃液中から検出された事である。

一方犯人は何処に潜伏したのか、又即時全市に敷かれた非常警戒網を如何に突破したのか、全く何の手懸りも残さずして影の如く消えて了った。

兇器も、指紋も発見され、その上蒼白い顔をした背の高い、髭を生やした、――という人相の特徴迄解ったにも拘らず、事件突発の当日より既に三日目の夜を迎えようとしても、犯人の行方は依然として不明であり、逃走経路の端緒すら握り得なかった。大胆不敵な犯人は、丸の内署を始め各係官の切歯扼腕を嘲笑して、恐らくは悠々と高跳したのではあるまいか。

だが、神尾は永田に一言もこの事件に就いては語らなかった。表面は平常《ふだん》と何等変りない風をしているものの、鋭く光るその眼は、彼が異常な緊張裡にある事を物語っていた。そうした神尾の態度から永田も身の引き締まるのを覚えて行くのだった――。

考えれば考える程不可解な事件の連続である。

第一回の殺人は、高根純一に依って春木俊二になされた。

第二回の殺人は、何者とも知れない者によって山津瑛子になされた。

第三回の殺人は、何者かの手に依って高根純一になされた。

第二回と第三回の殺人犯人が同一人物である事は、その兇器と指紋から推して最早疑う余地はない。

永田は連続的に起ったこの不可解な殺人事件について、又しても根気良く推理の糸を手繰り始めた。

少くとも彼の知る範囲では、山津瑛子殺害事件は、彼女の父山津常太に復讐せんとする者に依って遂行されたと推定すべきであった。従って瑛子殺人事件にのみ関する嫌疑者は次のようになる――。

一、捕えられた浚渫船の船長松木淳助、及びその息子である猪首の男。

二、船江小町――福田イソ。彼女が生存している事は古風な金時計に依って説明が附く。

三、消極的には池田兼子なる妾も怪しい。当局は何が故にあの五月三十日夜のお兼の不完全な不在証明《アリバイ》と、楊枝入の点を追及しないのだろう。

四、今になって考えると、或いは高根も怪しいのではないかとすら思われる。――瑛子や春木を巧みに殺害すれば、山津家の後継者が無くなるのであるから、老先短かい山津常太の遺言状を、巧みに改変することでも夢見ていたのではあるまいか？

情婦谷川ウメの出現は、高根が心から瑛子に恋していたのではなくて、病的な欲望と莫大な財産を狙う下心からであった、とでも考えなければならない。しかしその推理はどうも拙いように感じられた。いずれにしても瑛子殺害事件の犯人は、発見された兇器から推しても、又未だに屍体が発見されないと云う、巧妙な屍体隠匿若《も》しくは遺棄の遣り口から見ても、女性ではなくて男性であるとしか考えられない。

「松木淳助父子の仕業であろうか？」では、オリエンタル・ホテルでの兇器と、指紋が一致したと云うのは、……考えるまでもなく彼等ではない。

「それでは、船江小町であろうか？」

これも考えられない事だ。小町事福田イソは五十幾歳かの老婆ではないか、彼女が単独で惨忍な兇行を演じられる理由《わけ》はないのだ。成る程、山津常太及びその一族に対しては、死を以て償う程の怨恨を抱いて、復讐の魔女となって何処かに漂泊の身を潜めている事は考えられるにしても、彼女が遂行した犯罪ではあり得ない事を、犯罪の事実そのものが明白に物語っている。

「では、お兼の情夫大野であろうか？」

これは天から考えられない事だ。彼の指紋と兇器の指紋とは全く違っているのであるから――。

こう考えてくると、今迄神尾にも語り、更に又自分も懸命になって探し廻った一切の嫌疑者は、瑛子殺害事件には一人もかかわりのないと云う、惨めな結果を示しているのだ。

が、それにしても、瑛子殺害事件と高根殺害事件とが、兇器と指紋の一致していると云う事は、果して何を物語っているのだろう――。犯人が同一でも、動機は違っているらしく思われる。

「違った、同じ犯人か！」

そう呟いたものの、だが笑いたくもない永田だった。

併し、何《いず》れにしても春木俊二変死事件は一段落を告げた。犯人高根が惨殺された事は、少くとも春木の事件とは関係がない筈である。それは関係なく全然別個の事で何かの動機に依る殺害であろう。

指紋と兇器の一致は、瑛子殺害事件でも或いは高根殺害でも、何《いず》れかが一つ解決される事によって、両方共解決される事を意味しているのだ。

問題はハルビンで発売されたと云う兇器である。これは当然、新潟署からも、又一昨日出た兇器については警視庁の外事課の手を経て、ハルビンの日本総領事館あてに問い合せの手続きをとったのだろう。若《も》し、領事館の調査さえ順調に行けば、両刃《もろは》の短刀を買い入れた者の身元が解り、その糸を手繰って今回の殺人事件も、更に進んでは瑛子殺人事件も解決出来るのだ。

けれども、それ迄手を拱《こま》ぬいて、じっとしてはいられない。

(一つハルビンまで出かけようかな)

永田は途方もないこと迄考え始めていた。

神尾が帰って来たのは十時過ぎであった。ひどく疲れていると見えて、風呂が済む迄は何にも云わなかった。床に入ってからも黙りこんで暫く、煙草を燻《くゆ》らしていたが、

「今回の事件だけは聊《いささ》か弱ったね。単純なようで複雑で、そうかと思うと遣り口なんかは余り凝っていないし……」と独り言のように云った。

「新聞で見ると全市非常警戒を続けているようですね、一昨日以来」

「いや非常警戒なんて奴は、要するにひっかかって来るのを待つだけの事で、曲のない方法ですよ」

「しかし、全然見込みがつかないのですか?」

「それなんだ。オリエンタル・ホテルの非常梯子を伝わって逃げたところまでは、最初の見込み通り警察で調べたんだが、其処から先、何処をどう隠れ廻ってるのか、全然手懸りがないなんて、ちとべら棒過ぎるじゃないかね」

「全くですね……」

「僕もいろいろ駈けずって見たが、要するに疲労儲《くたびれ》けだった……」

神尾は盛んに悲観めいた事を並べているが、永田には何《ど》うしてもそうとは受け取れなかった。

「ね、神尾さん、僕はハルビンへ行って見ようかと考えているんですが……」

「ハルビン？　ははあ、例の兇器の一件でかね。そう願えればそれに越した事はないが、傅家甸《フーチャテン》と云う所は随分ごちゃごちゃしている所だそうですよ」と云って、永田の顔を見ながら、「……併し、外事課から昨日のうちにハルビンの方に調査方を依頼したんだし、新潟は新潟でやはり領事館宛に頼んだろうから、まあ、も少し待って見るんですね」

「一体二つの事件には関聯があるでしょうな、勿論？」

「断定は出来ないが、有りそうですね。兇器は同類同型のものだし、指紋は同じだし、兎に角絡んでいるですよ」

「犯人は男ですね」

永田は何か考えながら、まるで解り切ったことを云った。

「そりゃあ、無論だね」気のない声で神尾が答えた。

「そうなると、僕の推理は行き詰るのですよ、何《ど》うしても」

「理論的にはね。君の云ってるのは、福田イソの復讐なんだね？」

「それ以外には考えられないじゃないですか？」

「そりゃあ、まあ左様《そう》だが――」

神尾はそれなり眼を伏せて了った。永田も暫く天井を見詰めて眼を閉じていたが、

「一体何う云う理由《わけ》で、瑛子さんを殺した犯人が高根をも殺したのか、僕には全然考えられない、……少くとも、あの当時から調査した所によると、瑛子さんは父親常太への復讐者の手によって無惨な最期を遂げた、としか考えられないんだが、それにしては、その犯人が何故高根を殺したか？　動機が皆目解らない……」と呟くように云った。

（しかし……）

永田は直ぐに考え直した。自分ですら、ジャック・ナイフの御見舞をうけたではないか。ことによると、高根も山津家の一員として復讐の刃を向けられたのではなかろうか？――これは、考え得られる事だった。だが、それもぴったりと来ない。

何《いず》れにしても、高根が殺害《せつがい》されたと云う事は、既に事実上迷宮入りとなって了った瑛子殺害事件にとって、かなりの重要性がある事に間違いがない。否寧《むし》ろ決定的な該事件の発展であり、見方によっては、第三、第四の惨劇の予告とも取れない事もないのである。

「永田君……」唐突《だしぬけ》に、眠っていた筈の神尾が話しかけた。「……金時計の内側にある女の幼児《こども》の写真に就いては調査しませんでしたか？　なんとか云いましたね龍子とか？」

「調べようにもちょっと引っかかりがないのです」永田は意外相な声で、先を続けた。

「龍子ですよ、名前は……。僕は多分、福田イソの子供じゃないかと思っているのです

がね。生年月日が書いてないので、何時何処で生れたのかちっとも見当がつきませんが――」

「何う云う訳で山津常太へ贈り返したのかなあ?」

「金時計ですか?」

「……金時計と一緒に写真までも、ですよ」

「さあ……」

「女の感傷癖ですかね。僕は、その龍子とかと云う女の子は、その金時計と同等若《も》しくはそれ以上に、山津氏と船江小町の二人にとっては忘れられない記念品だと考えたのだが……」

「記念品?」永田は鋭く聴き直した。「詰り、山津常太と福田イソの愛の結晶と云う意味ですか?」

「愛じゃなくって、憎悪と復讐――の結晶じゃないですか、船江小町にとっては」

永田は息を呑んで考え込んでいたが、

「それにしても、何うして……」

「金時計は呪詛と復讐のシンボルとして贈り返したとして、若《も》し、その龍子と云う子供が山津に関係のない、自分の腹を痛めたと云うだけの子であるとしたら、何うしてその写真を添えて送って寄越したか、その点が不合理な訳です。山津は何かを知っているか、何も彼も知っているか、でなければ何も知らないかだろうが、恐らく瑛子さんの事件に就いては、何かを知っていると見るのが正しいと思うんだが」

「さあ、それは如何《ど》だか——」

「いや、僕は左様《そう》思うね。君が話して呉れたお兼や高根の言葉によると、金時計の小包が届いた日の山津、鬼山津の変り方、そして小包の内容を他人に知らせまいとして夜中に河に投げ込んだところなど、却々《なかなか》意味深いものであると思うね。無論新潟署としても厳重に取調べもしただろうし、百方捜査の手を尽している事とも思うが、僕の考えでは、恐らく山津は死ぬ迄自分の口から自分の秘密を語るようなことはしないだろうと思う。そこに捜査の困難があるわけで、それにあれはなんとか云ったな——。そう片目の了市だとか、今度挙げられた浚渫船の船長の松木淳助だとか彼の旧悪を知っていて深い怨恨《うらみ》を抱いている連中が生きているのだから、尚更の事だろう。……だから、結局動機にしたところで、山津の口を割る訳には行かないのだから……」

神尾は何を考えてか、不意に口を噤《つぐ》んで黙りこんでしまった。永田も暫くの間妙にひっそりした夜更の風が、かなり距たっている電車通りの方から、生温く不気味に流れてくる音に耳を澄ましていたが、思い余ったような嘆息《ためいき》と共に呟いた。

「高根の胃の中からストリキニーネが出たとなると、髭を生やした怪紳士の正体は一層怪しくなって来ますね」

「でも、仮りにハルビンあたりから流れて来た者だとすれば、逆に益々ハッキリして来るじゃないですか、その髭を生やした男ってのは——」

神尾が、例によって頻りに眼を瞬《しばたた》いているのを、永田は気付かなかった。

六　怪屍体

翌朝、永田が昨夜来の疲労でぐっすり熟睡していると、何時《いつ》にない荒々しい神尾の声に眼を覚まされた。

「永田君！　大急ぎで仕度をして呉れ給え、一緒に出掛けるんだ！」

「何うしたんですッ？」

永田は寝巻をかなぐり捨てて洋服を着込んでいる神尾に訊ねた。

「山内《やまのうち》君からの電話で、妙な事件が突発したと云って来たんだが……」神尾は帽子を手にしてスリッパを穿きながら、玄関の機関《エンジン》の音を耳にして、「さあ自動車が来た直ぐに行こう！」

「妙な事件て？　殺人ですか？」

永田はネクタイと上衣を持ったまま神尾の後を追って自動車の中に跳び込んだ。

明るい陽光《ひ》の中を、自動車が電車通りに出て速力《スピード》を出しはじめると、永田はもどかしそうにネクタイを結びながら、

「場所はどっちです？」と訊いた。

「日比谷の美松《みまつ》百貨店の裏だと云ったんだが――何んでも狭い袋町《ふくろまち》みたいなところに幸《さいわい》ホテルと云う小さな旅館があって、他殺か自殺か、とに角そこに人が死んでるとい

って報《しら》して来たんです。平常《ふだん》ならだが、時節柄ホテルの死人と聞くと一応見ておきたいんですよ。――運転手君、往来《とおり》は静かだ、少し急いでくれたまえ」

運転手が心得顔に首肯《うなず》いた。警笛が鳴る。風が車体をかすめる。速度計の針が35を示して、市街自動車をビュッ！ と追い越した。

虎の門から衆議院横手を日比谷交叉点へ。美松百貨店の裏手まで自動車は十分とはかからなかった。車を下りた二人はビルディングの外れまで歩くと、そこから廿間と離れないところに左へ入る路を見つけた。見上げるような百貨店《デパート》の建物と、一方は大きな自動車のガラージに挟まれて一日中太陽《ひ》の光線《ひかり》も射しそうにない陰気な小路で、それも路は行き詰りの袋町《カルテサック》になっていた。

「日比谷にこんなところがあったかなア？」

神尾が小路の入口に立って奥の方を覗きながら呟いた時だった。

「やア、早かったね！」と背後《うしろ》から山内《やまのうち》の声がした。「僕、煙草を買いに行ってたんだ。あれだよ。あの突当りの――」

と小路の行詰ったところに見える木造の二階建を指して、

「幸《さいわい》ホテルなんて云うけど、実はインチキな宿屋《いえ》なんだよ。第一、電話もないくらいだからね。それがさ、僕今朝ちょっと用があったもので、ここを通りかかると、突然あすこから五十前後の親爺が飛び出して来てこっちへ駈けて来るんだ。その様子が唯事でないから、どうしたって聞いてみると、死人があったと真蒼な顔をして云うんだ。それが君普通のホテルかなんかならだが、今も云うとおりインチキ宿だから面喰っているんだよ。で、僕ちょっと細工をしたんだ」

「細工って？」

神尾が訝しそうに訊くと、

「いや、警察関係の者のような顔をして、取調べてみたんだ。すると如何《どう》も普通じゃないんだよ。そこで、警察の方の手配はこっちでしてやるから騒ぐなと云っといて、先《ま》ず君へ電話をかけたわけさ」

「で、警察へも電話をかけたろうね？」

「うん、五分ばかり前に――でも、大袈裟なことは何にも云ってないし、それにまだ早いからね」

「じゃ、とに角行ってみよう」

二人は山内の後について小路を奥へ進んでいった。

「他に泊客《とまりきゃく》があるかい？」

歩きながら神尾が訊いた。

「無いらしい。どうせ夜半過ぎに引揚げる連中ばかりだろう。場所がいいから、これでも商売になるんだね――」

先きに立った山内はそう云いながら、もう入口の扉《ドア》に手をかけていた。その扉《ドア》の右肩のところに「幸《さいわい》ホテル」と書いた木の札が申訳のようにかかっているのを永田は足を止めて見ていた。

「やあ、先刻《さきほど》は――」山内《やまのうち》は内《なか》に半身を入れながら、「刑事の方が先に見えたんで案内してくれたまえ。それから宿泊人は誰かあるかね？」

「いえ、ただ今のところ誰方《どなた》もありませんで――」

「そうかね。じゃ、どうか此方《こちら》へ」

山内は靴を脱ぐと、どんどんと二階へ上がり出した。神尾が後につづいた。永田は人を食った山内の言葉を聞きながら擽《くすぐ》ったいような気持で入口の扉《ドア》を後に閉めた。階段の上がり口のところに猫背をしながら立っていた五十恰好の男が、ぺこぺこと続け様にお辞儀をした。それが今朝顔色を変えて飛び出した拍子に、山内に捉まった主人であろう。他には誰も人の姿は見えなかった。

小路と僅かな空地を利用して建てた幅のない建物で、階下に四間《ま》くらい、二階が三室《ま》もあろうかと思われる全くホテルとは名ばかりの怪しい旅館《やどや》だった。

薄暗い階段を踏んで二階へ上がると、廊下と壁でうまく区劃《くぎ》られた部屋が右側に二つと左側に一つあった。山内はその左側の部屋の入口に立って、後につづく神尾に無言の目配せをした。神尾は躊《ため》らいもせずさっさと襖を開けた。

陰気なという以上に、寧《むし》ろぞっとするような不気味な感じのする部屋だった。たった一つの明《あか》りとりである南に向いた腰高の窓が、高いビルディングにくっつくように接近しているためもあろうが、その窓の戸が半分ほど閉ってわざわざ光線《あかり》を遮断しているのと、そこに死人が横わっているという先入観念《かんがえ》とが、一層その部屋を薄暗く陰気に感ぜしめるのだった。

「あれだよ！」

山内が部屋の片隅を指差して囁くように云った。

六畳の部屋の北側の壁際に敷いた床の上に、掛蒲団を胸まではだけ、右手を畳の上に投げ出したまま蒼白い横顔を覗かせて横わっている男——誰の目にもそれは明らかに死人と見えた。

神尾がつかつかとその傍《そば》へ近づいた。山内の後から、一種名状しがたい肩のすくむような緊張と冒険の気持で永田も続いた。

「年輩は似てるが——」

死人の顔に俯向きかかるようにして目を近づけた神尾が呟くように云った。

「似てるって？」

山内が神尾の言葉を繰返した時、横合から死人の顔を覗き込んだ永田が、思わずアッ！　と叫んだ。そして、

「これは——」

と云いかけると、神尾が慌てて右手を振りながら、永田の言葉を遮るように、

「何だか変な臭気《におい》がするじゃないか！」と云った。

「それに口唇《くちもと》から顔の相好も普通じゃないよ」山内が相槌を打つと、

「うむ、これは判検事の指図を待たなきゃ手はつけられんね」

神尾はそう云いながら部屋の中を注意深く見廻していたが、時計に目をやると、入口のところに小さくなって立っている主人の方へ向いて、

「この男の名前は？」と訊いた。

「村瀬という方で……」

主人の返事が濁った。

「村瀬何というか判らんかね？」

「それが――お伴《つ》れがありまして、その方のお名前だけ承わっていましたもので――」

「誰というんだね。その伴《つ》れというのは？」

「村瀬京子という四十二三の御婦人の方でございます」

「その女はどうしたんだ？」

「その方は昨夜《ゆうべ》大阪へ行くと云ってお発《た》ちになりましたんで――何《な》んでも、この人は自分の弟だという話でして――」

「弟でも何んでもいいが、最初から詳しく話してくれたまえ。一体何時《いつ》から泊り込んでいるんだね？」

「左様でございますね。今日で四日になりますから、十八日の夕方でしたか、今申す御婦人がお見えになってこの部屋を当分借りたいというお話で、初めての方なものでお住《とこ》居《ろ》を伺うと函館大町《おおまち》の村瀬京子と仰有《おつしや》って、伴《つ》れの方は鎌倉にいる自分の弟で、滞在中

は時々訪ねて来て寝泊りもしてゆくからとのことでした。その夜はお二人遅くまで話していられたようですが、十二時過ぎになってまだ電車があるからと云ってこの方は帰って行きましたが、翌日《あくるひ》は夜の十時頃でしたか、脳貧血でも起しそうな蒼い顔をして訪ねて来て、その夜は泊ってゆくからとの話で、床も別にとりましたが、それからはまるで病気にでも罹ったようで、一切外出もせず、部屋から外へ顔も見せず、料理を取り寄せて二人で酒を飲んだりしていました。その様子が一向病気らしくもないので、私の方では構わないで打棄《うっちゃ》っておいたんですが、唯怪しいと思ったのは女中が用を聞きに来ると一度か二度、長い煙管《きせる》で甘い香りのする煙草を吸っていたが、女中が這入ってゆくと婦人の方が慌ててその煙管を取って隠したというので、もしかすると阿片《あへん》でも喫ってるのじゃないかと思ったことでした。それと一晩二人で何か云い争っているような声がしたと女中が申しておりましたが、何のことだったか判りません。その他には格別これと云って気のついたこともありませんが、昨夜《ゆうべ》の九時頃、帳場へ下りて来て、急用を思いついたから大阪まで行って来る、明後日《あさって》は帰るつもりだが一先《ま》ず勘定をしてゆくからとのことで、過分なチップまで置いて、弟は気分が悪いと云って臥《ね》ているから、ゆっくり休ませてくれと云い置いて自動車《くるま》を呼んで出ていったんでした。それで――」

「ちょっと待った――その自動車は流しだったかね？」

「いいえ、呼んでくれとのことでしたから、お隣りの自動車《くるま》を呼びましたので」

「で、荷物なんかは？」

「来た時に持って来られたトランク二つきりでした」

「二つきりって、自分のものはすっかり持っていったんだろう。男の洋服《ふく》より他何んにも無いじゃないか」

神尾は改めて部屋の中を見廻しながら、

「それでこの男が死んでることは如何《どう》して発見したんだね？」

「それが三度々々食事をするか如何《どう》かきまってないもので、何時《いつ》もこっちで間誤《まご》つくんで今朝はどうかと思って、八時過ぎに女中に聞きにやったんでございます。すると様子が変だというので私を呼びに来たので、上がって来てみるとこの通りなもので、驚いて飛び出したようなわけで……」

「いや、それで大体判った。が、これは普通の死に方じゃないから、警察の方で勝手に手をつける訳にはいかないからね。今、裁判所から係官が来るまでは、このままにしとくんだ。僕等はそれまで自動車の方を調べてくるから、――じゃ永田君出かけよう。山内君はどうする？」

「僕も外へ出て待っていよう。ここにいたって仕方がない――」

小路を外に、明るい大通りへ出ると、神尾が後を振向いて、

「永田君、何者です、彼は？」と声を喘《はず》ませて訊いた。

「浜田夫人の弟ですよ。それ、ずっと前にお話した――」

永田の声は顫えていた。彼は最初屍体の顔を見た時、危く驚愕《おどろき》の声を揚げようとした

あの瞬間の昂奮と狼狽から、まだ覚めきっていなかったのだ。

「浜田――浜田夫人というと？」

「瑛子さんの事件の時、北龍荘に関係者全部を集めて、仮予審をやったことがありましたね」

「ああ、左様々《そうそう》」

「その時、浜田夫人という不思議なマダムがいたことをちょっと話した筈ですが――それ避暑ではないが、新潟へ遊びに来て滞在したという――」

「ああ、判った。そうだ、確かに浜田夫人という名があった」

「その女の不在証明《アリバイ》に疑問をいだいて、僕や井村という刑事が、彼女の止宿《とま》っている太田屋という旅館に出向いて調べた話をしましたね？」

「うん、確かに聞いた――」

「その時、夫人《マダム》の弟で実という男に会ったことも確か話した筈ですが」

「実――と」神尾は暫く考えていたが、「ああ隣の部屋から出て来て、食ってかかるような態度で君に応対したという――」

「左様々《そうそう》。その実という男に、そっくりですがね。あれは」

「そっくりというのは同一人だというんですか？」

神尾の声は針のように鋭かった。

「同一人だと断言しても宜《い》いと思うんですがね。眼の縁の黒い隈と云い頰のこけた具合と云い——ただ、あの時から見ると、ずっと瘦せてはいるようですが」

永田はそう云いながらも、自分自身ではそれが到底信じられないことのように考えられてならなかった。屍体の顔を見たそもそもの最初にハッと思った。それを見直せば見直すほど確かにあの浜田夫人の弟に違いないと思われて来た。今でも堅くそうだと信じてはいる。しかし、その男が東京の真中、それも怪しげなインチキ旅館で屍体となって横わっているということが、どう考えても余りに意外で、事実とは思われなかったのだ。

「それじゃ、或いはと思っていた僕の推理が、いよいよ立証されるかな」

神尾は大通りを左へ、日比谷ガラージの正面入口の方へ曲りながら独言《ひとりごと》のように呟いた。

「貴方の推理というと？」

永田が神尾の顔を覗くようにして訊いた。

「あの仮予審の話を聞いた時に、僕が怪しいと思った点が一つあるんです。それはお兼の証言の中の言葉だが」神尾は正しい記憶を喚び起そうとするかのように目を瞬《また》かせて考えながら、「そうだ。お兼は自分と瑛子さんとが北龍荘の門前で別れた際、暗がりの中に浜田夫人らしい後姿を見かけたと云ったでしょう。あの言葉が僕には最初から気になっていたんです。お兼はあの時一番重大視された容疑者で留置までされたほどだから、嫌疑を他所へ向けるために出鱈目を云ったとも受取れぬことはないが、しかし作りごとにしては一寸《ちょっと》考えさせられる言葉ですよ。それに浜田夫人という者の正体がさっぱり解っていなかったから、尚更僕の頭には変にこびりついていたんです」

「何だね。今の屍体がその浜田夫人の弟だとすると、オリエンタル・ホテルの事件とは必然的に何か関係があるわけだね？」

山内が傍《そば》からもどかしそうに口を出した。

「そう簡単にきめてかかるわけにはいかんが、登場人物が皆北龍荘事件に関係がある事実だけは見逃せんね。問題はただ動機だよ。それさえ判然《はっきり》すれば——一寸《ちょっと》ここで訊いてみよう」

神尾は日比谷ガラージの中へつかつかと這入って行って、帳場にいた男に、昨夜《ゆうべ》十時頃隣りの幸《さいわい》ホテルからトランクをもった婦人の客を乗せた筈だが、その運転手はいないかと訊いてみた。

「さア、お隣りの客は大概現金でいただくので帳面には載っていまいと思いますが」

帳場の男は神尾の名刺を見ながら、帳簿を調べていたが、

「見えませんな」と云って、そこらにいる運転手にも訊いてくれたが、十時過ぎと云えば大概流しに出ていた時分で、今ガラージにいる限りの者は、そんな客を乗せた憶えはないとの返事だった。

神尾はまた後で聞きに来るから、調べておいてくれるようにと頼んで外に出た。

「腹が空いたね。起きぬけに飛び出して来たんだから、そこらで何か食おうじゃないか。昼飯抜きのつもりで竹葉《ちくよう》はどうだい？」

事件のことで頭が一ぱいになっていた二人に食物の選択などする余裕はなかった。彼等は神尾の後についてガードの向うに見える竹葉の支店へ這入っていった。

「とに角、面白くなって来たよ。網の目がだんだんと狭められて来たからね」

簡易食堂式の椅子に腰を下ろして、女中が持って来た茶を一息に飲みほすと、神尾が先ず口を切った。

「こうなれば村瀬京子なる女を突き止める必要があるね。その正体が判れば七分通り問題は解決だ。でないと浜田実と高根純一の関係は一寸《ちよつと》判断がつかないからね」

「それですよ。どうせ何か深い関係があるだろうとは思うが、浜田実と高根では裏面はとも角、表面では全然無関係の人物ですからね」

「実そのものとは交渉がないとしても、高根と浜田夫人とは何か関係があっただろう？」

「そう思いたいですね。だから、結局村瀬京子が浜田夫人だということになれば、案外解決は早いわけですね？」

「そうだ。だから巧くいくと今度こそ警視庁の連中を出し抜けるんだが、どうも高飛びしたらしいな」

「うん──夜の十時過ぎにトランクを持出したんじゃ、市内じゃないね」

「そういう気がする。とに角、これは調べてみようじゃないか」

「宜《よ》かろう。ところで、あの屍体には外傷《きず》はなかったようだが、果して他殺だろうか？」

「そいつは解らない。しかしホテルの主人も話していたが、ひどい阿片吸引者らしかったね。僕はそこに一切の理由があると思うんだ……」

「理由って？」

山内が鰻丼の箸をとりながら不審そうに訊いた。

「詰まり、あの男が阿片吸《オピアムイーター》いだったということが、犯罪の渦中に捲き込まれた理由だというんだ。言い換えれば阿片吸引者《オピアムイーター》なるが故に、恐ろしい犯罪を平気でやったと僕は思うんだ。もっと詳しく云えばだ、何者かが阿片吸引者《オピアムイーター》である彼を犯罪の手先きに利用したんだろうという推定さ」

「馬鹿に難かしい言いまわしだが、要するに浜田夫人なる者が、彼を利用して高根を殺したという意味だね」

「まあ、左様《そう》だ。しかし、今も云うとおり村瀬京子が果して浜田夫人かどうかは断言の限りでないんだよ。それから仮令《よし》浜田夫人だったと判っても、彼女が何んで高根を殺害しなければならなかったか、まして瑛子さんの事件にどういう関係があるかはまだ全然判ってはいないんだ。兎に角、これから村瀬というその女の行方を調べてみようじゃないか。どうせ警察の方でも捜すだろうが、こっちには死人の身許が判っているだけ、勝味があるわけだ。どうだね、山内君、君午前中あのガラージに頑張っててくれるか。僕は社へ顔を出しておいて、それとなく警視庁の方を当ってみるが――」

「宜《よ》かろう。じゃ締切り時間に社で会うことにしよう」

「永田君は？」

「僕はそこらをぶらぶらして来ましょう。山内さんのお手伝いでもしたらいいんだが、土地に不馴れな者が間誤々々して邪魔になってもいけませんから」

「じゃ、都合で二時頃に社へ来てみたら如何です。何か判っているかもしれません」

打合せが済むと三人は腰を上げて表通《おもて》に出た。先刻《さつき》まで曇っていた空は、何時《いつ》の間にかからりと晴れて、熱い太陽の直射が眩しいほどに街路を照しつけていた。

右と左に別れてゆく二人を見送りながら、日比谷交叉点の方へコツコツと歩いていた永田が、ガードの下をくぐって五六間も来ると急に何か思い出した風で衣嚢《ポケット》を捜していたが、上衣の内衣嚢《かくし》から皮表紙の手帖を取り出すとバラバラと頁《ページ》を繰った。

浜田夫人が上京して間もなく高根純一に宛てて寄越した簡単な挨拶の葉書——それに記されてあった夫人の滞京中の宛名《アド》を彼は確かにノートに書き止めたことを今思いついたのだ。二度三度、頁《ページ》を繰っている中《うち》に、やっと見附かったその宛名《アド》は「東京市外巣鴨町宮仲一三二九ノ五江原」とあった。永田はそれを読むと同時に円タクに飛び乗っていた。

それは大きな期待だった。しかし自動車《くるま》を下りて、半時間の余もかかって彼がやっとのこと捜し当てた巣鴨宮仲一三二九ノ五には江原と云う家《うち》はなかった！ 附近の商店《みせ》でも訊ねた。郵便配達にも訊いた。交番にも訊ねた。だが宮仲一三二九ノ五には絶対にそんな家《うち》はなかった。番地を書き違ったのかも知れないと考えた永田は、宮仲一帯について江原と云う家を二時間もかかって探したが、宮原とか江川とかと云う似通った名の家すらなかった。

（或いは宮仲と宮下と書き違えたのかも知れない）

そう迄考えた永田は更に宮下一帯を調べたが江原と云う家は遂に見当らなかった。

彼とても、これ以上浜田夫人を信ずる訳には行かなかった。全くの出鱈目だったのだ。

浜田夫人！　その文字が彼の脳裡にぐっと大字《クローズアップ》されてきた。そして彼女が用いていた怪し気な英語や支那語らしい言葉――。ホテルで死んでいた弟と称するあの男の容《か》貌《お》――それらが彼の脳裡を幾度となくかすめた。

永田が深い考えに沈んで大塚駅に出たのは、もう三時十五分過ぎだった。新聞社へ電話をかけると、折よく神尾が居合せて、話したいことがあるとの返事だったので、彼は再び自動車を飛ばして毎朝新聞へ駈けつけた。

三階の応接へ通ると、そこに待ちうけていた神尾が、

「今山内君から電話で、何か獲物《えもの》があったから直ぐ引揚げて来るそうです。それよりも屍体の方は大分ハッキリして来ましたよ。小川警部の話ではやっぱり指紋は同じだということです」

「すると瑛子さんの方も、高根の方も、あの男だというわけですね？」

「もっと率直に云えば、浜田夫人の弟実と称する人物だということになりますね」

二つの短刀に遺された同一の指紋が、今朝発見された屍体の指紋と合致するという以上、それは余りにも明白な帰結ではあるが、それにしてもそうまでも明確に断定を下さ

れてしまっては、永田は何んだか自分で自分の耳を疑いたいような衝動に駆られざるを得なかった。そこで思いついたように、浜田夫人の葉書の宛名によって、彼女の手懸りを握ろうと巣鴨町一帯を調べ廻って見事失敗した経過を語ると、神尾は、

「恐ろしく活動しましたね」とニコニコ笑いながら永田の澄んだ瞳《め》を覗いて、「でも、決して無駄じゃなかったのですよ。それで愈々《いよいよ》ハッキリして来たわけですから」

神尾がそう云った時、階段を駈け上がって来た山内が、

「おう、ここにいたんか。永田君も――」と元気よく近附いて来て、「神尾君、新発見だ！」と四辺《あたり》を憚《はばか》るように囁いた。

「何んだい？」

「屍体の身許《みもと》が判ったんだ。所持品の手提鞄《てさげ》の中に名刺が二三枚あったんで、一枚それをもらって来たよ。これだ――」

山内は得意気に一葉の名刺を二人の前に差出した。それはかなり古いものらしく、紙の色が黄色くなった大型の名刺だった。

彩華洋行興行部　　村瀬　美濃留

「どう読むんだい。彩華洋行なんて聞いたことがあるかね？」

「聞かないね。名前は村瀬みのるとでも読むんだろうな。――」

「ふむ。みのる――村瀬実か」

神尾は口の中でその名前を繰返していたが、その中に急に何事か考えついたらしく、

編輯長室へ這入って行った。

七　クララのマダム

「今日の事件の犯人捜査について、多少の賞金を出して頂けませんか?」

「と云うと?」

編輯長は神尾の言葉を良く飲み込めないと云った風で、ちらと視線を動かしてから、煙草匣《シガレット・ケース》を取り出した。

「僕は犯人詰り村瀬美濃留を殺した夫人を捜す前に、この殺された男の身元を調査したらと考えたのです」

「逆に……かね?」

「左様《さよう》です。犯人は警察で挙げてくれるでしょうから」神尾は意味あり気に視線を伏せて、「彩華洋行なんて恐らく手懸りのない興行部だろうと思うのです。演芸欄の橋元さんにも判らないと云うんですから。……で、屍体の写真を」

「屍体の写真?」

「いや、被害者の写真を新聞に掲載して反響を待つ方法に出たらと考えたのですが……」

「併し、肝腎の写真があるのかね?」

「それは、……」神尾は一寸《ちよつと》云い澱んで、「警視庁に頼んで死顔を写して貰ってもいいですし」

「だが、そんな不完全なものじゃ何《ど》うかなあ」

「とに角写真と彩華洋行興行部、それに村瀬美濃留と書き入れれば多少の反響はあるでしょうよ。事件が事件だけに」

編輯長は考え込んでいた顔を上げて、吸い差を灰皿で揉み消したが、神尾に全幅の信頼を置くと云った調子で訊いた。

「賞金の額は百や二百でもいいかね？」

「沢山です。要するに、何かしらこの奇怪な連続的な事件に対する端緒を握り度《た》いだけのことで、それで読者の人気を呼べば一層結構なんで、金は百円が五十円でもいいと思いますね」

「宜しい。じゃ写真《しゃしん》の方《ほう》は君《きみ》の手で、と。記事は？」

「記事は名筆の山内君に依頼しましょう、ではそう云う事に願います」

神尾は編輯長に軽く一礼して立ち上がった。

「迷筆かね、ハハハ……」

編輯長の冗談を聞き流して、神尾は帽子を摑むとエレベーターに飛び乗った。

神尾とて、村瀬美濃留の写真を手に入れるということについては多少困惑しないでもなかった、しかし、彼の司法記者神経はこんな時にこそ全面的活動を続けるのだった。

彼は警視庁に急ぎながら頻りにその事を考えた。——押収した手提鞄《てさげ》。彩華洋行。大型の名刺、役者かな？　奇術師かな？　旅役者？　あの容貌。それだけの事柄を次々に思い浮べると、丸の内署で押収した手提鞄《てさげ》の中には、少くとも大型の名刺だけではなく、何かが入っていたに違いない。そうだ名刺以外に何かが入っていたに違いない。――神尾の頬にはちらと冷たい微笑が浮んだ。

道順だったので、神尾は丸の内署に立ち寄って見たが、署長も次席も本庁の鑑識課に行って不在だ、と云う事だった。たったそれだけの事が、神尾の小さな推理を決定的に飛躍させた。

それから十分程後に、神尾は鑑識課に詰め切っていた畑刑事を、無理矢理に捜査課の刑事部屋に呼び出して、平常の彼とは打って変った厳しい態度で相手の顔を睨んでいた。

「あんな事くらいで感情を害ねる君でもあるまい。――偶然あすこ《そこ》を通りかかったものだから野次馬のような気持で一寸《ちよつと》中を覗いたというだけのことで、何にも悪意があったわけじゃないんだ――」

「まあ、そりゃあそうだろうが――」

畑刑事は何時《いつ》にない神尾の態度に驚いた風で急に苦笑しながら言葉を濁した。

「だから……」神尾の眼が刺す様に光った。「そんな詰らぬ感情問題は棄ててしまって、僕の新聞を利用する意味であの手提げの中から出たブロマイドにしろ、便宜上僕に貸してくれてもいい訳なんだ」

神尾は押し附ける様に云って、相手の顔をじっと見詰めた。

「ブロマイド⁉」

「そうさ。ブロマイドで悪ければ写真でもいいさ。役者の手提げにブロマイドの一枚や二枚……」

「何うして、……君にそれが解ったんだ」

「そりゃ僕の第六感さ！」

神尾はしめたと思いながら、もう相手には口も利かさず、犯人捜査の共同戦線を力説して何かの手掛りを得るために懸賞金を附して被害者村瀬美濃留の写真を新聞に出しては如何かとまくし立てた。

畑刑事は小川係長と一応相談の上でと云って係長室へ入っていったが、暫くして出て来ると毎朝新聞だけというわけにもいかないので、各社へ一斉発表ということなら、被害者の写真を貸そうと云った。神尾の方はそれでも差閊《さしつか》えなかった。自分の方には編輯長と相談の上懸賞金附きという有利な方法がついているのだから——。

賞金一百円を附した村瀬美濃留の写真が毎朝新聞紙上に大きく掲載された翌日の午後、同人の屍体解剖の結果が判明した。
一、死後六時間経過していた。従って午前三時頃絶命したものと推定される。
二、胃液中から微量のストリキニーネが検出されたが、それは致死量に該当していた。
三、阿片の常用者であって、可成りひどい中毒性である事が認められる。
四、鉛毒に犯されていた症状が認められる。

五、外傷は全然認められない。

神尾は以上の諸点を頭に入れて了うと、その他の法医学的な専門的立場からの検案事項などはどうでもよかった。

社に帰った神尾は自分の机に向って備忘録に、今日の事件に関する要点を書き止めていった。

六月二十三日　幸《さいわい》ホテル事件

1、村瀬美濃留は去る十九日オリエンタル・ホテルに於て或る動機から高根純一を惨殺し、それから四日後二十三日には村瀬京子と名乗る婦人に依って毒殺された。この事実は連続的に起った二つの殺人事件の裏に、該夫人が糸を引いていた事を明白に物語っている。

2、二つの殺人事件は何かしら一貫した、而《しか》も異ったそれぞれの動機によってなされたと考えられる。

3、その動機は？　オリエンタル・ホテルに於て村瀬美濃留は何が故に高根を殺したか？　幸《さいわい》ホテルに於て村瀬夫人は何が故に美濃留を殺したか？　の二つに分類して考える可きであるが、その正しい決定は北龍荘事件にまでさかのぼらねばなるまい。

4、要するに問題は最後的な一つに極限されてよい。即ち村瀬京子なる女の正体である。彼女は浜田夫人であり、同時に船江小町——福田イソその女《ひと》であるかどうか？

そこまでは問題である。

5、情夫美濃留が兇行に用いた二刀《ふり》の両刃《もろば》短刀が村瀬京子と浜田夫人とを連絡せしめる。従ってその出所は浜田夫人の正体暴露に重大の関係があろう。次に該短刀は犯人の――

神尾が推理の過程をそこまで書き留めた時、突然卓上電話の電鈴《ベル》が激しく鳴り出した。

「ああ、若《も》し若し。神尾さんですか？　僕ですよ、永田です。大至急来て下さい。三越の三階にいるんです。大変な事が持上がったのです⁉　浜田夫人が四階で買物をしているのですよ。いや本統です！　誰が嘘を、――大至急来て下さい。早くですよ。じゃ！」

永田からの意外な電話は神尾を混乱させた。恐らく大阪に行くなどと云って何処かに高飛びして了ったであろう浜田――村瀬――夫人が、処もあろうに三越の三階で悠々と買い物をしているとは？

(誰かの悪戯かな？)

咄嗟にそう考えたものの、電話の声は正しく永田だ！　すっくり立ち上がって飛び出そうとした時、編輯長室から出て来た山内が、周章《あわ》て彼を呼び止めた。

「あのね、今晩七時から編輯長の家でパーティーがあるから来いと云うんで、君の分と、それから永田君の分も承知して来たぜ」

「七時から？」と云って腕時計を覗いて、「今四時十五分過ぎだ、よし、それ迄間に合えば行く」

「おいおい、何処へ行くんだ？」

山内が呆気にとられて叫んだ時には、神尾の姿は昇降機《エレベーター》に呑まれて見えなかった。

神尾が円タクを駆って三越に駆け付けたのは、それから数分後の事だった。一階の休憩所の前の混雑の中で永田が緊張した顔で突立っていた。

「永田君、一体本当の事かね？」

「多少若造りはしているものの確かに浜田夫人なんですよ。今三階の売場に来たから、此処で張っているんですが」と云って永田は昇降機《エレベーター》の方に眼を配りながら、「もうそろそろ降りて来る時分でしょう」

「しかし何《ど》うして又嗅ぎ出したんです？」

「時間《ひま》潰しにと思って、田舎根性を出してここへ来てぶらぶらしていたら、二階の階段で偶然見附けたので、尾《つ》けたんですよ」

永田の言葉は幾等《いくら》考えて見ても神尾には合点のゆかないものだった。その人相こそ直ぐそれと判断される程明確に知られていないにせよ、市内は勿論各駅に迄厳重な村瀬夫人捜査の網が張られているのだ。それを何《ど》う通過して買物になぞやって来たのだろう？

「永田君、君の見た夫人と云うのは、何うも……」と神尾が云いかけた時、シッ！と云って永田が神尾の肘を突いた。

「あれだ！　あの女だ！」

見ると、中年の有閑夫人と云った相当の服装《みなり》の夫人が、包み物を抱えて出口の方へ雑《ひと》杳《ごみ》の中を歩いてゆく。

「あの女？」

「そうです、あの女ですよ」

「馬鹿にしゃんとした服装《なり》をしてるじゃないか」

「何が何でも僕の目に狂いはないんです、何方《どちら》から見たって浜田夫人ですよ」

玄関まで来ると、彼女は案内人に自動車を命じて、その中に消えた。永田は神尾を引っ張り込む様にして円タクに飛び乗ると、直ちにその後を追うた。

が、外濠《そとぼり》に出たその自動車は五分と経たないのに、意外にも銀座裏のカッフェで相当名の知られているサロン・クララの裏口に停った。

夕暮と云ったところで、未だ午後五時を少し廻ったばかりの明るい時刻なので、二人は見透しの利く二丁程手前の建物の角で自動車を降りて暫くの間見張っていたが、サロン・クララに入って行った夫人は一向に出て来る気配がなかった。

「永田君、サロン・クララのマダムが村瀬夫人だなんて、何うも妙だね？」

「併し、確かに浜田夫人なんです、僕は二三度会った事があるのですから」

「よし、じゃ一つ当って見よう」

神尾は永田と一緒に裏口から無遠慮につかつかと入って行った。名刺を出してマダムにお目にかかり度《た》いと取次の者に告げると、彼等は二階の小綺麗な日本間に通された。

待つ程もなく、愛想のよい笑いを湛えて二人の前に現われた中年のマダム！　それは正しく浜田夫人ではないか？　神尾が口を切る前に、永田が単刀直入の挨拶を述べた。

「浜田夫人！　暫くでした」

「ええ！」

マダムは呆然として永田の顔を凝視した。気のせいか彼女の頬は心持ち蒼褪めて見えるではないか。永田はたたみかけて云った。

「新潟の永田です。暫くでしたね」

「まあ！　私はさっぱり分りませんが」彼女はそう云って神尾に救いを求めるような視線を投げた。「一体何うしたと云うのでございましょう。私大村でございますのよ、何かの間違いじゃございません？」

心持ち怒りを帯びた声でマダムは抗弁した。

驚いたのは永田だった。顔から声付きに到る迄、そっくりあの浜田夫人ではないか？殊更大胆な芝居をして、知らないと云い張っている容子《ようす》でもなさそうである。なる程良く見れば北龍荘で見た浜田夫人よりは少し若く見えないこともない。髪の形も違っている様でもある。

「貴女《あなた》が浜田夫人ではないのですって？」

「まあ、オホホホホ……。厭《いや》でございますわ。でもお若い貴方方に人違いされるなんて、未だ幸せでございますわ、ホホホ……。さ、とに角お茶でも一つ――」

マダムは顔色一つ変えないで態《てい》良くその場を繕いながら二人にお茶を薦めた。その容子をじいっと見詰めていた神尾が物静かな口調で訊ねた。

「実は、私達の探している方と余り良く似て居りましたもので」と永田に眼で合図をしながら、「飛んだ失礼を致しました。……大変失礼な事をお伺いするようですが、若《も》し大村さんと仰有《おつしや》るのはあの大村組の大村さんでしょうか？」

神尾の言葉でマダムはさっと暗い顔をして面《おもて》をそむけたが、でも直ぐに真正面《まとも》に彼の顔を仰ぎながら答えた。

「新聞社の方って、何もかも御存じねえ。貴方方が余りお疑りになるから、つい私の恥迄申し上げなければならないんでございますわ。……御言葉の大村に厄介になっている者でございますの……」

永田は冷汗を搔いて神尾の後に従いながら、サロン・クララを後にした。

「ありゃあ君、有名な大村組の大村光吉の御囲い者ですよ。あの店は昨年の春頃から出来た店で、開店当時は銀座新聞のゴシップ欄で盛んに書き立てられたものだが、併し、そんなによく似ているのですか？」

「段々声を聴いている内に違うような気もして来たのですが……」

永田は未だ神尾の話を信じ切れないと云った風で後を振り返ったりして歩いた。

「しかし、何う見たって彼女《あれ》が人を殺した女だとは思われませんね。……それにしても妙だなあ——」

「身元を洗って見たいものですね。寄留や戸籍関係を調査すれば解りますね、直ぐにでも」

「さあ——」神尾は声を低《おと》して、「寄留や戸籍関係と云っても、兎に角妾《めかけ》稼業をする様な女だとすれば難かしいだろうね。……そうだ！　山内君に頼もう。彼氏は中々銀座の『下情《かじょう》』に通じているんだから、或いは何か嗅ぎ出して呉れるかも知れない……」

神尾はそう云うと、いきなり近くの小さな喫茶店に飛び込んで山内を呼び出し、大村組の当主大村光吉とクララのマダムの関係を語り、マダムの身元を是非洗って呉れる様に頼んだ。

「何うです？」

永田は神尾がボックスに腰を下すのを待って、電話の結果を訊ねた。

「銀座新聞の編輯室に行きゃ大抵解るよ、なんて笑っていたが大した収穫は期待出来ないと思うね」

ソーダ水を啜りながら神尾は一寸《ちょっと》云い澱んでいたが、「……とに角ぐずぐずしちゃ居られないね、当局も僕達もたった一人の女に全然翻弄されていると云った形だ、……挑戦されているも同様だから、何うです一つ積極的に動いて片附けて了おうじゃないですか？」

「いいですとも！　僕も、既《も》うぐずぐずしている気持は無くなりましたよ、今夜にでもハルビンに向けて出発します、領事館は要するに照会に答えるだけで、複雑した事情が絡んでいるとしたら到底満足な返事は望まれないでしょう。僕は例の短刀の出所と、何うして内地に渡ったかその経路を最大速力で調査して来ます。今夜にでも出発しますよ……」

「じゃ、僕は村瀬夫人の正体を突き止めよう。すると案外の獲物があるかもしれん。どうも今一歩と云う所で躊躇《ためら》っている形ですからね――」

「村瀬夫人と浜田夫人とが同一人であることだけでもハッキリ解ると、調査はぐっと進む訳ですね。ハルビンでは必ず何か握って来ますよ」

「……今夜でなく、明日の朝にしたら何うです出発は――。そうすれば社の飛行機に乗せて貰える様に編輯長に頼んで見ますから」

「ではそう願います」永田はじっとレコードの音《ね》に耳を澄しながら、「……新潟署でもきっと何か嗅ぎ出していると思いますね」

「そりゃあ相当の所まで調べてるでしょうな。オリエンタル・ホテル事件、幸《さいわい》ホテル事件と引続いて起った惨劇の報が伝わった以上、何か全体的な見透しもつけているのでしょう、無論――」

それなり二人の会話は杜絶えた。永田も神尾も各自《てんで》の推理に従って、この奇怪な事件の謎を解こうと今後の調査について夫々《それぞれ》具体的なプランを描いているのだった。

村瀬夫人の行方？　引続いて起った二つの殺人事件の動機は？　考えて行く神尾の頬にはあの冷たい微笑が秘かに浮いているのだった――。

八　満洲の六

幸《さいわい》ホテルでの村瀬美濃留《むらせみのる》毒殺事件は、犯人と推定される謎の怪夫人の巧妙なる逃走に依って、二日三日と日を経るに従い気の早いジャーナリズムは既に迷宮入りを伝え始めた。

いうまでもなく。当局としても新潟に於ける山津瑛子殺害事件と、東京に於て連続的に突発した二つの事件は夫々《それぞれ》何かしら一脈の関聯あるものとして、神尾や永田とは全然別個の立場から文字通り百方捜査の手を拡げたのだった。

AとBの事件に於ては、兇器と指紋が一致し、Cの事件に於てはAB両事件の犯人が毒殺されたのである。この一見単純に見える、奇怪とも不気味とも云い様のない犯罪事実の前には、流石《さすが》警視庁の敏腕家連も迷わざるを得なかった。――C事件の犯人捜査に主力を注ぐべきか？　三つの事件を相関聯した一様の動機から発生したものとして全体的に考えるべきか。その為には先ず、A事件即ち瑛子殺害事件の再吟味から出発すべきであろうか？　捜査主脳部の意見はまちまちで容易に決定を見なかったのである――。

特に、所轄丸の内署と警視庁の小川捜査係長や、畑刑事の焦慮と苦心は傍《はた》の見る目も気の毒な位だった。現に捜査課からは敏腕な数名の刑事が新潟へ出張した、などと云う噂まで取沙汰されるし、各新聞は毎日のように想像に近い煽情的な記事を掲げて読者の興味を唆るのであった。

＊

永田敬二がハルビンへ出発してから数日が流れ、七月の初旬に入った或る雨の日。

神尾が出先から毎朝社の編輯に帰ってくると、夕刊の記事も片附いたので呆然と煙草を燻《ふか》していた山内が、いやに元気のない声で話し掛けた。

「神尾君、何《ど》うにもあのクララのマダムだけには手古摺《てこず》ったね。大物の妾だけに始末が悪いと云うものさ。寄留届もなければ戸籍関係も一向に解らん、と云うのだから全く手がつけられんよ」

「弱ったね……」

神尾は二三度眼を瞬《しばた》いて他人事の様に答えた。

「区役所にも行って見たんだが、要領を得ない事夥《おびただ》しいんだ。……先刻の電話で何うにか本名だけは解ったんだが……、尤《もっと》も、それにしたところで銀座新聞の連中の云う事だから与太かも知れないが……」

「本名が解った？」

神尾の眼がキラリと光った。

「福田トミと云うんだそうだ。……横浜の或るホテルとかで大村光吉氏と知り合いになり、まあそれが縁であのサロン・クララのマダムに収まったんだそうだがね。戸籍を調べると云う事は可成り難かしいな、何《なん》せ彼《か》のマダムなる者が犯罪に関係があるのかないのかも解らないのだからね」

無雑作に云った山内の言葉の中に、神尾は何かしら得る所があったと見えて、輝かしい顔で云った。

「それだけでも相当な収穫だね。しかし、その横浜のホテルってのは調べられないのかね？」

「とに角つい先程電話での話なんだが、何うもぼんやりした話らしいね。まあ少し待って呉れよ、何んとか恰好つけるから……」

山内は鉛筆で左手の掌を叩きながら、それだけ云って了うと自分の席に戻って行った。

「……福田トミか！」

神尾は低声《こごえ》で呟くと深々と椅子に腰を下して、社内の轟々たる騒音の中でじいっと考え込んだ。

それから暫くして、神尾が編輯室を後にしたのは、今迄どしゃ降りに鋪道を叩いていた雨足がやっと小止みになって、一面に靄っている湿っぽい夕暗《ゆうやみ》の中に、街灯の灯がぼんやり霞んで見える頃だった。レーンコートに袖を通すのも止めて、二三歩歩き出した時、突然彼はひどく不気味な声で呼び止められた。

「もし、もし、一寸《ちょっと》！」

振り返って見ると、玄関横の石柱の蔭に、色の黒い、眼に癖のある頑丈な体格の男が突立っていた。

「僕を呼んだのは君かい？」

神尾はその男の側に近寄りながら訊いた。

「そうでござんす」

妙に訛のあるアクセントで彼は不気味な笑いと共に答えた。

「何か用事でもあるのかね？」

神尾は仄暗い中でじいっと眼を凝して彼を見詰めた。

「旦那は此の社の方でござんすかい？」

その男は、ギラギラと無気味に輝く眼を据えて、用心深い足どりで近寄って来た。夜目にもそれと判る頬から顎にかけての凄い刀傷。汚れた襟足、だぶだぶした洋服。色も褪め、型も崩れた帽子を、ぐいと眉深に被り丁度敵に襲いかかる獣の様な姿勢でじりじりと迫って来る怪異な男！　神尾の眼がチラチラと光り出した。

「そうだよ。何か用事かい？」

神尾も要心深く爪先に力を入れて同じ問を繰り返した。

「……先達て、新聞の記事と、写真を見たもんで、……それで、あっしは……」

「村瀬美濃留を知ってると云うのかね？」

「その前にお伺いしてえんですが、……今でも賞金は貰えますかい？」

男の眼は又ギラギラと怪しく光った。

「君の話によってはだ。何う云う事を知っているんだね、云って見給え」

「あっしは、彩華洋行にいたもんで……」

(えッ！　彩華洋行！)

神尾は喉まで込み上げた驚愕《おどろき》の叫びを押し静めて、命令する様な厳しい口調で、

「そうか、じゃ、どっかで夕飯でも喰いながら話を聴こう、一緒にやって来給え！」

そう云うと後をも振り返らずに歩き出した。

「何処へ行くんですかい？」

男はほとほと重そうな靴音をたてながら、背後《うしろ》から訊ねた。

「そこらで飯を喰おうじゃないか」

神尾はこの珍客の接待に応わしい応接室を考えながらずんずんと歩いて行った。

銀座裏の小さな酒場――。

神尾は夜更の客しかない一風変ったその店の片隅のテーブルへ見知らぬ男を引張り込んだ。

「すっかり濡れてるじゃないか」

手にした煙草を混凝土《コンクリート》の床に落して、神尾は如才なさそうに笑いながら云った。

「へい、実は二三時間も前からあそこの前でぶらぶらしていたんで……」

「どうしてもっと早く云って来なかったかね？」

女給に酒を命じると神尾は改めてその男の顔を見直した。濁った彼の眼は物欲しそうに落着きがなく、節くれだった大きな手は、小刻みにぶるぶる慄えている。それに真正《まと》

面《も》に見る顔の傷は一つや二つではなく、左の眉は真中から切られて醜く歪んでいた。細い眼をぱちぱちさせながら彼の様子を観ていた神尾は、女給の持って来た酒を薦めてから再び訊いた。

「なんで早く云って来なかったんだね？」

「そうも思ったんですが、何しろ、あっしぁ警察だの新聞社なんて所は鬼門でしてね……」

男は口を歪めてじろッと周囲《あたり》を見廻しながら渋々と答えた。

「鬼門か……。ま、そんな事は何うでもいい。君の話次第で金の方は僕が責任をもつから遠慮なく話して見給え」

「貴方《あんた》が、責任を持つんだね。じゃ話してもいいが、あっしは満洲の六って野郎で、浅草に居るんですが、此頃アブレが続きますんでね……」

少時《しばらく》冒頭《まえおき》があって、さて彼がボツボツと語り出した話は、流石《さすが》の神尾にも余りに意外な物語だった。

「その彩華洋行ってのは、元上海《シャンハイ》の四馬路《しまろ》に居ったあっし達の姉御が始めた奇術と芝居の興行部の名なんでしてね。上海から青島大連《せいとうたいれん》と打って廻ってどうにか飯は食えたんですが、京城《けいじょう》へ旅興行に出ると云う間際に、姉御の奴がぽっくり死んで了ったんですよ。三年前のことで――」

「ほう……その姉御というのは誰だね？」

「そりゃ聴かないで下さい、別に隠し立てする訳じゃねえんだが、あっしが小金を貰うために死んだ姉御の名迄出したとなりゃあ満洲の六の名折れですからね」満洲の六は急にしんみりした声でそう云うと、じっと床の上に眼を落していたが、「で、手取早く話の本筋に入ると、あの写真の野郎は、その時迄あっし達と同じ釜の飯を喰っていた一座の立役者で、村瀬美濃留ッてのは奴の芸名なんです、尤《もっと》も俺《あっし》にも本名は解りませんが、とに角、姉御に死なれたんで京城行は取止めて一座のものはばらばらになったんです。その時座元の骨折だったんでしょう、村瀬はハルビンのアサヒ・キャバレーとかに転げ込んで行ったと云う話で……と云うのも若くて男もいいし、ダンスなんて生意気な真似も出来たんですから、誰も不思議に思ったものはなかったんですが、それがどうして内地になんぞ舞い戻って来て殺《ばら》されたか、俺《あっし》にゃ一向分らねえんで――」

「アサヒ・キャバレーに行ってからの事は全然解らないんだね？」

神尾は念を押して見た。しかし彼は事実知っていないと見えて、首を横に振るばかりだった。

「なんせ俺《あっし》はその後お龍姉さんと一緒に大連を喰い潰してそれから内地へ……」

「ちょっと君、お龍姉さんて誰だね？」

神尾が口を挿んだ。

「……死んだ姉御の一の弟子で、容貌《かお》もいいし、芸も巧いし、勿体ないような別嬪でしたよ。そのお龍姉さんも何処へ行ったか、あれっきり判らねえんでしてね」

「と云うと」神尾は相手に酒を薦めながら、

「つまり君は一座がバラバラになった時そのお龍姉さんと一緒に流れる事になった訳だね？」

「そうですよ、旦那……稼いだんですよ。お龍姉さんの指の先は、着たり喰ったりした上に、あっし共の酒代《さかて》迄出たのですからね」

「成る程、――そのお龍さんというのは、詰り君達の二代目の姉御になって、指先の仕事に商売変えをしたと云う訳なんだね」

「お察しの通りで……」満洲の六は赤くなった顔を更に醜く歪ませて、「お龍姉御は泥沼に咲いた蓮の花みたいなもんでしたよ、全く――。捨てた親を探し出す迄千人の財布……いや、千人の悲願をかけて稼いだんですからね。偉い女《ひと》でしたよ。何しろ、あっし達の世界に居ながら男の肌も知らないって娘《こ》でしたからね……」

「妙な事を云うが、君の云うのは大阪と東京間を荒し廻った白狐組のお龍という姐御のことじゃないのか？」

「えッ！」満洲の六は黄色い乱杭歯を覗かせる程口を開いて、呆然と神尾の顔を見詰めていたが、「旦那は、姉御の事を知っているんですかい？」

「いや、知ってる訳じゃないが、掏摸《すりと》った空《から》財布の中には、必ず白狐の絵と番号を書いた紙片を入れていたと云う人を喰った遣り口を、君の話を聴いてる内に思い出した迄の事だよ」

「恐れ入りましたね。お龍姉御はそれだけ腕に覚えがあったんでござんすよ」彼はギラギラと光る眼を細めて、「……京都で刑事《でか》に尾《つ》けられ出した頃には、千人悲願も満願になって了った時でござんした……。あの時あっし達の仲間もやられたんですが、そんなことは先刻御承知の事でござんしょう。それから姉御は東京に出て一時身を隠す為に、カッフェ勤めを始めたのでござんすよ。きっと親を捜し出して御前達に会う、その時にゃお互いに曲った道から足を洗うことにしようじゃねえかってナ……」

「カッフェって何処のカッフェなんだね、思い当ることもあるし、君の話をきいてる内に、僕は今迄に経験した事のない不思議な気持にうたれたよ、差し支えなかったら話して呉れないかね？」

満洲の六はそう云って差し出した神尾の盃を受けながら、その言葉の意味は解らなかったらしいが、何かしら彼の真摯な気魄に感激したと云った容子で答えた。

「話しますとも、なあに旦那、その店はここから直ぐなんですが、でもお龍姉御はその店にゃもう居ねえんですよ……」

「居ない？　一体何処なんだい、その店ってのは？」

「クララとかなんとかと云う、いやにはいからな名の店ですがね」

「クララって、サロン・クララの事かい⁉」

神尾が思わず大きな声を揚げたので、満洲の六は物凄い形相で警戒する様に店内を見廻した。

「……つい五月の下旬《しも》までであの店に居ったんですが……ええと、あれは五月二十九日の晩でしたか。……なんでも親御衆の居所が判ったとかで、『女給商売も今夜でお仕舞だ、六！　お別れだね、体を大事にしな！』って云って俺《あっし》に小遣をくれて何処かへ行っちまったんで、それっきり頼りがねえんです。運よく親御にめぐり会ったかどうかそれも解らねえんですが、何んにしても旦那、お龍姉御はいい娘《こ》でござんしたよ」

そう云った彼の獰猛な容貌《かお》に、何故か底知れぬ哀愁の影がチラと浮んだのを、神尾は見逃さなかった。

懸賞金欲しさの狂言――ではあるまいか。一度はそう疑っても見たが、相手の言葉や態度にそんな疑惑を感じ得なかった神尾は、早速其店《そこ》から社に引き返すと、まだ居合せた編輯長と相談して彼に約束の賞金を与えた。

「無理を云って済まねえ。あっし達にゃ旦那方の様に明日と云う日はねえんですからね、じゃ有難く頂戴してゆきますよ」

満洲の六は、渡された幾枚かの紙幣を握ると、じりじりと後退って夜の雑沓を何処ともなく姿を消した。

神尾はその後姿を暫くの間見送っていたが、再びしとしとと降り出した雨の中を、意を決したらしくサロン・クララに急いだ。

偶然の符合であろうか？　クララのマダム福田トミは、少くとも白狐組のお龍と何かしら関聯があるに違いない。そうだとすれば――。お龍の探し求めていた親とは？　流石《さすが》に神尾の胸はときめいて行くのだった。

Salon Kurara――空色の枠の中で冷い血の様に光っているネオン・サインに見入りながら、神尾はレーンコートの襟を立てて、店の前をぶらぶら歩いて考えた。

若《も》しかしたら、……或いは永田が三越で見た夫人と云うのは事実浜田夫人であって、あの時二人の眼の前に現われたのは福田トミではなかったのだろうか？

一人二役？　ふとそんな事を思っては見たものの、神尾はそれを証拠立てる何ものも持っていなかった。しかし事件に重大な関係をもつ村瀬美濃留、その美濃留が一座した彩華洋行の一員だった白狐のお龍が、カッフェ・クララに女給に化けて棲み込んでいたという事実は？　何かしらそこに眼に見えぬ謎の連鎖がありはしまいか。

思い切って案内を乞うと、神尾はこの前と同じ二階の日本間に招じ入れられた。

「マダムは只今一寸《ちよつと》カウンターをやって居りますから、少々御待ち下さいませ」

前髪をカールしたひき眉の女給が、歯切れの良い口調でそう云って退ると、間もなく階段を昇って来る軽い衣摺れの音がした。

九　箱根へ！

マダムはジャスミンか何かひどく匂う香水をつけて、溢れる様な微笑を湛えながら入って来た。

「いらっしゃいませ。……あら、今日はお一人でございますのね」

「この前は大変失礼しました」

「いいえ私こそ。……で、やっぱりこの前の様な御用件で？」

「いや、そう云う訳ではありませんが……。一寸《ちよつと》お伺いしたい事がありましたのでお邪魔に上がった次第です」

神尾は静かに云って、じっと鋭い視線をマダムの顔に注いだ。

「何ういう事でございましょうか？」

マダムは口元だけで笑ったが、眼には険しい色が現われていた。

「実は女給の事ですが……」神尾は言葉を中断して煙草に火を点けながら、「五月二十九日から三十日頃にお店《たく》を止した方で、十八九から二十二三歳位の方が居ませんでしたでしょうか？」

「今年のでございますね、無論――」マダムは暫く考える風をして、「そう、石川……石川麗子という娘《こ》のことじゃございません？」

「石川麗子……ははあ、いやその方の事かも知れませんな。お伺いしますが、その方は永年捜していた親……母親の居所が分ったとかで止められたのでしたね？」

神尾の言葉は、針を含んだ丁寧さであった。マダムは一寸《ちよつと》唇を噛む様にして俯向いたが、冷い声で答えた。

「そうでございます。私別に詳しい事も訊きませんでしたが……あの何か間違いでもあったのでしょうかしら……」

「別に、そんな事はありません。でなんでしょうか、その石川麗子さんは何う云う事情でお店に出る様になったのでしょうか？」

「事情ですって？」マダムは冷笑に近い笑いをして、「事情なんてございませんわ、強いて申し上げれば、女給募集の看板を見たと云う事情でございましょう」

「これはお言葉です」神尾も苦笑しながら、「で、その麗子さんという方は、何時《いつ》お暇をとられたのでしょうか？」

「それは、三十日の朝でございます」

「何処へ行くと云って出られたのでしょう？」

「店を止める者に一々そんな事は訊いて居りませんわ」

「しかし、……何処か田舎へ行くと云って出られたのだそうですね？」

神尾の声には強い響きがあった。

「……行先は解りませんでしたが、なんでも十時四十五分の汽車に乗るとか云って、急いで出た事だけは存じて居ります」

「十時四十五分の汽車ですね」神尾は呟く様に云って更にマダムの顔を見詰めながら、

「それにしても、何うして親の居る所が解ったのだろう。……いやこれは失礼しました。何かその後お便りでも？」

「それが全然ないんでございますの――」

妙に硬ばった表情でマダムは答えた。

「…………」

神尾は暫く黙々としていたが、膝を直して立ちかけると、

「すると福田龍子とは別人かな……」と独言のように呟いた。

「福田ですって！」

「実はその女を捜しているんですが、お話の様子では人違いでしょう。いや何うもお邪魔しました」

神尾は礼を云って外に出るとさっさと雨の中を歩き出した。彼の頰には冷い微笑が何時《い》もの様にひょいと浮んだ。その儘銀座の表通りに出た彼は一軒の書店に入って旅行案内を手に頻りに頁《ページ》を繰っていたが、
上野発午前十時四十五分
の所にその視線が停ると。

「上越線新潟行きだな！」

と呟いて再び大股に歩き始めた。彼の顔は異常に冴えて、細い眼は何度もパチパチと瞬いていた。

其の夜下宿に帰った神尾は、夜の更けるのも忘れて事件の記録を調べた。春木俊二の変死事件の後永田から依頼されて保管していた色々の書籍だとか、ノートだとかそう云ったもの迄仔細に眼を通して了うと、軈《やが》て其の中から一冊の部厚なノートを取り出して、異様に緊張した面持で、一枚々々頁《ページ》を繰っていたが、その中に散文体で書かれた春木俊二の日記の一部を発見した時には、恰《あたか》も永い間探し求めていた貴重品でも発見したか

の様に、如何にも感慨無量の態《てい》で暫くは呆然と坐り続けていた。

その翌《あ》くる日もやはり暗鬱な朝を迎え、セピア色の鬱陶しい空がその儘暗い夜を迎えた——。

警視庁の方の捜査の経過も気にかかるし、山内と連絡を保ちながら一日活動をつづけた神尾は午後八時頃ぐったりとして編輯室へ帰って来た。とカッフェ・クララから二度も電話がかかって来たと給仕が云うので、早速電話をかけてみると、マダムが直々電話口へ出てお手隙ならお目にかかりたい、自分の方へ来ていただければ何よりだとのことである。

神尾は受話機を投げ掛けると大急ぎでサロン・クララに駈け附けた。併し、今度彼の通されたのは二階の日本間ではなくて、洋風の特別室《スペッシャル・ルーム》だった——。階下の酒場から流れて来る流行歌、悠《ゆる》やかに舞い上がって来るワルツの音律《メロデイー》、そうした雰囲気の中で神尾は銀の煙草匣《シガレット・ケース》から高価な葉巻を取り出して、卓上点火器《テーブルライター》を握った時、身粧《みごしらえ》を整えたマダムがしずしずと入って来た。

「お忙しいところをわざわざ御呼び申しまして……」

「何か急な御用でも？」

「いいえ実は——」マダムはちょっと口籠って、「昨日のお話の様子では何か私のことを誤解でもしていらっしゃるんではないかと思いましたもので。それで——」

「飛んでもない」神尾は葉巻を置いて両切を取り出しながら、「少し調べてることがあったものでお伺いしたまでの事で、貴女を誤解してるなんてことはありませんよ」

「それに私、昨日貴方に申上げずにおいたことがございますの。それが気になるもので――」

「何う云うことですか？」

「麗子さんの行った場所を云わなかったのでございますが、実は……あの娘《むすめ》が誰にも云わないでくれと懇々頼んで居りましたので……」

「ああ、その事ですか、それなら解りましたよ、新潟ですね」

神尾の無雑作に云ったその言葉は、マダムには余程激しい打撃を与えたと見えて、見る見る内に顔色を変えて了った。彼はその容子を見てとると、更に平然として云った。

「なあに、大体の事はもう調べたのですから、その点については御心配は入りませんよ」神尾は口元だけで冷く微笑しながら、「唯念を押して置き度いのは、石川麗子と云う女は、間違いなく五月三十日の午前十時四十五分の汽車で新潟へ出発したか何うかと云う事です」

「……間違いございません……麗子さんなら……」

「それから、その後全然便りのない事も間違いないのですね？」

マダムは返事の代りにガックリ頷《こ》いて見せた。

「……でもあの娘がどうしたと云うんでございます。それに私が何かあの娘のことに関係でもあると云うんでございましょうか？」

「いや、そんな心配は御無用でしょう」神尾は氷の様に冷い一瞥をマダムに与えて、「麗子さんの行方は警察で捜すでしょうが、貴女には関係ないことでしょう。尤も麗子さんの母御と間違えられるんだと問題ですが――」

「あの娘の母とですって？」マダムの声は顫えていた。

「だってそんな馬鹿気た事はない筈ですから」

マダムの顔に名状しがたい困惑の表情《いろ》が浮んだ。彼女はもうじっとしてその場に居堪らないようにさえ見えた。

「では、これで失礼します」

神尾が立ち上がると、貧血でも起り相に蒼褪めたマダムが、帯の間から小さく畳んだ封筒を取り出して押し附ける様にして云った。

「大村の方に、そんな誤解が……聞えますと……、失礼ですけど……これは――」

「そんな馬鹿気た事をなさるものじゃありません」神尾は一歩後へ退った。「貴女自身事件に関係さえなくば、何も問題はないじゃありませんか。そんなことをすると却って変に誤解されますよ」

神尾はその儘階段を下に、立て込んでいる酒場《バー》の側《そば》を通り抜けて表に出た。

神尾龍太郎にして見れば、クララのマダム福田トミは、自ら求めて炎の中に翼を焦す類《たぐい》に見えてならなかった。

＊

ハルビンの、永田から部厚な手紙が神尾の許へとどいたのはそれから三日目であった。

神尾兄

早く早くと思いつつ調査の都合でこんなに遅れて申し訳ない次第です。ハルビンの総領事館が、警視庁と新潟署の照会に早速応じられなかった理由も、これを読んで下されば大抵お解りになると思います。

先ず最初に例の短刀が何うして内地に渡り、惨劇の兇器として現われるに至ったかを、僕の調査に基づいて簡単に記しましょう。

見込み通り両刃《もろは》の短刀はロシヤ製のもので、キタエスカヤ街の裏にある、或る白系ロシヤ人の鍛冶工場で作製されたものだそうです。傅家甸《フーチヤテン》の秋林舗《チユーリンほ》ではそれを大量的に引受け自分の店で加工し、銘を打って売出していたのだそうです。尤《もっと》も現在ではそうした事もしていないし、ロシヤ人の鍛冶屋も居ないのです。

問題はその秋林舗《チユーリンほ》です。つい二三ケ月前に全焼して、不況の折から、改築も捗らず、鉄製器の販売部に勤めていた支那人は何処に行って了ったのか見当がつかないと云う始末で、領事館では、その男の行方を突き止めるのに困っていたのです。

併し、やっと彼を捜し出しました。そして色々訊ねて見た所、（と云っても僕には支那語が出来ないのですから、領事館の宮井氏に頼んだのです）その両刃の短刀と云うのは、特に註文があって二振《ふり》だけ対の物を造ったのだと云う事が解りました。その短刀の渡って行った経路、註文主を調べて行く内に実に意外な発見をしたのです。

順序として註文主の方から書きましょう。それは現在でもモストワヤ街の一隅にある、アサヒ・キャバレーと云う館《かん》の……。

神尾がそこ迄読んだ時、出先から帰ったらしい山内が新しい麦藁帽子をコトコト叩きながら近づいて来たので、彼は手紙を衣嚢《ポケット》にしまい込んで、山内の方へ向き直った。

「神尾君、クララのマダムの素性が少し判りかけて来たんだ。横浜の或るホテルとかなんとか云ってたね、この前の話では」

「そりゃ君の云った事じゃないか」

神尾はニコニコ笑いながら詰《なじ》るように云った。

「この前はそう云う風に聴いたんだよ。ところが色々探りを入れて見ると、あれで相当の喰せ者だった事が解って来たんだ。なんでも、大村光吉氏がだよ、例の満蒙視察団とかと一緒に『視察』に行った時、大連の或るホテルで……」

「又或るホテルかい？」

「併しそれだけしか解ってないんだ。まあ聴けよ。ホテルで知り合いになって、……何処かいい所があったんだろうね、老年の大村氏にとっては——。そう云う訳であの店を持たせる様になったと云う事なんだ」山内は曲った蝶ネクタイを直して、「それだけなら横浜の或るホテル云々と大差なしなんだが、色々訊いて見ると、福田トミなる女性は元は相当の美人で長崎で水商売をしていたのが、大連《たいれん》、上海《シャンハイ》と流れ歩いた強《した》たか者だそうだ。生れは解らないが、何か複雑した事情のため、北国の方から姉妹づれで流れて来たとか、なんでもそんなロマンスを聴いた者があるそうだよ」

「なんだって！　おい、本当の事かそりゃあ⁉」

神尾は弾条《ばね》仕掛の様に起ち上がると、呆然としている山内を尻目に、脱兎の如く、編輯室から跳び出して、通りかかったタクシーに飛び乗った。

「サロン・クララ迄やってくれ！　銀座二丁目の裏《マン》だ！」

山内は、恐らくそうした「事情」に詳しい銀座人か、或いは銀座新聞の編輯者から訊き出したのであろうが、若《も》しそうだとすれば……、神尾が狂気の様に編輯室を跳び出した理由も頷けるのだ。

午下りの埃ッぽい鋪道を矢の様に疾走する自動車の中で、神尾は炯々と輝く眼を前方にはせていた。彼の自動車が、サロン・クララの近くに来た時。裏口の方から一台の自動車がするすると滑り出した。

見覚えのある横顔だ。その自動車の中に収まっている夫人！　それはクララのマダムではないか！　咄嗟に神尾は運転手に囁いた。

「あの前方の自動車を尾《つ》けて呉れ給え、何処迄でもいいから！」

運転手は心得たと云う風に頷いて左手を一寸《ちよつと》挙げると、巧みな方向転換でその後を追い始めた。

「何処へ行くんだろう？」

神尾が呟く間もなく前方の自動車は、段々速力を出して京浜街道に出ると、坦々たるアスファルトの鋪道を一直線に疾走し始めた。

「おい！　金はあるんだぜ、心配するなよ！」

神尾は朗かな声で運転手に云った。

「事件ですかい？」

「いや、まあね。まあ見失わない程度で尾《つ》けて呉れ給え、面白くなりそうだから……」

品川、大森と前方の自動車はぐんぐん飛ばして行く。神尾の自動車もひた走りにその後を追って行った。

（何処迄行くんだろう？）

川崎を過ぎて、鶴見に差し懸った時には、神尾の興味は最高潮に達した。

それから間もなく、追う者と追われる者の自動車は横浜市街に入った。

「旦那！　本牧《ほんもく》行きですぜ、何うやら……」運転手は前方の自動車が、交叉点のカーブを切るのを真似ながら、ぐいと把手《ハンドル》に力を入れて神尾を振り返った。

「そうらしいね」

そんな話をしている内に前方の自動車は本牧のSホテルの前近くになると急に速力を下して、その玄関にピタリ止った。

「おい！　停めた！　停めた！」

神尾も狼狽して自動車を停めると、運転台越しにじっと瞳を凝した。見ると、正しくクララのマダムがそのSホテルに入って行った。彼はその容子《ようす》を見届けると、運転手に命じてずっと自動車を後退りさせ、暫くの間監視していたが一向に出て来る様子もないので、料金を払い、チップを添えてから簡単な手紙を認めて運転手に託した。

「君済まないが、これを毎朝社の司法部にいる山内君と云う人に渡して呉れ給え、御苦労!」

それからの彼は夕暮迄根気強く待ち続けた。いくら待っても出て来なかったら、無論入って行ってマダムに会う決心で——。

用意していた両切の箱が二つも空になって、港街の黄昏の空が淡い紫暗色に溶け始めた頃、それ迄、眠っていた様にひっそりしていたSホテルには、煌々と灯が輝き始めた。その時、待ちあぐんでいた神尾の眼に、マダムの姿が映った。二三人の夜の天使達に送られながら、自動車でも待っているらしく玄関先に立っているのだ。物蔭に潜んで息を凝していると、電話ででも呼んだのだろう、一台のハイヤーが玄関先に停ってマダムの姿はその中に消えた。予期して居た事だったので、神尾もその辺りから三四町行った所にある自動車屋に兼て準備させて置いた自動車《くるま》に跳び乗ると、見失った時の用意に読んで来た番号を運転手に云いきかせて再度の追蹤《ついせき》を始めた。

マダムの自動車はSホテルから二十分と走らない内に、急カーブを描いて横浜駅の構内に入った。神尾の自動車《くるま》もその後を追うて駅の構内に入ると彼は運転手の耳元に口を付けて囁いた。

「君、ほら、あそこに居るマダムの側にくっついていて、行先を聴いたら、何処でもいいから、その通りの切符を買って呉れ給え」

運転手は毎朝社のマークを見せられて、始めて意味が解った様な顔で神尾から渡された紙幣を握り締めると、云われた通りにマダムの側《そば》に附いて行って、一枚の切符を買って来た。

「小田原でしたよ」

「有難う」

神尾は幾枚かの銀貨を握らせると、マダムを見失わない様にホームに出て、小田原行の列車に乗った――。

十　告白

列車がそろそろ速力を出し始めると、神尾は二等車の片隅で新聞紙をひろげて、その蔭に隠れながら、向うの片隅に身動き一つしないでじっと座席《シート》により掛っているマダムを、背後《うしろ》から監視して居れば良かった。

国府津《こうづ》で列車が停った時、マダムが、一寸《ちょっと》腰を挙げたので神尾もはっとして立ち上がったが、降りる様子もないのでその儘突立っていると、唐突《だしぬけ》に彼女が彼の方を振り返った。

（しまった！）

神尾はハッと思いながらも今更どうすることも出来ず、此方《こっち》からも大胆にマダムの顔を見詰めたが、彼女は一向に気付かないのか、まるで全然未知の人にでも対する様に力無く鈍い視線を動かしただけで再び腰を下して了った。その儘列車は再び行進を続け小田原のプラット・ホームに横付けになる迄、神尾はその不可解なマダムの態度を考え続けた。

小田原に着いてからも、マダムは一向に神尾に注意を向けるでもなく、駅前の大きい自動車営業所に行って、ハイヤーを一台借り受けると、涼しい夜気の中を何処ともなく走り出した。勿論彼もその後を追うた——。

そうして、到々神尾は元箱根の芦の湖畔にあるMホテル迄マダムの後を尾けた。彼女が確かにそのホテルに入って行くのを見届けた彼は、大急ぎで元箱根町の郵便局へ引返して社へ向けて長距離電話で今日の経過を大体報告しておいて、今度は頼信紙に鉛筆を走らせ様としたが、どう考えたかそれをくしゃくしゃに丸めて捨てると、ぶらぶらとMホテル迄歩いて行った。

神尾が何気ない風を装ってそこの一室に落着いたのは、もう夜も大分更けた頃で星影一つ見えない真暗な夜空の下には、沼の様に静まり返った芦の湖が黒々と無気味に光っていた——。

霧で、暗い朝が元箱根の町を訪れた――。芦の湖は灰色に波立って、初夏らしくない水色だった。

食堂で、軽い食事をとりながらも、神尾の頭にこびりついて離れないのは昨夜《ゆうべ》の列車中に於けるマダムの態度であった。

――尾行されてる事を知らないマダムの事だから、或いは気付かなかったかも知れない。しかし彼女ははっきり自分の顔を見詰めたではないか？――神尾は解けない謎を考えながら食堂から出ると、フェルトを敷詰めた廊下を喫煙室の方に向ってぶらぶら歩き出した。

その時、力無い足どりで玄関正面の広い階段を降りて来る一人の婦人とばったり出遭った。

「おや！」神尾は低い叫び声を揚げた。

全く予期しないマダムの出現だった。だが、彼女は、昨夜《ゆうべ》と同じ様に冷たい一瞥を呉れたのみで、空《うつろ》な眼を外《そら》して静かに玄関から出て行って了ったではないか！

神尾は唖然としてマダムの後姿を見送っていたが、瞬間、電撃を受けた者の如くハッとして周囲を見廻すと、そのまま帳場《オフィス》へ飛んで行って、素晴らしい速力《スピード》で数通の同文電報を書き、早速打電して呉れる様に依頼した。

玄関から出て行ったマダムは、露に濡れしきった庭園に出ると、次第々々に晴れ上がって行く箱根の山々を映して、空色に澄み始めた芦の湖を眺めたり、咲き乱れた草花、特に萎れている月見草の花など眺めたりして彳《たたず》んでいた。その気力無く打沈んだ姿には、華やかなサロン・クララのカウンターで、つい昨日迄、数十名の女給を頤使《いし》していたあのマダムの面影は何処にも見えなかった。

心持ち蒼みがかった顔に、緊張の色を浮べた神尾は、露台《バルコニー》の椅子に腰を下して、両切を燻らしながら、時々マダムの方に鋭い視線を送っていた。二日でも三日でも斯うして監視してやる、そう云った決意が彼の容貌《かお》に浮いていた。

マダムは小一時間余りも朝の室気を吸っていたが、今度は昼頃迄自室に閉じ籠って出て来なかった。

午後になると、箱根の空は清澄なコバルトに晴れ上がり、そよそよと涼しい夏の風が青玉《エメラルド》色の湖上から流れて来た。

喫煙室の安楽椅子に寄りかかってレコードに耳を傾けていた神尾の許に、今朝打った電報の返電が来た。それは毎朝と警視庁から来たもので、その内の一通は特に彼の興味を惹いたと見えて、手に取りながら二度三度読み返した。

五ジマデニナガタクンモトモニユク

発信人の名は附記してなかったが、明らかに山内からのものである事は一目でそれと知れた。

一向に変った事も起り相になかったので、神尾は一先ずマダムの監視を中止して撞球室に行って、給仕《ボーイ》を相手に三四十分遊んだ頃、又一通の電報が彼の手元に届いた。

スクユク「オネエサンニモシラセタ」ミツコ

薄茶色の眼を瞬きながら、その電報を手にして微笑んでいると、帳場にいる給仕がやって来て、

「神尾さんと仰有《おつしや》るのは貴方でございますか？」

「そうです、何か？」

「あの御電話でございますが……」

「よし――」

神尾は手にしたチョークをぽいと投げ捨てて電話室に飛び込んだ。

「若《も》し若し、えっ！……いや暫くでした。ええ、美津子さんからの電報を今見た所です……そうですね、美津子さんと一緒に後で来て下さい……。いや大丈夫ですよ。じゃ……」

受話器をガチャリ掛けると、彼は暫く考え込んでいたが再び撞球室に入って行った。

午後三時頃――。

食堂でお茶を飲んでいた神尾は、再び散歩にでも出て行くらしいマダムの後姿を見出して注意深くその後を尾《つ》けて行った。

うねうねと曲りくねった湖畔の細道を、マダムはふらふらと歩いて行く。Mホテルは

小高い丘の中腹にあったので、じっとしていても神尾の目には悄然として力なくそこらを逍《さまよ》う彼女の姿は監視出来た。——時々立ち止って嘆息をついたり、空虚《うつろ》な瞳《め》で周囲の景色を眺めるともなく凝視《みい》っているその様子は、何故か彼の胸に、ひしひしと迫る一抹の哀愁を与えずには措かなかった。

(何処迄行くのだろう……)

神尾は爪立ちして見送りながら呟いた。併し、彼女はホテルから五六町と離れていない別荘の建ち並んでいる丘の近くまで行ったかと思うと、何かひどく衝動《ショック》を受けたらしい様子で、小綺麗なコッテージ風の別荘の中庭を、垣根越しに見ていたが、そのまま踵《きびす》を返して引返して来た。

そうした奇怪なマダムの行動は神尾の心を少からず乱した。段々近附いて来る彼女の姿を見詰めていた彼は、急いで取って返すと、ホテルの広間で、玄関を出入する人々が一目に見える様な椅子に腰を下して、新しい煙草に火を点けた。

広間には四五人の客に混って、若い一組の夫婦が、やっと歩き始めたくらいの可愛い女の子を相手に、幸福そうな語らいを続けていたが、給仕《ボーイ》の手に依ってレコードが廻り出すと、よちよち歩き廻る子供を膝頭にのせて、其の曲に耳を傾けだした。

それはジョセランの子守唄だった。哀愁深いと云っていいか、果しなく高調された母性愛の情緒を、まどらかな響きの中に盛った、凡《あら》ゆる人々の胸に浸み込んで来る音律《メロディー》だった。

ふと、神尾は背後に忍び足で近寄って来る人の足音を耳にした。それが誰であるかは略《ほぼ》想像する事が出来たが、彼は極めて自然を装いながらチラとその人を見た。

それは、散歩から帰って来たクララのマダムだった。云い様のない悲痛な表情で、彼女は広間の入口にある大きな棕梠の鉢の側に佇《たたず》みながら、その音律《メロディー》にじいっと聴き入っていた。今朝見た、あの冷たい眼光は心なしか優しく力無く見開かれて、目頭にはキラキラと露が光っていた。神尾は静かに立ち上がると澄み切った眼を輝かして、そっと彼女の側《そば》に近付いた。けれども、彼女は気付かないのか、曇った鈍い眼をじっと見据えて立ち尽していた。

「浜田さん……」

神尾は物静かな口調で彼女に呼びかけた。

だが、夫人は直ぐには振り返らなかった。しかし、その瞬間、彼女は全身を硬直させて立ち竦んだ。そして無理に顔を捻じ向ける様にして神尾の顔を見詰めていたが、その儘無言で歩き出した。

「浜田さん……」

神尾は一緒に歩きながら再び呼びかけた。けれども彼女は後を振り向こうともせず正面の階段を昇り詰めて、自分の部屋に入って行くと、扉《ドア》の把手《とって》を握り締めて、やっと身体《からだ》をささえながらぞっとする様な冷酷な視線を神尾に与えた。流石《さすが》の彼も、その一瞥を受けた時には、冷たい戦慄がすうっと脊筋を流れるのを感じた。しかし、神尾は迷わ

なかった。化石の様に突立っている彼女の側に、彼はじりじりと近寄って行くと、

「福田さん、お話したい事があるのですが……」と低声《こごえ》ながら鋭く云い放った。

その瞬間、マダムは激しい眩惑に襲われた者の如く、ふらふらする足元を踏み締める様にして扉《ドア》を開いた儘で、肱付椅子《ひじつきいす》に崩れる様に腰を下した。

神尾も無言の儘部屋の中に入って空いていた椅子に、彼女と相対して腰を掛けた。

「……とうとう私を突き止めましたね。貴方が警察の方である事は今朝から気附いて居りました……」

夫人はしわがれた声で消え入る様に云った。

「僕は警察の者ではないのです。併し……」

「えっ！」

夫人は物凄い形相ですっくり立ち上がった。けれども、神尾は冷やかに相手の顔を見守りながら云った。

「犯罪の解決に興味を持っている新聞記者です」

それを聴くと夫人は残忍な笑いを口元に湛えながら、挑戦する様な眼付きで再び腰を下した。

「警察の方でもないのに、どうして他人《ひと》の部屋へ入って来たのですか？」

喘ぎながらも夫人は落着きを取り戻して云った。

「それにはお答えする必要がないと思いますね。併し、出ろ、と仰有《おつしや》るなら出て行きま

す」

　神尾の眼は青白い炎が出る程鋭く冴えた。

「……他人の秘密を露《あば》くことが御商売でしょうから、……いいえ、それよりも貴方には、犯罪の解決が出来るとお思いになって？」

　蒼褪めた夫人の顔には、又冷たい笑いが浮んだ。

「さあ……」神尾はわざと淡白な調子で云うと、両切を取り出して、「出来るか何うかは解りませんが、先ずこれだけの事を申し上げましょう。貴女は、サロン・クララのマダムの忠告に従って、昨夜《ゆうべ》本牧のSホテルから此処まで逃げて来たんだという事実です」

「まあ、ホホホ……却々《なかなか》ねえ」夫人は濁った瞳を見開きながら、「忠告ですって……、逃げたんですって？」

「いや、或いは貴女の自由意志だったかも知れませんがね、それは――」

　神尾は足を組んで点火器《ライター》を擶った。

「それで、何うやら当りました……」

　冷笑と共に彼女は吐き捨てる様に答えたものの、流石《さすが》に心中の動揺は容貌《かお》にまで現われていた。神尾は正面から夫人の顔にキラキラする視線を送っていたが、ゆっくり口を開いた。

「それが当ったとすれば、幸いです。で、次に僕は新潟での事件について申し上げたいと思いますが……」

夫人は痩せ細った指を神経質に折り曲げてちらと神尾の眼を見た。

「福田さん！　若《も》し僕が貴女の立場にあったとしたら、……いや仮りにですよ、……恐らく貴女と同様な復讐を遂行したかも知れません……。余計な事ですが、貴女は完全に自分の目的を遂げたと考えていられるのですか？」

「…………」

夫人は黙って窓外の景色を眺め尽していた。復讐！　その言葉が彼女の体内に残っている全生命を燃し始めたのであろう。鈍い眼は次第にギラギラと輝いて来た。

「山津さんは、噂によると、もう動けない程の容態だそうです」神尾は冷たい表情で続けた。「或いはそれにも貴女の強い意志が働いているのかも知れません。まあ併し、そんな事は別として、山津瑛子さんを惨殺した当時の事を話して呉れませんか？」

「何を証拠にそんな事を仰有《おつしや》るのです？」

夫人は、自嘲に似た上ずった声で反問した。

「福田さん、僕は何のために貴女がこの元箱根にやって来られたのか知りませんが、……僕は決して静かである可き貴女の最後をまで、妨害しようと云う積りではありませんよ……」

「だから、だから皆白状しろと仰有《おつしや》るのですか？」

「いや左様《そう》云う意味ではないのですが」神尾はじっと夫人を見詰めて、「貴女が仮りに違った者に復讐したとしたら……いや、貴女の復讐の犠牲になった者が、仮りに貴女の狙っていた人でなかったとしたら……」

「そんな……そんな事でひっかけ様となさっても駄目でございますよ」

とげとげしい声音で冷笑しながら夫人は云った。

「では全然別な話を申しましょう。元彩華洋行にいたお龍と云う若い娘が、親を探し求めて悲願の千人掏摸を働いて満願の日を迎えたが親に巡り会う事が出来ず、偶然に女給になった店、サロン・クララのマダムから……」

「止して下さい！」夫人は毒々しく喚き立てながら、「それが、……それが一体あたしと何の関係があると云うのです⁉」

「だから最初からお断りしてあります」神尾は飽く迄も冷静な口調で、「世の中には唯色々な事があると云う一例に過ぎないのです。……で、その娘、……そう石川麗子とか云うその娘は、五月三十日に新潟へ行ったきり、何処でどうなったかそのまま姿を晦《くら》まして了ったのです、可哀相に――。探し求めていた親に会ったか何うか……。警察でも探しているそうですがね、その娘の行方を……」

「…………」

夫人は無言の儘空虚な瞳《め》を見開いて神尾の顔を凝視《みつ》めていたが、鉛色の唇をわななわな顫わせると血を吐く様な声で云った。

「……何故、何故その娘を探すんですの……、何故です⁉」

「それは仕方ないでしょう。……尤《もっと》も今では足を洗ったと云う事ですが、一時は白狐のお龍と云う名で大阪東京間を荒し廻った娘箱師《はこし》ですからね……探すのは当然ですよ」

抑揚のない口調でそう云った神尾の言葉を聴いた夫人は、よろよろと立ち上がって、夕暮近い窓外の景色を眺めていたが、化粧台の前にある大きな椅子に、静かに腰を下した。

「親を探し求める迄は……」神尾は下の広間から流れてくるレコードの音律《メロデイー》を耳にしながら、「上海《シャンハイ》の冷たい鋪道に自分を捨てたその親を探し求める迄は、ああした汚れた社会にあっても、男の肌一つ知らずに身を守り続けて来たそうですよ。新潟に行ったとすれば、あの五月三十日の午後九時頃には親の居る北国の寂しい港街に着いていた筈です……。仮りに、長い間探していた親に会わなかったとしたら、いや何かきっと行き違いだったとは思いますが……、今頃その娘さんは何処を漂泊《さまよ》うているでしょう、会わせてやりたかった、たった一目でいいからその親に会わせてやったら――或る男から白狐組のお龍と云う娘の素性を聴いた時から、僕は心からそう思っていたのですよ。――可哀相な話ではありませんか？　おや！　何うしたというんです？」

見ると、夫人は化粧台の机に俯伏せになって啜り泣いているのである。神尾はその容子をじいっと見守りながら、何も云わずに黙々と煙草を吸い続けていた。と突然、夫人は涙に濡れた顔を挙げて幽鬼の呻く様な無気味な、細いかすれた声音で呟く様に云った。

「お名前を、……お名前を訊かせ下さい……」

神尾は眼を瞬きながら暫く夫人の顔を見詰めていたが、軈《やが》て自分の名刺を彼女の前に差し出した。

「貴方でしたか、……妹から聴いて居りました……。今のお話……私も左様《さよう》ではないかと思っていた事でした。でも、もうその事は申しません。貴方のお訊ねになりたいのは犯罪の事実だけだと思いますから――」

神尾は黙って頷いて見せた。

「色々な細かい事は省きますわ、それは既《も》う貴方の方でお調べ済の事と思いますから……。私が何故山津常太に復讐しなければならないか、その事も申上げる必要はないでしょう」夫人はややもすれば乱れて来る自分の理性を強いて抑えながら、「私は私の云うなりになる男を使いました。無論最初から山津を狙っていたのですが、何うしても近づく事が出来ませんでした。私の復讐は山津を倒す事です、あの山津を！……山津は私を苦しめた上に、私の愛人を殺して了った男です！　あの山津さえいなかったら、私は生きながらの地獄で、自分の半生を目茶苦茶にして了わなくっともよかったのです。それよりも、私の夫を殺したあの男に、何うして復讐しなくて済むものか！　子供も捨て、世の中も棄てて、私は仇を討とうと心を決めたのです！」夫人は興奮の末机の上に突伏して顔を掩うた。

「……でも、もう何もかも駄目になって了《しま》った、私は独りでこの呪われた自分の死を求めて此処に来たのです……。お話しましょう、ええお話しますとも。……五月三十日、……あの日は私の夫が山津のために殺された日です、私の眼の前で――。私は考えました。山津を殺す事が出来なければ娘を殺してやろうと……。ちと可哀相だとは思いました、でも私の娘だって生きて居ればあの位の年頃になっていた筈……私は娘を棄てた時の苦しい事を考えました。何故上海《シャンハイ》の路上に娘を捨てなければならなかったかと考えました……。あの五月三十日の夕方、お茶の会に呼ばれたのは、きっと殺された夫の手引です……何うしてもあの日の内に殺そうと思いました……」

「私の云う通りになる男は、いいえもう隠す必要もないでしょう、村瀬美濃留です、私の情夫でした……私が復讐の道具に使おうと十何年もかかってやっと捜し求めた男です。その村瀬は二十八日に新潟へ来て、瑛子を殺す準備はすっかり出来ていたのです。あの晩妾《めかけ》のお兼が来合せたのは幸いでした！　あの夜瑛子が外に出る事を食堂で聴いた私は、真先に宿屋へ取って返して村瀬に云い含め、あの暗い渚手の道路に待ち伏せて、通りかかった瑛子さんをただ一突きに刺し殺しました。そして死体は美濃留がトランクの中に隠していた南京《ナンキン》袋の中に入れて浜辺へ運んで行ったのです。それから何うしたのか私には解りません……私はただ復讐の一部を遂行《しと》げただけの事ですから……、私はただ当然の事をしただけ……」

夫人は戸棚からウイスキーの壜を取り出して一口飲んだ。

「では、屍体の処分は村瀬が一人でやったのですね？　いや解りました。で、あの楊枝入は何うしたんです？」

「…………」夫人は暫く気味悪い微笑を洩らしていたが、「楊枝入なんかなんでもないじゃありませんか。あれはあの晩お兼さんが食堂に忘れていったのを拾ったままでの話です」

「じゃ、詰り瑛子さんと仲の悪い点を巧く利用したんですね。それにお兼という女が引張られれば山津の身辺にも幾分隙が出来るわけですからね」

夫人の顔に薄気味悪い微笑が泛んだ。今口にしたウイスキーに力づけられたであろう、幾分血走った眼を上げて神尾の顔を睨むように見詰《や》めている。

「それで高根を殺害した動機は何んです。山津を殺っつける邪魔にでもなったんですか？」

「それも有ったんですが、それだけで人一人殺すにも当らないじゃありませんか。高根をあのまま生かして置いたんでは、私達が危くなりそうになったからです……。と云うのは、銀座でばったり高根に会ってその儘別れることも出来なかったので、村瀬も一緒に三人で御飯を喰べたんです。その時は無論瑛子さんの事件についての話だけでしたが、色々語り合っている内に、高根と村瀬が同郷だということが判ったのです。それで急に二人が打ち解けて、いろんな話が出たんですが、その中に瑛子さんの話が出ると高根があの犯人は山津に恨《つ》みをもっている者の所業《しわざ》だと繰返し繰返し云ったんです。私は気味悪くなって村瀬を伴れてその場を外そうとしたが帰ろうとしないので一人で宿へ帰りました。それから村瀬は高根と暫く酒をつき合って、銀座をぶらついたそうですが、村瀬が帰って来ての話にどうやら私を怪しいと睨んでいるらしいと云うのです。それも尾張町か何処かの交叉点で別れる時に、犯人については目星がついている、それは山津に復讐しようとしている者の所業《しわざ》だ、と云って村瀬の顔を覗き込んだと云うので、すっかり怯え上がって次手《ついで》の事に片をつけようと云うのです。今から考えると村瀬は暫く阿片が切れていたので、頭の具合が多少変だったかも知れませんが、とに角、当人がそう云うもので、オリエンタル・ホテルへ誘《おび》き寄せて殺してしまったのです――」

「つまり貴女自身の危険を感じて、自衛上高根を殺したと云うんですね?」

「そうですの……」夫人は冷然と答えて神尾の顔を凝視めていたが、「今度は、……幸《さいわい》ホテルの事件でございますわね、ホホホ……」

彼女はヒステリックに笑いながら額を抑えて苦し相な息を吐いた。その干乾びた笑いは、神尾の胸に鬼女の声かと響いた。

「村瀬は貴女の情夫で、而も貴女の復讐の協力者だった筈ですが……」

「それは違います……。村瀬は唯私の命令《いいつけ》どおりに動いただけのことですわ……、村瀬はそれに依って私から報酬を受けていたのです。ひどい阿片中毒で、私から阿片を貰う為には何んな事でもして来たのです。何のために人を殺したのか、村瀬には解っていない筈です、……恐らく自分では阿片のためにとでも考えていたのでしょう……」夫人は懶《だ》る相《そう》に視線を動かして、「ところが、御承知の様に山津には却々《なかなか》近づけず、その内段々私自身が危くなって来ました。持ち帰った阿片は残り少なになって村瀬の云うなりに与える訳には行かなくなったのです。それが不服だと云うのと、もう一つは自分で犯した人殺しのために、夜中魘《うな》されたり飛んでもない事を口走ったり、全く普通ではなくなって来たのです。私は考えました。若《も》しこの儘でまごまごしていると、山津を殺さない内に或いは村瀬の口から秘密が洩れて了うのではないか。それでは今まで何のために苦労をして来たのか、山津への復讐を、何処迄も仕遂げなければ死に切れない私のことです……。私はただ復讐のために……」

夫人がそこ迄云い掛けた時、扉《ドア》をコツコツと叩く音がした。神尾が時計を覗いて立ち上がると廊下から給仕の声が響いて来た。

「神尾さんと云う方は此室《こちら》ではございませんか?」

神尾は夫人に目礼して入口迄歩きながら、云った。

「一寸《ちよつと》失礼します。何か用事だろうと思いますから――」

夫人は何も云わなかった。暗い眼でじっと見送っているだけであった。

＊

階下の応接室には、丸の内署の次席警部補と本庁の畑刑事が、緊張の色を浮べて神尾を待ち受けて居た。

「……村瀬夫人は、新潟で浜田と名乗った女で、本名は福田イソです。新潟での事件、それに東京での二つの事件については、今明確に自白した処です。遠い所御苦労でした」

神尾は二人の警察官に頭を下げて、呆然と突立っている彼等に簡単ながら自白の要点を語った。

「その、その夫人は君、一体何処にいるんだ？」次席警部が息を喘《はず》ませて訊いた。

「二階の自分の部屋に居ります。……昨日まで横浜のSホテルに身を潜めていたのですよ。詳しい事は……」

神尾がそう云った時、ホテルの玄関に慌しく駈け附けた二人の青年があった。云う迄もなく、山内と、ハルビンから帰って来た永田である。

「いよ！　永田君、よくやって呉れたね。手紙は昨夜《ゆうべ》拝見した」

神尾は二人の警官を残して、応接間から跳び出して叫んだ。

「運良く短刀の素性が知れてよかったです……」

永田は素朴な口調でそう云いながら、堅く神尾の手を握り締めた。

「神尾君！　編輯長は断然喜んでいたぜ。第六感も割にあてになるもんだね」

「…………」神尾は無言のままニコニコ笑いながら、「永田君がサロン・クララのマダムを、浜田夫人と見間違いした理由《わけ》が解ったよ。あの福田トミは、浜田夫人……福田イソの妹だったんだ……」

「えッ！　あのクララのマダムが？」

山内は頓狂な声を揚げた。三人が応接間に入ろうとした時、神尾は何を考えてか、突然「あっ！」と叫んで二階に駈け上がった。後に続いた四人が神尾の飛び込んだ部屋に足を踏み入れた時、彼等は思わずはっとして立竦《すく》んで了った。

復讐鬼浜田夫人——福田イソその女《ひと》が、到底此の世の人とは思われない蒼白な顔色をして、化粧台の下に蹲《うずく》まりながら、手足をぶるぶる震わせてのたうち廻っているのだ！

神尾は、「しまった！」と叫びながら夫人を抱き起した。彼の眼に止まったものは彼女が飲み残したらしいコップの側に落ちているカプセルだった。

「山内君！　直ぐ給仕を呼んで医者を頼む、早く！」

きっと唇を噛み締めてそうした有様を見詰めていた永田が、前に立っている二人の警官を押し除けて、夫人の側に走り寄ると耳元に口を付けながら叫んだ。

「浜田夫人！　解りますか！　永田です、北龍荘でお目にかかった永田です！」

その声に、夫人は空虚《うつろ》な眼を力一杯に見開いて、物憂い様な眼光で永田の顔を探した。

「福田さん！　福田さんですね。金時計で貴女だった事が解ったのですよ！　元気を出して、よく聴いて下さい。いいですか、山津常太は今朝病気で亡くなりましたよ、山津は死にましたよ！」

夫人は、永田の言葉をじいっと聴いていたが、その声が耳に入ったか、やがてその顔に冷い不可思議な微笑が浮んだと思うと、「……龍子！……龍子！……」

と悲痛な声を絞って、とぎれとぎれにわが子の名を呼びながら、そのままがっくりと項垂《うなだ》れた。と同時に再び激しい痙攣が彼女の全身を襲って、四肢は無気味な微動を繰り返しながら、刻々と死の世界へ引き込まれていった。

神尾は夫人の体を静かに床の上に横たえると、黙々と窓際に歩いて行った。傾きかかった赤い太陽が箱根の山々を照して、芦の湖はギラギラと輝いている。滑かな山の谷間々々には早くも物静かな黄昏が迫って、葡萄色の影がひっそりと深まりかけていた。

給仕に案内されて、町の医者があたふたと駈け附けたのはそれから間もなくだった。併し、案内されて来た老医は屍体を見るなり首を振った。

「劇薬ですな、……これではもう如何《どう》しようもありません」

出しかけた注射器を鞄に仕舞い込みながら、近くにいる畑刑事に囁いた。

それを耳にした永田は持ち合せていた半巾《ハンカチ》で、夫人の顔を掩うて無言のまま窓際に立った神尾の傍へ歩み寄った。

＊

黄昏が来て、元箱根の町が淡い霧のヴェールに包まれ始めた頃だった。

神尾の案内で一同の者は応接間の椅子に腰を下していた。

「もうくどくどしい説明は、不必要になったと思います。残された問題は先程も云いました様に、福田イソ即ち船江小町と山津氏との間に出来た白狐組のお龍は五月三十日以来何うなったか、と云う事と、今一つは殺された娘の屍体《ひと》が何処に何う処分されたかと云う事だろうと思いますが……」

「いや、両刃のロシヤ製の短刀と、彩華洋行にいたとか云う村瀬美濃留の関係が残っているじゃないですか？」

山内が改まった口調で訊いた。

「それは」永田が引き受けて、「もう警視庁にも新潟署にも、ハルビンの領事館から報告が来ているかと思いますが、アサヒ・キャバレーの主人、つまり福田イソの亭主である白系ロシヤ人が、特に註文して作ったもので、その主人は今年の二月に死に、福田イソは情夫村瀬を伴って内地に居る妹……これはさっき神尾さんが話したサロン・クララのマダムですが、……その女を頼って復讐の為に、内地に渡る時に、一緒に持ち帰ったのですよ」

「畑君、外に何かありませんか」

神尾は眼を瞬《しばた》きながら、畑刑事と次席警部補の顔を見た。

「この事件は例外でしたからね」

畑刑事は浮かない顔で、誰に云うともなく答えた。と、唐突《だしぬけ》に山内が叫んだ。

「あッ、忘れていた！　神尾君、支局の安田君から君へ宛てた手紙が来ていたんだ。一寸《ちょっと》待ってくれ、ええと――」

山内は衣嚢《ポケット》を探って一通の封書を取り出すと、それを神尾に渡した。

神尾は早速封を切って、一通り眼を通すと、明るい顔で口を開いた。

「安田君からの手紙は、僕達の謎を解決してくれました。……二三日前、例の蒼海亭の前から北に向けて約十町ばかり行った地点の沖合に、安田君がボートを浮べて遊んでいると、海中に大きな岩盤が見えたそうです。何気なく底を覗いて見ると何か白いものが見えるので、早速人を頼んで調べて見ると、意外にもその岩盤の下は洞窟の様な窪みになっていて、そこから小指と薬指の足りない人骨が現われた、と云うのです。恐らく波の関係か何かでその下にはまり込んでいた惨殺屍体が、今白骨になって現われたのでしょう。医大で鑑定の結果、年齢二十歳前後の女の骨だと云う事が解ったのだそうです」

一座の者は斉《ひと》しく嘆息を洩らした。畑刑事が何か云おうとして口を動かした時、先程からの騒ぎですっかり度を失った給仕の一人が、不安相におどおどしながら入って来た。

「神尾さん御面会人でございます」

神尾はそれを聴くと、安田からの手紙を畑刑事に渡して出て行った。それから、五分経っても十分経っても、一向に神尾の帰って来る気配がなかった。すると手紙を読み終った畑刑事がその場の沈黙を破った。

「この手紙に依ると、新潟署では屍体が海流か何かの関係で遠くへ流されて了ったものとして、その方ばかり調べた様にとれますね」と云いながら、次席警部補に手紙の或る箇所を示して、「白骨に絡まっていた鎖や、鉛の錘《おもり》、それに最初屍体を入れた南京《ナンキン》袋の出所……、そう云ったものを、犯人が何処で手に入れたか、その点をもっと突込んだら、或いはここまで来ない内に、犯人を挙げる事が出来たかも知れなかった訳ですね」

誰も何んとも答えなかった。永田は刑事の言葉も耳に入らない風で夢見るような顔をして窓越しに外の景色を眺めていた。湾曲した対岸の所々に灯が輝いて、それが暮れかけた湖水の上にキラキラと映って見えた――。永田の胸中には様々な過去の思い出が今果しなく去来するのだった。果敢《はか》ない湖上の灯、それが自ら悪の生命を断った福田イソの霊を慰めて呉れる様な気がしてならなかった。

（死は総てだ……）

彼はふとそんな、誰かの言葉を思い出した。その時、心持ち興奮した神尾の顔が現われた。

「失礼しました。……若し、僕が山津瑛子さんが生きていると云ったら、諸君はそれを信じますか？」

「なんだって⁉」

「えっ！」

卓子《テーブル》を囲んでいた四人の者は、一様に驚愕の叫びを発してサッと神尾の方を振り向いた。

神尾は静かに部屋の中に入って来た。その後に続いて来たのは美津子、そしてその背後に感極まった表情で美しい瞳《ひとみ》を輝かして立っているのは、五月三十日の夜、復讐の魔女福田イソに依って惨殺された筈の、意外！　山津瑛子ではないか！

永田までが呆然と立ち尽して、暫くは言葉さえも出なかった。夢か！　現実か！　永田は判断に迷った。

「さあ、瑛子さん、諸君は貴女を幽霊か何かの様に思って見詰めているのです。こっちへ出て下さってお話し下さい」

神尾の声で、永田はツカツカと瑛子の側に進んで行った。

「永田さん！　済みませんでした。色々御心配をおかけして……」

「瑛子さん⁉　瑛子さん！　一体何うしたと云うのです、これは⁉」

おう！　瑛子！　永田は幾十日目でその名を呼んだ事だろう。何故か、訳もなく熱いものが永田の眼頭《めがしら》にも、瑛子の眼にも溢れて来た。

日はとっぷり暮れた。爽かな夏の夜が来た。開《あ》いた窓からは涼しい風が部屋の中に流れ込んだ。明るいシャンデリヤの下で、一同の者は瑛子の話に耳を傾けていた。

「……そんな訳でございました。あの三十日の夜、私は気を腐らして、暗い夜道を間道伝いに街へ急いだのでございます。あの異人ヶ池と窪地の間の間道に差しかかった時、急いであの坂道を上って来る女の人に会いました。あの道は昼はとも角と致しまして、夜は到底女一人で通れそうもない所でございます。……確か、私の会ったのは女の方でした。でもそれがひどく気味悪かったので、半分程行ってから引返したのです。すると何処かで絹を裂く様な声がしました。恐怖におびえて居た時ですので、その叫び声が北《ほう》龍荘《ち》の方から響いた様に感違いして、反対の方向、……あの住宅地の近くを通って私は夢中で高等学校のグラウンドの方に出る浜の新道路を駈けて行きました。

「すると、杉林に囲まれた淋しい真暗い場所で何かに躓いて草履《フェルト》を脱いで了ったのでございます。怖ろしさのため夢中で足を動かしますと、丁度運良く草履《フェルト》に指先が触りましたので、それを穿いて再び駈け出し、グラウンドの端《はず》れで自動車《くるま》を拾ってその儘十時五分の汽車に乗りました。老僕《じいや》や老婢《ばあや》にも話さないで、軽はずみな事をしたとは思いましたけれど、私はもう厭な家庭の空気から逃れて了いたいばっかりに旅に出たのでございます。……その晩は長岡に泊りました。

「汽車の中で、いくらか気が落ち着いた頃、私は自分の右足の草履《フェルト》を間違えて、見馴れない他人の草履《フェルト》を片方だけ穿いているのに気がつきました。それに、足袋《たび》から草履《フェルト》まで血に染まっているのを見て、どんなに驚いたことでしょう。幸い乗客が少かったので、よかったものの、私は本当に吃驚《びっくり》して了いました。でも汽車を下りると足袋や草履《フェルト》を買って宿につき、翌朝は暗い中に急行に乗って上京しました。そして神尾さんをお訊ねすると、そこで意外な事を承わったのでございます。それは他でもなくこの私が、前夜浜手の、つまり私が躓いた場所の辺りで何者かの為に惨殺され、小指と薬指まで切り落され、その上私だと云う立派な証拠に、死んだ春木が私に送った青玉《サファイア》の指輪が、その血染の薬指に嵌っていたと云う事でございました。

「最初の内、私には何が何だか一向に解りませんでした。そうしている内に騒ぎはだんだんと大きくなり、私自身は何うしていいかほとほと困ってしまいました。……でも、

『私は生きて居る』と云って自分からその騒ぎの中へ入って行くには、私の心は余りにも傷つき歪んで居りました。そして一度はこの儘本当に自分も死んで了ったら、とさえ考えたほどでございましたが、神尾さんのお言葉もあり、ここに居られる美津子さんのお父様の別荘に、身を隠させて頂いていたのでございます」瑛子は感謝に溢れる眼眸《まなざし》で美津子の瞳を覗きながら、「……それからの事は申し上げるまでもないことと存じます。次々に恐ろしい事件が起きて神尾様の仰有《おっしゃ》るようにうっかり自分の生きてることが世間に洩れたら、何んなことになるかも知れないと云う様な気持から、皆様に御迷惑をお掛けして申し訳ない事とは思いつつ、今日迄こちらの別荘に御厄介になっていたのでございます」瑛子はそこで言葉を切って、そっと半巾《ハンカチ》で目頭を抑えながら、「……今朝父が死《な》くなったそうでございます。……これで、福田さんのお気持も浮ばれる事でございましょう。でも、……父も不幸な人でございました。私は父の怖ろしい過去は全然知らなかったのでございますが、父の罪業のために皆様に御厄介をおかけしたことをここで改めてお詫び申し上げます。私のためにも、長い間皆様に御迷惑をお掛け致しました。本当に申し訳なく存じます。それから今でも私の不思議に思って居りますのは……」と云いながら、瑛子は左手の薬指に嵌っている青玉《サファイア》の指輪に目をやって、「これを御覧下さいまし。指輪はちゃんとこの通り私の指にございます。新潟で惨殺された屍体を鑑定なさる時、唯一つの証拠となったと云う青玉《サファイア》の指輪は、あの当時からずうっと私の指にあったのでございます。同じ指輪が二つありましたでしょうか？　若《も》し仮りに二つあったと致しまして、私の身代りに殺された方の指に、何うしてそれがあったのでございましょう？」

永田は神尾の顔にちらと視線を動かした。畑刑事と次席警部は何かひそひそ私語していたが、何うにも合点が行かないと云う風で瑛子の顔を見詰めた。

「神尾さん」永田がごくり唾を呑んで云った。「詰りなんですか、白狐組のお龍と云う娘が、五月三十日の午後九時頃新潟へ到着して、福田夫人、……自分の母親の宿《とま》っている太田屋に行く途中、不馴れな土地だったので道を間違えて歩き廻っている内に、自分の母親の情夫の為に殺された、と云う訳ですね？」

「そうです……」

神尾は衣嚢《ポケット》を探って手帳を取り出しながら静かに答えた。

「そうだとすれば……」今度は畑刑事が永田の話を引きとって「そのお龍の手に、何うしてその指輪が渡ったか？　それを調べればいい訳だね……」

「正にお説の通りですな――」

神尾は手帳の頁《ページ》を繰りながら云った。

「……でも指輪は一つしか無かった筈でございますが……」

瑛子はその美しい眉根を寄せて、美津子の側に寄り添う様にして云った。

「悲劇と云うものは、確かに……。いやそんな余計な事よりも――」神尾は無表情な容貌で立ち上がりながら、「春木君のノートに記されてあった、日記の一部を此処に書き留めてありますから、それに依ってお話し申し上げますが、信じられない方は、僕の下宿にある春木君の日記を後で読んで下さい。尚春木君の日記は非常に名文で、口下手な僕にはその通りの表現が不可能と思いますから、その点は御諒承願いたい。……その日記に依ると、春木君は此の二月大阪へ友達と一緒に旅行されたのだそうです。その時、電車の中で財布を掏摸《すら》れた。ところが、幸いその財布の中には名刺が入っていたので、それから二ヶ月ばかり後になってから、警視庁の手を経て春木君の手元に返って来たのだそうです。

「諸君は、その財布の中に何が入っていたと思いますか？……盗まれて彼の手元に戻って来たその財布の中には、たった一枚の一吋《インチ》四方位の紙片が入っていた。それには白狐の絵と、九百某とかと云う数字が記入されてあったのだそうです。では、掏摸《すら》れる前にその財布の中に入っていたものは？　それは数十円の紙幣と、他に一つ……」神尾はじっと瑛子の顔を見詰めて、「瑛子さんの指にあるのと、全く同一な青玉《サファイア》の指輪が入っていたのです。同じ青玉《サファイア》の指輪が二つあったのです……。春木君の日記には、瑛子さんに贈った青玉《サファイア》の指輪と全く同一のものを、特に金華堂の銀座の本店に註文して作らせ愛する者への面影を偲ぶよすがにと肌身離さずに持っていたのだ、と云う事が細々《こまごま》と認《したた》めてありました。これで大体お解りの事と思いますが、畑君何かありませんか？」

「ありますね」畑刑事は下唇を噛んで俯向いていたが、「新潟で捉まった浚渫船の船長父子は何う解釈するのです？」

「ほほう、未だ報告がありませんでしたか?」神尾は扉《ドア》の近くまで歩きながら、「指紋が違っているのだし、兇器まで判明した以上、考える余地もないじゃありませんか!」

「僕にジャック・ナイフを投げつけたのは……」永田も笑いながら云った。「坊主憎けりゃの口で、山津家の人間だと思ってあの猪首の唖の息子が老船長の意志を継いでやった、まあ謂わばナンセンスでしょうね」

「もうそれ位でいいじゃありませんか? 詳しい、犯罪事実の吟味はあとでゆっくりやって下さい」

神尾は永田に目配せして部屋の外に出ようとした時、敬虔な面持で立ち上がった瑛子が云った。

「……福田夫人と、私の身代りになって死なれた龍子さんのお葬《とむら》いは、何うぞ私にさせてやって下さいまし」

誰に云うともなく云ったその瑛子の言葉は、人々の胸に物和《やわら》かに沁みるのだった。軈《やが》て彼女は、怜悧な瞳を輝かせている美津子の手を取って、その部屋を後にした。――露台《バルコニー》には、久し振りで顔を合せた神尾と永田が、両切に火を点けて甘《うま》そうに吸っているのが見えた。

未だ熱心に語り合っている畑刑事と次席警部の側で、山内は両手を伸ばして大きく欠伸《あくび》をすると、のそのそ外の空気を吸いに出た――。

＊

エメラルド・グリーンの星が、芦の湖の上にきらきらと輝いて、元箱根の夏の夜は云い知れぬ静寂の裡に更けていた。

●解説――

サスペンスフルなアリバイ小説の金字塔

山前　譲

東京・神宮外苑に放置されていた盗難車両から、青年の変死体が発見される。被害者は新潟出身の大学生だったが、今度は新潟で、石油王の娘でその青年の婚約者が、大量の血痕を残して失踪した。東京と新潟の新聞記者が協力して真相を追うなか、容疑者が浮かび上がる。だがその容疑者には、最初の事件で、大阪駅にいたという鉄壁のアリバイが――。

こう紹介すると、一九八〇年代から日本のミステリー界を席捲したトラベル・ミステリーのなかの一作と思うに違いない。しかしこれは、一九三二（昭和七）年五月に新潮社版「新作探偵小説全集」の一冊として書下し刊行された森下雨村『白骨の処女』の、トリッキィな要素をダイジェストしたものなのだ。

日本探偵小説の父とも言われる森下雨村は、一九三一年末、長らく編集者を務めていた博文館を退社して、作家専業となった。探偵作家としていよいよ本格的な創作活動に入ったことを、高らかに宣言したのが本書である。

従来、戦前の探偵小説界を牽引した「新青年」の初代編集長として、そして江戸川乱歩のデビュー作である「二銭銅貨」を認めた編集者として、雨村は語られてきた。だが、二〇〇五年に高知県立文学館で催された企画展「日本の探偵小説の父　森下雨村」や、論創ミステリ叢書『森下雨村探偵小説選』（二〇〇八）の刊行を契機に、若き日からの旺盛な創作活動にもスポットライトが当てられつつある。

雨村は一八九〇（明治二十三）年二月二十七日、高知県佐川町の大地主の長男として生まれた。本名は岩太郎である。家督を継ぐことを期待されたが、文学への興味を抑えきれず、早稲田大学英文科へ進学する。在学中から創作を手掛け、小遣い稼ぎに少年向けの冒険小説を書いた。また、佐川からの上京者のための寄宿舎である麗沢舎に入居したが、そこでは郷土誌「霧生関《きりゅうぜき》」の編集に携わった。さらに恩師である馬場孤蝶の影響からロシア文学への興味を募らせ、翻訳もしているが、その孤蝶や友人だった田中貢太郎など、大学時代の人脈がのちの編集者生活に大きな影響をもたらしている。

大学を卒業して佐川に戻ったものの、再び上京し、一九一四（大正三）年、同郷の先輩の紹介で「やまと新聞」に入社する。同時に、「少女の友」に立花萬平などのペンネームを用いて小説を発表した。一九一八（大正七）年秋、博文館に入社して「冒険世界」の編集を担当し、その後継誌として「新青年」を一九二〇年に創刊、編集長となる。その「新青年」で探偵小説ファンを狂喜乱舞させたことについては、多くを語る必要はないだろう。

一九二八（昭和三）年に編集局長となるが、社運を賭けて創刊した「朝日」の売行きの不振や社主との軋轢があって、前述のように一九三一年末に退社する。それからの数年間は探偵作家・森下雨村の全盛期だった。『青斑猫』、『呪の仮面』、『三十九号室の女』、『丹那殺人事件』と立て続けに長編を発表している。「少年倶楽部」などに年少者向けの探偵小説を発表し、ロジャー・スカーレット『白魔』など翻訳も多い。

ただ、しだいに強まる戦時体制に嫌気もさしたのだろうか、故郷の佐川に滞在することが多くなり、一九四二年には完全に東京を離れている。その際、蔵書など、一切合切を処分したというが、作家仲間の久山秀子や延原謙からもらった洋酒はしっかり持って帰ったというのだから、佐川での生活の一端が窺える。

終戦直後は、農地改革によって土地を手放したこともあって、生活のために小説を書いたこともあったけれど、ほどなく農業や釣りに勤しむ生活に戻った。そして、乱歩に先立つこと二か月半、一九六五（昭和四十）年五月十六日にその生涯を終えている。趣味の魚釣りを扱った、遺稿の『猿猴《えんこう》川に死す』が一九六九年に刊行された。

戦前の探偵小説界において、アリバイ崩しの長編としてよく言及されるのは蒼井雄『船富家の惨劇』（一九三六）だろう。だが、この『白骨の処女』も、時刻表的なものは挿入されていないけれど、当時の交通機関の状況が反映された堂々たるアリバイだ。いささか大げさに言えば、あの松本清張『点と線』（一九五八）にも相通じる興趣に満ちている。読了すればきっと頷けるだろう。

殺人事件が連続する後半はさらにサスペンスフルな展開となっている。一方で、当時の風俗も巧みに事件の背景に織り込まれていて、モダン都市の東京と港町の新潟という舞台の組み合わせも絶妙だ。そして、テンポのいい文体はまったく古びていない。この『白骨の処女』は今日においても色々な視点から楽しめるに違いない。

（やままえ　ゆずる・推理小説研究家）

＊本書は、森下雨村『新作探偵小説全集・第8　白骨の処女』（新潮社、一九三二年五月刊）を底本とします。

白骨《はっこつ》の処女《しょじょ》

二〇一六年 六 月一〇日　初版印刷
二〇一六年 六 月二〇日　初版発行

著　者　森下《もりした》雨《う》村《そん》
発行者　小野寺優
発行所　株式会社河出書房新社
〒一五一－〇〇五一
東京都渋谷区千駄ヶ谷二－三二－二
電話〇三－三四〇四－八六一一（編集）
〇三－三四〇四－一二〇一（営業）
http://www.kawade.co.jp/

ロゴ・表紙デザイン　粟津潔
本文フォーマット　佐々木暁
本文組版　株式会社創都
印刷・製本　中央精版印刷株式会社

Printed in Japan　ISBN978-4-309-41456-0

ひとり日和

青山七恵　41006-7

二十歳の知寿が居候することになったのは、七十一歳の吟子さんの家。奇妙な同居生活の中、知寿はキオスクで働き、恋をし、吟子さんの恋にあてられ、成長していく。選考委員絶賛の第百三十六回芥川賞受賞作！

東京プリズン

赤坂真理　41299-3

16歳のマリが挑む現代の「東京裁判」とは？　少女の目から今もなおこの国に続く『戦後』の正体に迫り、毎日出版文化賞、司馬遼太郎賞受賞。読書界の話題を独占し“文学史的事件”とまで呼ばれた名作！

みずうみ

いしいしんじ　41049-4

コポリ、コポリ……「みずうみ」の水は月に一度溢れ、そして語りだす、遠く離れた風景や出来事を。『麦ふみクーツェ』『プラネタリウムのふたご』『ポーの話』の三部作を超えて著者が辿り着いた傑作長篇。

肝心の子供／眼と太陽

磯﨑憲一郎　41066-1

人間ブッダから始まる三世代を描いた衝撃のデビュー作「肝心の子供」と、芥川賞候補作「眼と太陽」に加え、保坂和志氏との対談を収録。芥川賞作家・磯﨑憲一郎の誕生の瞬間がこの一冊に！

ドライブイン蒲生

伊藤たかみ　41067-8

客も来ないさびれたドライブインを経営する父。姉は父を嫌い、ヤンキーになる。だが父の死後、姉弟は自分たちの中にも蒲生家の血が流れていることに気づき……ハンパ者一家を描く、芥川賞作家の最高傑作！

第七官界彷徨

尾崎翠　40971-9

「人間の第七官にひびくような詩」を書きたいと願う少女・町子。分裂心理や蘚の恋愛を研究する一風変わった兄弟と従兄、そして町子が陥る恋の行方は？　忘れられた作家・尾崎翠再発見の契機となった傑作。

ブラザー・サン　シスター・ムーン

恩田陸　41150-7

本と映画と音楽……それさえあれば幸せだった奇蹟のような時間。「大学」という特別な空間を初めて著者が描いた、青春小説決定版！　単行本未収録・本編のスピンオフ「糾える縄のごとく」＆特別対談収録。

福袋

角田光代　41056-2

私たちはだれも、中身のわからない福袋を持たされて、この世に生まれてくるのかもしれない……人は日常生活のどんな瞬間に、思わず自分の心や人生のブラックボックスを開けてしまうのか？　八つの連作小説集。

一人の哀しみは世界の終わりに匹敵する

鹿島田真希　41177-4

「天・地・チョコレート」「この世の果てでのキャンプ」「エデンの娼婦」――楽園を追われた子供たちが辿る魂の放浪とは？　津島佑子氏絶賛の奇蹟をめぐる５つの聖なる愚者の物語。

小松左京セレクション 1　日本

小松左京　東浩紀〔編〕　41114-9

小松左京生誕八十年記念／追悼出版。代表的短篇、長篇の抜粋、エッセイ、論文を自在に編集し、ＳＦ作家であり思想家であった小松左京の新たな姿に迫る、画期的な傑作選。第一弾のテーマは「日本」。

ボディ・レンタル

佐藤亜有子　40576-6

女子大生マヤはリクエストに応じて身体をレンタルし、契約を結べば顧客まかせのモノになりきる。あらゆる妄想を呑み込む空っぽの容器になることを夢見る彼女の禁断のファイル。第三十三回文藝賞優秀作。

そこのみにて光輝く

佐藤泰志　41073-9

にがさと痛みの彼方に生の輝きをみつめつづけながら生き急いだ作家・佐藤泰志がのこした唯一の長篇小説にして代表作。青春の夢と残酷を結晶させた伝説的名作が二十年をへて甦る。

きょうのできごと

柴崎友香

40711-1

この小さな惑星で、あなたはきょう、誰を想っていますか……。京都の夜に集まった男女が、ある一日に経験した、いくつかの小さな物語。行定勲監督による映画原作、ベストセラー!!

寝ても覚めても

柴崎友香

41293-1

あの人にそっくりだから恋に落ちたのか？　恋に落ちたからそっくりに見えるのか？　消えた恋人。生き写しの男との恋。そして再会。朝子のめくるめく10年の恋を描いた、話題の野間文芸新人賞受賞作！

また会う日まで

柴崎友香

41041-8

好きなのになぜか会えない人がいる……ＯＬ有麻は二十五歳。あの修学旅行の夜、鳴海くんとの間に流れた特別な感情を、会って確かめたいと突然思いたつ。有麻のせつない一週間の休暇を描く話題作！

溺れる市民

島田雅彦

40823-1

一時の快楽に身を委ね、堅実なはずの人生を踏み外す人々。彼らはただ、自らの欲望に少しだけ素直なだけだったのかもしれない……。夢想の町・眠りが丘を舞台に島田雅彦が描き出す、悦楽と絶望の世界。

島田雅彦芥川賞落選作全集　上

島田雅彦

41222-1

芥川賞最多落選者にして現・選考委員島田雅彦の華麗なる落選の軌跡にして初期傑作集。上巻には「優しいサヨクのための嬉遊曲」「亡命旅行者は叫び呟く」「夢遊王国のための音楽」を収録。

島田雅彦芥川賞落選作全集　下

島田雅彦

41223-8

芥川賞最多落選者にして現・芥川賞選考委員島田雅彦の華麗なる落選の軌跡にして初期傑作集。下巻には「僕は模造人間」「ドンナ・アンナ」「未確認尾行物体」を収録。

ダウンタウン

小路幸也

41134-7

大人になるってことを、僕はこの喫茶店で学んだんだ……七十年代後半、高校生の僕と年上の女性ばかりが集う小さな喫茶店「ぶろっく」で繰り広げられた、「未来」という言葉が素直に信じられた時代の物語。

空に唄う

白岩玄

41157-6

通夜の最中、新米の坊主の前に現れた、死んだはずの女子大生。自分の目にしか見えない彼女を放っておけない彼は、寺での同居を提案する。だがやがて、彼女に心惹かれて……若き僧侶の成長を描く感動作。

野ブタ。をプロデュース

白岩玄

40927-6

舞台は教室。プロデューサーは俺。イジメられっ子は、人気者になれるのか?!　テレビドラマでも話題になった、あの学校青春小説を文庫化。六十八万部の大ベストセラーの第四十一回文藝賞受賞作。

引き出しの中のラブレター

新堂冬樹

41089-0

ラジオパーソナリティの真生のもとへ届いた、一通の手紙。それは絶縁し、仲直りをする前に他界した父が彼女に宛てて書いた手紙だった。大ベストセラー『忘れ雪』の著者が贈る、最高の感動作！

ホームドラマ

新堂冬樹

40815-6

一見、幸せな家庭に潜む静かな狂気……。あの新堂冬樹が描き出す“最悪のホームドラマ”。文庫版特別書き下ろし短篇「賢母」を収録！

「悪」と戦う

高橋源一郎

41224-5

少年は、旅立った。サヨウナラ、「世界」——「悪」の手先・ミアちゃんに連れ去られた弟のキイちゃんを救うため、ランちゃんの戦いが、いま、始まる！　単行本未収録小説「魔法学園のリリコ」併録。

枯木灘

中上健次　41339-6

熊野を舞台に繰り広げられる業深き血のサーガ…日本文学に新たな碑を打ち立てた著者初長編にして圧倒的代表作。後日談「覇王の七日」を新規収録。毎日出版文化賞他受賞。解説／柄谷行人・市川真人。

千年の愉楽

中上健次　40350-2

熊野の山々のせまる紀州南端の地を舞台に、高貴で不吉な血の宿命を分かつ若者たち——色事師、荒くれ、夜盗、ヤクザら——の生と死を、神話的世界を通し過去・現在・未来に自在に映しだす新しい物語文学。

泣かない女はいない

長嶋有　40865-1

ごめんねといってはいけないと思った。「ごめんね」でも、いってしまった。——恋人・四郎と暮らす睦美に訪れた不意の心変わりとは？　恋をめぐる心のふしぎを描く話題作、待望の文庫化。「センスなし」併録。

夏休み

中村航　40801-9

吉田くんの家出がきっかけで訪れた二組のカップルの危機。僕らのひと夏の旅が辿り着いた場所は——キュートで爽やか、じんわり心にしみる物語。『100回泣くこと』の著者による超人気作。

リレキショ

中村航　40759-3

“姉さん”に拾われて“半沢良”になった僕。ある日届いた一通の招待状をきっかけに、いつもと少しだけ違う世界がひっそりと動き出す。第三十九回文藝賞受賞作。

銃

中村文則　41166-8

昨日、私は拳銃を拾った。これ程美しいものを、他に知らない——いま最も注目されている作家・中村文則のデビュー作が装いも新たについに河出文庫で登場！　単行本未収録小説「火」も併録。

掏摸《スリ》

中村文則　41210-8

天才スリ師に課せられた、あまりに不条理な仕事……失敗すれば、お前を殺す。逃げれば、お前が親しくしている女と子供を殺す。綾野剛氏絶賛！大江賞を受賞し各国で翻訳されたベストセラーが文庫化。

少年アリス

長野まゆみ　40338-0

兄に借りた色鉛筆を教室に忘れてきた蜜蜂は、友人のアリスと共に、夜の学校に忍び込む。誰もいないはずの理科室で不思議な授業を覗き見た彼は教師に獲えられてしまう……。第二十五回文藝賞受賞のメルヘン。

走ル

羽田圭介　41047-0

授業をさぼってなんとなく自転車で北へ走りはじめ、福島、山形、秋田、青森へ……友人や学校、つきあい始めた彼女にも伝えそびれたまま旅は続く。二十一世紀日本版『オン・ザ・ロード』と激賞された話題作！

不思議の国の男子

羽田圭介　41074-6

年上の彼女を追いかけて、おれは恋の穴に落っこちた……高一の遠藤と高三の彼女のゆがんだＳＳ関係の行方は？　恋もギターもＳＥＸも、ぜーんぶ“エアー”な男子の純愛を描く、各紙誌絶賛の青春小説！

日影丈吉傑作館

日影丈吉　41411-9

幻想、ミステリ、都市小説、台湾植民地もの…と、類い稀なユニークな作風で異彩を放った独自な作家の傑作決定版。「吉備津の釜」「東天紅」「ひこばえ」「泥汽車」など全13篇。

十蘭万華鏡

久生十蘭　41063-0

フランス滞在物、戦後世相物、戦記物、漂流記、古代史物……。華麗なる文体を駆使して展開されるめくるめく小説世界。「ヒコスケと艦長」「三笠の月」「贖罪」「川波」など、入手困難傑作選。

久生十蘭ジュラネスク　珠玉傑作集

久生十蘭　41025-8

「小説というものが、無から有を生ぜしめる一種の手品だとすれば、まさに久生十蘭の短篇こそ、それだという気がする」と澁澤龍彦が評した文体の魔術師の、絢爛耽美なめくるめく綺想の世界。

コスモスの影にはいつも誰かが隠れている

藤原新也　41153-8

普通の人々の営むささやかな日常にも心打たれる物語が潜んでいる。それらを丁寧にすくい上げて紡いだ美しく切ない15篇。妻殺し容疑で起訴された友人の話「尾瀬に死す」（ドラマ化）他。著者の最高傑作！

ハル、ハル、ハル

古川日出男　41030-2

「この物語は全ての物語の続篇だ」――暴走する世界、疾走する少年と少女。三人のハルよ、世界を乗っ取れ！　乱暴で純粋な人間たちの圧倒的な“いま”を描き、話題沸騰となった著者代表作。成海璃子推薦！

人のセックスを笑うな

山崎ナオコーラ　40814-9

十九歳のオレと三十九歳のユリ。恋とも愛ともつかぬいとしさが、オレを駆り立てた――「思わず嫉妬したくなる程の才能」と選考委員に絶賛された、せつなさ百パーセントの恋愛小説。第四十一回文藝賞受賞作。映画化。

美女と野球

リリー・フランキー　40762-3

小説、イラスト、写真、マンガ、俳優と、ジャンルを超えて活躍する著者の最高傑作と名高い、コク深くて笑いに満ちた、愛と哀しみのエッセイ集。「とっても思い入れのある本です」――リリー・フランキー

蹴りたい背中

綿矢りさ　40841-5

ハツとにな川はクラスの余り者同士。ある日ハツは、オリチャンというモデルのファンである彼の部屋に招待されるが……文学史上の事件となった百二十七万部のベストセラー、史上最年少十九歳での芥川賞受賞作。

著訳者名の後の数字はISBNコードです。頭に「978-4-309」を付け、お近くの書店にてご注文下さい。